Milan Kundera

米兰·昆德拉

许钧——译

L'insoutenable légèreté de l'être

不能承受的生命之轻

ŒUVRES DE MILAN KUNDERA

上海译文出版社

图书在版编目（CIP）数据

不能承受的生命之轻/昆德拉(Kundera，M.)著；许钧译.
—上海：上海译文出版社，2014.8（2024.5重印）
（米兰·昆德拉作品全新系列）
ISBN 978-7-5327-6663-5

Ⅰ.①不…　Ⅱ.①昆…②许…
Ⅲ.①长篇小说-法国-现代　Ⅳ.①I565.45

中国版本图书馆CIP数据核字(2014)第109346号

Milan Kundera
L'insoutenable légèreté de l'être

图字：09-2003-202号

不能承受的生命之轻
L'insoutenable légèreté de l'être

MILAN KUNDERA
米兰·昆德拉 著
许钧 译

出版统筹　赵武平
责任编辑　周　冉
装帧设计　杨林青

上海译文出版社有限公司出版、发行
网址：www.yiwen.com.cn
201101 上海市闵行区号景路159弄B座
杭州宏雅印刷有限公司印刷

开本890×1240　1/32　印张13.5　插页5　字数168,000
2014年8月第1版　2024年5月第20次印刷

ISBN 978-7-5327-6663-5/I·4015
定价：88.00元

目 录

第一部

轻与重

1

永恒轮回是一种神秘的想法，尼采[1]曾用它让不少哲学家陷入窘境：想想吧，有朝一日，一切都将以我们经历过的方式再现，而且这种反复还将无限重复下去！这一谵妄之说到底意味着什么？

永恒轮回之说从反面肯定了生命一旦永远消逝，便不再回复，似影子一般，了无分量，未灭先亡，即使它是残酷，美丽，或是绚烂的，这份残酷、美丽和绚烂也都没有任何意义。我们对它不必太在意，它就像是十四世纪非洲部落之间的一次战争，尽管这期间有三十万黑人在难以描绘的凄惨中死去，也丝毫改变不了世界的面目。

若十四世纪这两个非洲部落之间的战争永恒轮回，无数次地重复，那么战争本身是否会有所改变？

会的，因为它将成为一个突出的硬疣，永远存在，此举之愚蠢将不可饶恕。

---

① Friedrich Wilhelm Nietzsche（1844—1900），德国哲学家，著作有《悲剧的诞生》和《查拉图斯特拉如是说》等。

若法国大革命永远地重演，法国的史书就不会那么以罗伯斯庇尔[1]为荣了。正因为史书上谈及的是一桩不会重现的往事，血腥的岁月于是化成了文字、理论和研讨，变得比一片鸿毛还轻，不再让人惧怕。一个在历史上只出现一次的罗伯斯庇尔和一位反复轮回、不断来砍法国人头颅的罗伯斯庇尔之间，有着无限的差别。

且说永恒轮回的想法表达了这样一种视角，事物并不像是我们所认知的一样，因为事情在我们看来并不因为转瞬即逝就具有减罪之情状。的确，减罪之情状往往阻止我们对事情妄下断论。那些转瞬即逝的事物，我们能去谴责吗？橘黄色的落日余晖给一切都带上一丝怀旧的温情，哪怕是断头台。

不久前，我被自己体会到的一种难以置信的感觉所震惊：在翻阅一本关于希特勒的书时，我被其中几幅他的照片所触动。它们让我回想起我的童年，我的童年是在战争中度过的，好几位亲人都死在纳粹集中营里。但与这张令我追忆起生命的往昔，追忆起不复返的往昔的希特勒的照片相比，他们的死又算得了什么？

与希特勒的这种和解，暴露了一个建立在轮回不存在之上的世界所固有的深刻的道德沉沦，因为在这个世界上，一切都预先被谅解了，一切也就被卑鄙地许可了。

2

如果我们生命的每一秒钟得无限重复，我们就会像耶稣被钉在十字架上一样被钉在永恒上。这一想法是残酷的。在永恒轮回的世界里，一举一动都承受着不能承受的责任重负。这就是尼采说永恒轮回的想法是最沉重的负担（*das schwerste Gewicht*）的缘故吧。

如果永恒轮回是最沉重的负担，那么我们的生活，在这一背景下，却可在其整个的灿烂轻盈之中得以展现。

但是，重便真的残酷，而轻便真的美丽？

最沉重的负担压迫着我们，让我们屈服于它，把我们压到地上。但在历代的爱情诗中，女人总渴望承受一个男性身体的重量。于是，最沉重的负担同时也成了最强盛的生命力的影像。负担越重，我们的生命越贴近大地，它就越真切实在。

相反，当负担完全缺失，人就会变得比空气还轻，就会飘起

---

① Maximilien Robespierre（1758—1794），法国大革命领导人之一。

来，就会远离大地和地上的生命，人也就只是一个半真的存在，其运动也会变得自由而没有意义。

那么，到底选择什么？是重还是轻？

巴门尼德[1]早在公元前六世纪就给自己提出过这个问题。在他看来，宇宙是被分割成一个个对立的二元：明与暗，厚与薄，热与冷，在与非在。他把对立的一极视为正极（明、热、薄、在），另一极视为负极。这种正负之极的区分在我们看来可能显得幼稚简单。除了在这个问题上：何为正，是重还是轻？

巴门尼德答道：轻者为正，重者为负。他到底是对是错？这是个问题。只有一样是确定的：重与轻的对立是所有对立中最神秘、最模糊的。

3

多年来，我一直想着托马斯。但只是在这些思想的启发下，我才第一次真正看清他。我看见他，站在公寓的一扇窗户前，目光越过庭院，盯着对面房子的墙，他不知道他该做什么。

大约是三个星期前，他在波希米亚的一个小镇上认识了特蕾莎，两人在一起差不多只待了个把钟头。她陪他去了火车站，陪他一起等车，直到他上了火车。十来天后，她来布拉格看他。他们当天就做了爱。夜里，她发起烧，因为得了流感，在他家整整待了一星期。

对这个几乎不相识的姑娘，他感到了一种无法解释的爱。对他而言，她就像是个被人放在涂了树脂的篮子里的孩子，顺着河水漂来，好让他在床榻之岸收留她。

她在他家待了一个星期，流感一好，便回到她居住的城镇，那儿离布拉格两百公里。正是在这个时候出现了我方才提及的那

---

① Parmenides（约前515—？），希腊哲学家，公认的埃利亚学派（Eleatic）的最杰出者。

个片刻，即我看到了托马斯生活关键的那个时刻：他站在窗前，目光越过庭院，盯着对面房子的墙，在思忖：

是否该建议她来布拉格住下？这份责任令他害怕。如果现在请她来家里住，她一定会来到他身边，为他献出整个生命。

要么该放弃？这样一来，特蕾莎还得待在乡下的小酒店做女招待，那他就再也见不到她了。

他是想她来到他身边，还是不想？

他目光盯着院子对面的墙，在寻找一个答案。

他一次又一次，总是想起那个躺在他长沙发上的女人的模样；她和他过去生活中的任何女人都不一样。既不是情人，也不是妻子。她只是个他从涂了树脂的篮子里抱出来，安放在自己的床榻之岸的孩子。她睡着了。他跪在她的身边。她烧得直喘气，越喘越急促，他听到了她微微的呻吟。他把脸贴在她的脸上，在她睡梦中轻声安慰她。过了一会儿，他感觉她的呼吸平静了一些，她的脸不由自主地往他的脸上凑。他感到她的双唇有一股微微有点呛人的高烧的热气味。他吸着这股气息，仿佛想啜饮她身体的隐秘。于是他想象她已经在他家住了许多许多年，此刻正在死去。突然，他清楚地意识到她要是死了，他也活不下去。他要躺在她身边，和她一起死。受了这一幻象的鼓动，他挨着她的脸，把头埋在枕头里，许久。

此时，他站在窗前，回想着当时的一刻。如果那不是爱，怎么会出现这样的情景?

可这是爱吗?他确信那一刻他想死在她的身边，这种情感明显是太过分了：他不过是生平第二次见她而已！或许这更是一个男人疯狂的反应，他自己的心底明白不能去爱，于是跟自己玩起了一场爱情戏?与此同时，他在潜意识里是如此懦弱，竟为自己的这场戏选了这个原本无缘走进他生活的可怜的乡间女招待!

他望着院子脏乎乎的墙，明白自己不知道这到底是出于疯狂，还是爱情。

而在一个真正的男人本可立刻采取行动的时刻，他却在责怪自己犹犹豫豫，剥夺了自己一生中最美好的瞬间（他跪在年轻女子的枕边，确信她一死他自己也不能再活下去）的一切意义。

他越来越责备自己，但最终还是对自己说，说到底，他不知道自己想要什么是非常正常的：

人永远都无法知道自己该要什么，因为人只能活一次，既不能拿它跟前世相比，也不能在来生加以修正。

和特蕾莎在一起好呢，还是一个人好呢?

没有任何方法可以检验哪种抉择是好的，因为不存在任何比较。一切都是马上经历，仅此一次，不能准备。好像一个演员没有排练就上了舞台。如果生命的初次排练就已经是生命本身，那么生命到底会有什么价值？正因为这样，生命才总是像一张草图。但“草图”这个词还不确切，因为一张草图是某件事物的雏形，比如一幅画的草稿，而我们生命的草图却不是任何东西的草稿，它是一张成不了画的草图。

托马斯自言自语：*einmal ist keinmal*，这是一个德国谚语，是说一次不算数，一次就是从来没有。只能活一次，就和根本没有活过一样。

4

一天，在一次手术间歇，一个女护士告诉他有电话找他。他在话筒里听到的是特蕾莎的声音。她是从火车站打来的电话。他很高兴。但不巧的是，那天晚上他有事，只能请她第二天上他家。可一挂上电话，他又自责没有让她马上过来。他还有时间取消已定的约会！他寻思，特蕾莎在他们见面前这漫长的三十六小时里在布拉格会干什么，恨不得立即开车到城里的大街小巷去找她。

第二天晚上，她来了。她斜挎着一个包，长长的背带，他觉得她比上次见到时要优雅。她手里拿着一本厚书，是托尔斯泰的《安娜·卡列宁娜》。她显得挺开心的，甚至有点儿聒噪雀跃，努力对他装出她只是偶然路过的样子，是为了一件特别的事：她来布拉格是出于工作上的原因，或许（她的话非常含混）想找一份新工作。

之后，他们并排躺在长沙发上，光着身子，已精疲力竭。夜深了。他问她住在哪儿，他想开车送她回去。她有点尴尬地回答说她正要找一家旅社，来之前把行李寄存在车站了。

前一天晚上，他还担心如果他请她来布拉格，她会来为他奉献一生呢。现在，听说她的行李寄存在火车站，他心想，在她把自己的一生奉献给他之前，已把它存放在那个行李箱里，并寄存在了车站。

他和她一起上了停在房前的汽车，直奔火车站，取出箱子（箱子很大，重极了），带它和特蕾莎一起回家。

他怎么能这么快就作出决定？近半个月来，他一直犹豫不定，甚至都没给她寄过一张明信片。

他自己也对此感到惊讶。他这样做不符合他的原则。他和第一个妻子离婚有十年了，他是带着愉快的心情离婚的，就像别人庆祝结婚一样开心。于是他明白自己天生不是能在一个女人身边过日子的人，不管这个女人是谁，他也明白了只有单身，自己才感到真正自在。所以他费尽心机为自己设计一种生活方式，任何女人都永远不能拎着箱子住到他家来。这也是他只有一张长沙发的原因。尽管这张沙发相当宽敞，可他总和情人们说他和别人同床就睡不着觉，午夜后，他总是开车送她们回去。而且，就在特蕾莎第一次患流感住在他家的时候，他也没有和她一起睡。头一夜，他是在大扶手椅上过的，后几夜他都去医院的诊室，里面有一张他上夜班时用的长椅。

可这一次，他在她身边睡着了。早上醒来，他发现特蕾莎还睡着，攥着他的手。他们是不是整夜都这么牵着手？这让他感到难以置信。

睡梦中她呼吸沉重，她攥着他的手（很紧，他无法摆脱），笨重的行李箱就摆在床边。

他不敢把手抽出来，怕把她弄醒，他小心翼翼地侧过身，好仔细地看看她。

他又一次对自己说，特蕾莎是一个被人放在涂了树脂的篮子里顺水漂来的孩子。河水汹涌，怎么就能把这个放着孩子的篮子往水里放，任它漂呢！如果法老的女儿没有抓住水中那只放了小摩西的摇篮，世上就不会有《旧约》，也不会有我们全部的文明了！多少古老的神话，都以弃儿被人搭救的情节开始！如果波里布斯没有收养小俄狄浦斯，索福克勒斯[①]就写不出他最壮美的悲剧了。

托马斯当时还没有意识到，比喻是一种危险的东西。人是不能和比喻闹着玩的。一个简单比喻，便可从中产生爱情。

---

① Sophocles（约前469—前406），古希腊三大悲剧诗人之一。

5

他和第一个妻子一起生活不到两年，有一个儿子。离婚宣判时，法官把孩子判给了母亲，要托马斯将三分之一的薪水付给母子俩，由此保证他每月可以看儿子两次。

但每次托马斯该去看儿子时，孩子的母亲总是爽约。要是他给他们送上奢华的礼品，他见儿子肯定要容易一些。他终于明白，要付钱给母亲才能得到儿子的爱，而且这笔钱还要预付。他经常设想日后要把自己的思想灌输给儿子，他这些想法与孩子母亲的想法是格格不入的。每次一想到这个问题，他就已经累了。一个星期天，母亲又在最后一分钟不让他跟儿子一起出门，他于是决定这辈子都不要再见到他。

再说，他为什么非要牵挂这个孩子而不牵挂别的孩子呢？他和他没有任何维系，除了那个不慎之夜。抚养费，他可以严格照章支付，可用不着别人来以什么父爱的名义，让他去争什么做父亲的权利。

显然，没人能接受这种理由。父母都谴责他，申明如果托马斯拒绝把自己儿子放在心上，那他们，作为托马斯的父母，也同样不会再关心自己的儿子。为此，他们故意和媳妇保持良好关系，常在亲友面前吹嘘自己的模范态度和正义感。

没过多长时间，他就让自己从妻子、儿子，母亲和父亲处脱了身。从中给他留下的唯一东西，就是对女人的恐惧。他渴望女人，但又惧怕她们。在恐惧和渴望之间，必须找到某种妥协；这就是他所谓的“性友谊”。他常对情人们说：谁无感情投入，谁就无权干涉对方的生活和自由，惟有这种关系才能给双方带来快乐。

为了确保“性友谊”永远不在爱的侵略面前让步，就算是去看老情人，他也要隔上好一阵子。他认为这种方式无懈可击，对朋友炫耀说:“要坚持‘三’的原则：可以在短期内去会同一个女人，但绝不要超过三次；也可以常年去看同一个女人，但两次幽会间至少得相隔三周。”

这种方式让托马斯既能和老情人不断线，又能拥有许多露水情人。他并不总是被人理解的。在他这些女友中，只有萨比娜最理解他。她是画家。她常说:“我很喜欢你，因为你是媚俗的对立面。在媚俗之王国，你会是个恶魔。在任何一部美国片或俄国片里，你都只能是那种让人嫌恶的角色。”

所以他请萨比娜帮忙替特蕾莎在布拉格找一份工作。按照不成文的“性友谊”的约定，她答应尽力而为，事实上她没多久就替她在一家周刊的照片冲洗室找了一份差事。这份工作不需要特殊的技能，但让特蕾莎的地位从一个女招待上升到了一个新闻从业人员。萨比娜亲自把特蕾莎介绍给周刊社的人。托马斯心想，他从没有过比她更好的女友。

6

“性友谊”的不成文约定要求托马斯这一生与爱情绝缘。如果他违背这一规定，那他的那些情人就会马上觉得低人一等，就会闹腾。

于是他给特蕾莎弄了一个转租的单室套，她得把她笨重的箱子搬到那儿去。他想照看她，保护她，享受她在身边的快乐，但他觉得没有任何必要改变自己的生活方式。而且他也不想让别人知道她睡在他家里。一起过夜，便是爱情之罪证。

和别的女人一起，他从来都不过夜。要是去她们家幽会，事情很简单，他爱什么时候走就什么时候走。如果她们来家里就麻烦一些，他得跟她们解释说下半夜他得送她们回去，因为他有失眠症，身边有人睡不着觉。这差不多是实话，但主要的原因比较糟糕，他不敢向他的情人们承认：做爱后，他有一种无法克服的需要独处的强烈愿望。他讨厌深夜在一个陌生的身体旁醒来；男女早上起床的情景让他憎恶；他不想有人听见他在浴室刷牙，两人一起亲密用早餐也无法打动他。

这就是为什么他醒后发现特蕾莎紧紧地攥着他的手时会如此

惊讶！他看着她，难以明白到底发生了什么事。他回想起刚刚逝去的几个小时的时光，以为从中呼吸到了莫名的幸福的芬芳。

从那以后，两人都乐滋滋盼着共同入眠。我甚至想说，他们做爱的目的并不是追求快感，而是为了之后的共枕而眠。尤其是她，没有他就睡不着觉。如果得一个人待在单室套（它越来越成为一个托词），她整夜都闭不了眼睛。在他怀中，无论有多兴奋，她都能慢慢入睡。他为她编故事，轻声讲给她听，或者说一些无关紧要的事，声音单调，翻来覆去，但却有趣，给人抚慰。在特蕾莎的脑海中，这些话渐渐化作朦胧的幻影，带她入梦。他完全控制了她的睡眠，要她哪一刻入睡，她就在哪一刻入眠。

睡着时，她还像第一夜那样攥着他：紧紧地抓住他的手腕、手指或脚踝。当他想离开又不弄醒她，他就得使点花招。他从她手中抽出手指（手腕或脚踝），这总会让她在模糊中惊醒过来，因为睡着的时候她也很用心地守着他。为了让她安静，他就塞一件东西到她手中（一件揉成一团的睡衣，一只拖鞋，一本书），而她随后紧紧地攥着它，好像那是他身体的一部分。

一天，他刚哄她入睡，但她还没有进入梦乡，还能回答提问。他对她说："好了！现在我要走了。""哪儿？"她问。"我要出门 。"他认真地说。"我要和你一起去。"她边说边从床上坐了起来。"不，我不要。我这一走就不回来了。"他说着走出了房间，到了门口。她起身跟他到了门口，眨着眼睛。她只穿了一件短睡裙，下面什么也没穿。她的脸麻木，没有表情，但她的动作很有力。他从门口走到走廊上（是楼房的公共走廊），当着她的面关上门。她猛地打开门，跟着他，在半睡眠中确信他想永远地离开她，而她应该留住他。他下了一层楼，站在楼梯口等着她。她在那儿找到他，抓住他的手，拉他回到自己身边，回到床上。

托马斯心想：跟一个女人做爱和跟一个女人睡觉，是两种截然不同，甚至几乎对立的感情。爱情并不是通过做爱的欲望（这可以是对无数女人的欲求）体现的，而是通过和她共眠的欲望（这只能是对一个女人的欲求）而体现出来的。

7

夜半时分，她在睡梦中呻吟起来。托马斯叫醒她，可她一见他的脸，就恨恨地说:“你走！你走！”而后她给他讲了她的梦：他俩和萨比娜一起待在某个地方。一个大大的房间。正中间有一张床，就像是剧院的舞台。托马斯命令她待在一边，而他当着她的面跟萨比娜做爱。她在一旁看着，这个场面让她痛苦难忍。她想用肉体的痛苦强压住灵魂的痛苦，便用针往指甲缝里刺。“真是钻心痛！”她边说边握紧拳头，好像她的手真的受了伤。

他把她拉到怀里（她身体直抖个不停），慢慢地，她又在他的怀中睡着了。

第二天，联想到这个梦，他想起了什么。他打开写字台的抽屉，取出一叠萨比娜的信。不一会儿就找到了下面这段话:“我想在我的画室和你一起做爱，就像是在剧院的舞台。周围尽是观众，他们无权靠近我们。但他们的目光却无法离开我们……”

最糟糕的是这封信标有日期。信是新近写的，特蕾莎住到托马斯家都好一阵子了。

他顿时发起火来:“你翻过我的信！”

她没有设法否认，回答说："是的！那把我撵出门去呀！"

但他没有把她撵出门。他看到了她，就靠在萨比娜的画室的墙上，把针往指甲缝里刺。他双手捂着她的手指，抚摸着，把它们送到唇边，吻着，好像上面还留有丝丝血痕。

但是，从那以后，一切都仿佛在暗中和他作对。几乎每一天，她都能对他隐秘的艳史了解到一点新的东西。

起初他什么都不承认。当证据再确凿不过，他便设法说服她，说他跟多个女人风流与他对特蕾莎的爱情毫不矛盾。可他的说辞前后不一：一会儿否认自己不忠，一会儿又为自己的不忠行为辩解。

有一天，他打电话约一个女友。电话挂掉后，他听到隔壁房间有一阵奇怪的声音，像是牙齿在打颤。

她碰巧来他家，而他却没有发觉。她手中拿着一瓶安定剂，正要往喉咙里灌，但她的手抖得厉害，玻璃瓶磕着牙齿直响。

他冲了过去，像是要把溺水的她救上岸。装缬草根剂的药瓶掉到地上，在地毯上弄了一大块污渍。她拼命挣扎着，想摆脱他，他紧紧按住她，有一刻钟之久，像是在她身上套了一件疯人衣，直到她安定下来。

他知道自己处在无法辩解的境地，因为这一境地是建立在完全不平等的基础之上的：

早在她发现他和萨比娜通信之前，他们曾和几个朋友一起去过一家酒吧。大家庆贺特蕾莎有了份新的工作。她离开了相片冲洗室，成了杂志社的一名摄影师。因为他不喜欢跳舞，医院的一个年轻同事就陪特蕾莎跳。他们优雅地滑入舞池，特蕾莎显得比以往任何时候都美。他不胜惊讶，看到她心领神会无比精确而又温顺地配合着舞伴。这支舞仿佛在宣告，她的忠诚，她对在托马斯眼中看到的每一个热望的满足，并不一定要只维系在他托马斯一人身上，而是随时准备迎合她能遇见的无论哪个男人的召唤。谁都不难把特蕾莎和这个年轻同事想象成一对情人。正是这种极易想象的可能性在刺伤他！特蕾莎的身体在别的男人的怀中充满爱恋地紧紧抱着，这完全可以想象，而这一想法让他的心情糟透了。深夜回家后，他向她承认他很嫉妒。

这种荒诞的、由理论上的可能性所引发的嫉妒，是一个证明，证明他把她的忠诚当作了一个必要条件。可她嫉妒他那些真实存在的情人，他又怎能去责怪呢？

8

白天，她尽力（但难以真正做到）相信托马斯的话，而且尽力像以前那样，始终一副开开心心的样子。然而，白天受抑制的妒意在夜里的睡梦中倍加凶猛，每次做梦末了，必定是一场哭叫，不得不把她唤醒，才能停止。

她的梦好似变奏的主题，或像一部电视连续剧的片段，反反复复。比如有一个梦经常做，那是个猫的梦。小猫总是跳上她的脸颊，爪子伸到她的皮肤里。说真的，这种梦很容易解释：在捷克语中，“猫”为俗语，指漂亮姑娘。特蕾莎感到女人的威胁，感到所有女人的威胁。所有女人都可能成为托马斯的情人，她为此而恐惧。

还有另一类梦，梦中她总是送死。一天夜里，他把她从恐怖的叫声中唤醒，她告诉他做了这样一个梦：“那是一个封闭的游泳馆，很大。里面有二十来个人。全是女的。一个个赤身裸体，得围着游泳池不停地走。游泳馆顶上悬挂着一个硕大的篮子，里面有个人。他戴着顶宽檐帽，脸被遮住了，可我知道那是你。你不断给我们大家下令。又喊又叫。要大家边走边唱，还要不断下跪。如果哪个女人没跪，你朝她就是一枪，她一命呜呼跌进游泳池里。这时，剩下的女人会一阵哄笑，又起劲地唱起来。而你呢，你的眼睛始终盯着我们，要是我们中的哪个人做错了动作，你就又是一枪打去。游泳池里到处是死尸，漂在水面。我呢，我很清楚，我实在没有力气再做一个下跪动作了，你马上就会把我杀了。"

第三类梦做的尽是她死后发生的事情。

她躺在一个巨大的棺材里，足有搬家用的卡车那么大。身边，尽是女人的尸体。尸体实在太多了，车后门只得敞着，一条条大腿耷拉在门外。

特蕾莎惊叫着："哎！我没有死！我还有各种感觉！"

"我们也一样，我们都还有各种感觉。"那些死尸在冷笑。

死去的女人同活着的女人笑得一模一样。那些活着的女人曾开心地笑着告诉她说，她的牙齿以后会烂，卵巢会得病，脸会长皱纹，她们还说，这完全正常，因为她们牙齿已烂，卵巢已经得病，脸上都长了皱纹。此刻，她们笑着向她解释说，她已经死了，一切都了了。

突然，她憋不住想尿尿。她叫起来："我既然还想尿尿，这证明我没有死！"

她们又哄然大笑："你想尿尿，这很正常！你所有的感觉，都还会持续很长时间。就像有人砍掉了一只手，但很长时间内都会感觉到手还在。我们这些人已经没有尿了，可是我们还总想尿。”

特雷莎在床上紧靠着托马斯说:“她们都同我以你相称，好像她们早就认识我似的，像是我的同志，而我，我真害怕自己不得不永远跟她们在一起待着！”

9

在从拉丁语派生的所有语言里，*compassion*（同情）一词都由前缀*com-*和词根*passio*组成，该词根原本表示“苦”的意思。在其他语言中，例如捷克语、波兰语、德语、瑞典语，这个词用作名词，由相类似的前缀加“情感”一词组成（捷克语：*sou-cit*；波兰语：*współ-czucie*；德语：*Mit-gefühl*；瑞典语：*med-känsla*）。

在从拉丁语派生的语言中，compassion这个词的意思是说人们不能对他人的痛苦无动于衷；换言之：也就是人们对遭受痛苦的人具有同情之心。另一个词*pitié*的意思几乎相同（英语为*pity*；意大利语为*pietà*，等等），该词甚至意味着应该对遭受痛苦的人表示某种宽容。“怜悯”一位妇女，意味着处境比她好，也就意味着降贵纡尊，要与她处于同一位置。

正因为如此，“同情”这个词一般会引发蔑视，它指的是一种处于次要地位的感情，同爱情没有瓜葛。出于同情爱一个人，并非真正爱他。

而在以“情感”而非passio即“痛苦”作为词根组成“同情”一词的语言中，该词使用的意义基本相同，但是，很难讲它特指的是不好的或是一般的情感。该词的词源所包含的神秘力量给该词投上了另一层光芒，使其意义更为广泛：有同情心（同－感），即能够与他人共甘苦，同时与他人分享其他任何情感：快乐、忧愁、幸福、痛苦。因此这种同情（*soucit*，*współczucie*，*Mitgefühl*，*medkänsla* 的意思）是指最高境界的情感想象力，指情感的心灵感应艺术。在情感的各个境界中，这是最高级的情感。

当特蕾莎梦见往自己的指甲缝里扎针的时候，她暴露了自己的情感，由此向托马斯表明了她在背地里曾搜查过对方的抽屉。如果另一个女人也这样做，他会永远不再理睬她。特蕾莎了解他，当她对他吼："把我撵出门去吧！"他不仅没有把她撵出去，反而还捂住她的手，吻她的手指尖，是因为在那个时刻，他本人与她有着同样的感觉，感到了手指尖的痛苦，仿佛特蕾莎的手指神经直接连着他的大脑。

要是不具备同情心（同－感）这一魔鬼之禀赋，那必定会冷酷地谴责特蕾莎的行为，因为别人的隐私是神圣不可侵犯的，绝对不能打开别人珍藏私人信件的抽屉。可是，同情心已经变为托马斯的命运（或是厄运），他甚至觉得是自己跪在写字桌打开的抽屉前，无法让自己的目光从萨比娜书写的词句中移开。他理解特蕾莎，他不仅无力责怪她，反而因此更喜爱她了。

10

她的举止越来越粗鲁，越来越不近情理。两年前她发现了他的不忠，从此每况愈下。没有任何出路。

怎么回事！难道他就不能断绝那些性友谊吗？不能。不然定会使他撕心裂肺。他无法控制对女人的占有欲。再说，他觉得这样做也毫无用处。他这些艳遇对特蕾莎没有任何威胁，这一点他比任何人都心知肚明。他为什么非要断掉呢？这无异于放弃看一场足球赛，这样做让他觉得十分荒唐可笑。

但还能谈什么乐趣吗？他刚刚出门去同某个情人幽会，便马上对她感到厌恶，发誓这是最后一次见她。他眼前呈现的是特蕾莎的形象，他必须立即麻醉自己才能不再想她。从他认识她起，他不醉酒便无法同别的女人上床！然而，恰恰是他醉酒呼出的气味让特蕾莎更轻易地发现他不忠诚的蛛丝马迹。

他整个儿陷入了怪圈：刚出门去见情妇，马上就没了欲望，可一天没见情人，他会立即打电话约会。

还是在萨比娜那里，他的感觉最好，因为他很清楚她不会声张，他不用担心被人发现。画室里，仿佛浮现着他往昔生活的记忆，那是他牧歌般美妙的单身汉日子。

他可能根本没有意识到自己的变化有多大：他害怕太晚回家，因为特蕾莎在等着他。一次，萨比娜发现他做爱时偷偷看表，明显想尽快草率完事。

完事后，她没精打采，光着身子在画室里走，然后站在床头尚未完成的一幅油画前，朝托马斯瞥了一眼，发现他在急匆匆地穿衣服。

他很快穿好了衣服，但一只脚还光着。他查看周围，然后四肢趴在地上，在桌子下面寻找什么东西。

她说："当我看着你，我感觉到你同我油画中的永久主题渐渐融为了一体。两种世界的相遇。双重的展示。在放荡的托马斯的身影后，一张浪漫情人的面孔隐约可见，令人无法置信。或者反过来说吧，在一心只想着他的特蕾莎的特里斯丹[①]的身影下，居然可以看到放荡之徒所表现出的美妙世界。"

托马斯又站起身，漫不经心地用一只耳朵听萨比娜说话：

"你在找什么？"她问。

"一只袜子。"

她和他一起在房间内寻找起来，他又四肢着地趴在桌子底

① Tristan，中世纪爱情传说《特里斯丹和绮瑟》中的男主人公，为纯洁爱情的象征。

下找。

“这里没有袜子。”萨比娜说，“你来的时候肯定没穿。”

“什么？我来时没穿！”托马斯看着手表叫了起来。“我肯定不会穿着一只袜子上这儿来的！”

“不能排除这种可能。近些日子，你整个儿心不在焉。你总是急匆匆的，老看表，忘记穿袜子，也没什么大惊小怪的。”

他决定赤脚穿上鞋。

“外面很冷，”萨比娜说，“我借你一只袜子吧。”

她递给他一只新潮的白色长筒网袜。

他十分清楚，这是报复。是她将袜子藏了起来，以惩罚他在做爱时看表。外边天气那么冷，他也只能听她的了。他回到了家，一只脚上穿着自己的袜子，另一只脚套的是女人穿的白色长袜，袜子卷到脚踝处。

他已是毫无出路：在情妇们眼里，他带着对特蕾莎之爱的罪恶烙印，而在特蕾莎眼中，他又烙着同情人幽会放浪的罪恶之印。

11

为了减轻特蕾莎的痛苦，他娶了她（他们终于退掉转租的那套单室公寓，实际上她早就不住在那里了），还给她弄了只小狗。

小狗是托马斯同事的一头圣伯尔纳纯种母狗生的，公狗是邻居家的一头狼狗。没有人要这样的一窝小杂种，可把它们杀了，他的同事又于心不忍。

托马斯不得不在那窝小狗中挑一只，他知道，没有被选中的，是死的命。他觉得自己简直像是个共和国总统，四个死刑犯中只能赦免一个。他最终选了其中一只，是一只母的，身体模样像狼狗，可头很像那只圣伯尔纳纯种母狗。他把小狗带给了特蕾莎。她抱起小家伙，紧贴在怀里，不料这畜生尿了她一裙子。

得给它起个名字。托马斯想别人一听到这个名字，就知道是特蕾莎的狗，他想起，当初她不打招呼来到布拉格时，腋下夹着一本书。他于是提出那狗就叫托尔斯泰吧。

“不能叫托尔斯泰，因为这是个小丫头，”特蕾莎反驳说，“倒可以叫它安娜·卡列宁娜。”

“不能叫它安娜·卡列宁娜，一个女人的嘴，根本不会长得这么滑稽。”托马斯说，“不如叫卡列宁。对，卡列宁。这正是我原来一直想象的。”

“叫它卡列宁会不会造成它的性倒错？”

“有可能，要是主人总用公狗的名字来叫一条母狗，那母狗很有可能产生同性恋倾向。”托马斯说。

事情太奇怪了，托马斯预见的事情果真发生了。通常，母狗更依赖男主人，而不是女主人，但卡列宁恰恰相反。它铁了心跟特蕾莎亲。托马斯对它心怀感激之情。他常抚摸着它的头对它说：“卡列宁，你做得对，我期待你的正是这一点。那事我一个人做不到，你得帮我。”

但是，即使有卡列宁的帮助，他还是无法让特蕾莎幸福。俄国人的坦克占领他的国家十来天后，他才明白了这一点。那是在一九六八年八月，苏黎世有一家医院的院长，托马斯是在一次国际研讨会上同他结识的，他每天都从苏黎世给托马斯打电话。他为托马斯担惊受怕，主动提出给他提供一份工作。

12

瑞士那位院长的好意托马斯毫不犹豫地回绝了，这完全是因为特蕾莎的缘故。他觉得她是不想走的。况且，占领的最初七个日子，她是在一种兴奋的状态中度过的，简直像是某种幸福。她常在街上转，手里拿着照相机，还给外国记者发胶卷，那些记者争着要。一天，她胆子实在也太大了，竟然贴近一个军官，拍下了他用手枪对准游行人群的镜头，她因此而被捕，在俄军司令部关了一夜。他们甚至威胁要枪毙她。可刚一放出来，她又跑到街上去拍照。

占领的第十天，她问托马斯:“你到底为什么不想去瑞士呢？”对这一问，托马斯当然也就不感到惊奇了。

“那我为什么非要去呢？”

“在这里，他们可是要跟你算账的。”

“他们跟谁没账算？”托马斯做出一个听天由命的动作，反驳道，“告诉我，你能在国外生活吗？”

“为什么不能？”

“瞧你已准备为自己的国家奉献自己生命的样子，我在纳闷，你现在怎么能离得开呢？”

“打从杜布切克[①]回来后，一切全变了。”特蕾莎说。

事实确实如此：兴奋的日子只持续了占领后的头七天。捷克的国家政要被俄国军队像罪犯一样一个个带走，谁也不知道他们在什么地方，大家都为他们的性命担忧，对俄国人的仇恨像酒精一样，让人昏了头脑。那简直是仇恨的狂欢节。波希米亚的各城镇贴满了成千上万的大字报，有讽刺的，有挖苦的，还有诗歌和漫画，矛头直指勃列日涅夫和他的军队，嘲笑他们像是一群没有文化的马戏团小丑。但是天下没有永远不散的节日。就在这些日子里，俄国人强迫那帮被劫持的捷克政要妥协，在莫斯科签了协议。杜布切克带着这份妥协的协议，回到布拉格，并在电台发表了讲话。六天的监禁竟把他折磨得不成人样，连话都讲不出来，结结巴巴，不停地喘气，连一个句子都讲不完整，一停就差不多有半分钟。

这一妥协，倒是使国家免遭厄运，没有造成大批的人被枪决，被流放到西伯利亚，这种命运，谁不怕呢。但是有一件事很快再也清楚不过：波希米亚不得不在征服者面前下跪。这个国家将永远像亚历山大·杜布切克那样，结结巴巴，忍气吞声，仰人鼻息。狂欢节结束了。屈辱从此成了家常便饭。

特蕾莎对托马斯细述这一切，他也知道这是事实，但是在这一事实背后，还隐藏着另外的理由，让特蕾莎想离开布拉格的更主要理由：她在这里过得一直很痛苦。

她在布拉格街上冒着生命危险拍摄俄国士兵的镜头，这是她度过的最美好的日子。在这些日子里，她梦中的电视连续剧终于断了，夜里得到了安宁。俄国人用他们的坦克给她带来了安详。可现在，狂欢节结束了，她又开始害怕夜晚的到来，她想逃离那些夜晚。她发现，让她充满力量和快乐的环境是存在的，她渴望到国外去，希望找到类似的环境。

“萨比娜已移居瑞士，你一点也不介意吗？”托马斯问。

“日内瓦不是苏黎世，”特蕾莎回答说，“她在那里肯定不会像在布拉格那样让我在意。”

谁要是想要离开自己生活的地方，那他准是不快活。特蕾莎渴望移居国外，托马斯像被告接受判决一样接受了特蕾莎的这一愿望。他是身不由己，就这样没过多久，他便带着特蕾莎和卡列宁来到了瑞士最大的城市。

---

① Alexander Dubcek（1921—1992），捷克斯洛伐克政治家，曾任捷共第一书记。

13

他买了一张床，安置在一间空空的居所里（他们还没有钱添置其他家具），随后便以一个年过四十、开始新生活的男人所有的一切热情，狂热地投入了工作。

他给在日内瓦的萨比娜打了多次电话。在俄国人入侵一个星期前，萨比娜碰巧到日内瓦办画展，瑞士那些爱画的人出于对她弱小祖国的同情，买了她展出的全部画作。

“多亏俄国人，我才发了财！”她在电话里边说边笑起来。她请托马斯去她的新画室看看，并向他保证，新画室与他在布拉格熟悉的那一间没有多少差别。

他巴不得去看看她，但找不到向特蕾莎解释出门的理由。于是萨比娜来到了苏黎世。她住进一家饭店。托马斯下班后去看她，他在大堂通过电话通知萨比娜，然后上楼到她的房间。她打开门，站在他的面前，修长的漂亮大腿，裸露着，除了短裤和胸罩，头上戴着一顶圆礼帽。她久久地凝望着托马斯，一动不动，一句话也没有。托马斯也待在那里，一动不动，没有言语。随后，他发现自己是太激动了。他伸手摘下她头上的圆礼帽，放在床头柜上。

两人开始做爱，还是没说一句话。

从饭店回苏黎世那个家（早些天添置了一张桌子、几把硬椅、几张扶手椅和一块地毯）的路上，他自言自语，带着一种幸福感，说他这种生活方式是走到哪儿带到哪儿，就像蜗牛驮着整个家。特蕾莎和萨比娜代表着他生活的两极，相隔遥远，不可调和，但两极同样美妙。

然而，由于他总是带着自己的这种生活方式，如同割舍不了身上的阑尾，特蕾莎也就永远得做那些不变的噩梦。

他们来到苏黎世六七个月后的一天晚上，他回家晚了，到家后发现桌子上有一封信。她告诉他，她已回布拉格去。她之所以走，因为她实在没有力量在国外生活下去。她心里清楚，她在这里对托马斯来说本应是一种支持，但她知道自己没有这样的能力。当初她太幼稚了，原以为国外的生活会改变她。她以为，经历了在占领的日子里她所经历的一切之后，自己已经不再平庸，已经长大、懂事、变得勇敢，但她过高估计了自己。她成为了托马斯的负担，而这又正是她不愿意的事情。她想在不可救药之前承担后果。还请他原谅将卡列宁也带走了。

他吃了药效很强的安眠药，可是直到清晨才迷迷糊糊睡着。庆幸的是，那是个星期六，他可以呆在家里。他反反复复，对形势作了估量：波希米亚与世界其他地方的边境已经封闭，与他们离开的时候已经不一样了。电报也好，电话也罢，都无法将特蕾莎唤回来。官方怎么也不会再让她离境的。对眼下的这一切，他怎么也难以相信，可是特蕾莎的出走已是无法挽回的事实。

14

一想到自己已经绝对无能为力，他便陷入了一种惊恐状态，但同时反倒镇静下来。没有人逼他非作出决定不可。他用不着非盯着对面楼房的墙，一边追问自己到底想或不想与她生活在一起。这一切，特蕾莎本人已经决定了。

他去饭店吃午饭。他感到很伤心，但吃着吃着，原本绝望的情绪好像放松了，仿佛绝望已经淡去，只剩下几许忧郁。他回想起与她共同度过的时光，心想他们的故事不可能会有更好的结局。即使让人来编造这个故事，也很难有别的结局：

一天，特蕾莎没有打一声招呼就来到他的家里。又一天，她以同样的方式离去了。她来时带着一个沉重的行李箱。她走时，还是带着一个沉重的行李箱。

他付了账，走出饭店，想在街上逛逛，满怀的忧郁渐渐地令他心醉。他同特蕾莎已经生活了七个春秋，此刻他才发现，对这些岁月的回忆远比他们在一起生活时更加美好。

他和特蕾莎之间的爱情无疑是美好的，但也很累人：总要瞒着什么，又是隐藏，又是假装，还得讲和，让她振作，给她安慰，翻来覆去地向她证明他爱她，还要忍受因为嫉妒、痛苦、做噩梦而产生的满腹怨艾，总之，他总感到自己有罪，得为自己开脱，请对方原谅。现在，再也不用受累了，剩下的只有美好。

星期六的夜晚开始了；他第一次独自在苏黎世漫步，深深地呼吸着自由的芬芳。在每个角落，都潜藏着诱惑。未来成了一个谜。他又回到了单身汉的生活，他曾坚信自己命中注定要过这种生活，因为只有在这样的生活中他才真正是他自己。

他跟特蕾莎捆在一起生活了七年，七年里，他每走一步，她都在盯着。仿佛她在他的脚踝上套了铁球。现在，他的脚步突然间变得轻盈了许多。他几乎都要飞起来了。此时此刻，他置身于巴门尼德的神奇空间：他在品尝着温馨的生命之轻。

（他是否想给住在日内瓦的萨比娜打电话？是否想跟近几个月在苏黎世结识的某个女人联系？不，他丝毫没有这份欲望。一旦他同别的女人在一起，他非常清楚，对特蕾莎的怀念会给他造成无法承受的痛苦。）

15

因忧郁而造成的这份奇异的迷醉一直持续到星期天的晚上。到了周一,一切都变了。特蕾莎突然闯入他的脑海：他感受到她在写告别信时的那种感觉；他感到她的手在颤抖；他看见了她，一只手拖着沉重的行李箱，另一只手用皮带牵着卡列宁；他想象着她把钥匙插进了布拉格的那套公寓的锁眼里转动，当门打开的那一刹那，扑面而来的是废弃的凄凉气息，而此时，这气息直钻他的心扉。

在这美好而忧郁的两天里，他的同情心（这一惹祸的心灵感应）在歇息。这同情心在睡大觉，就像一个矿工劳累了一个星期之后，在星期天好好睡上一觉，以便星期一有力气再下井去干活。

托马斯在给一个病人做检查，眼前的病人变成了特蕾莎。他定了定神：别想了！别想了！他自言自语：我得了同情病，所以她走了，我再也看不见她了，这倒是件好事。我要摆脱的不是她，而是同情病，是我原来没有得过、由她给我接了种的同情病！

星期六和星期日，他感觉到温馨的生命之轻从未来的深处向他飘来。星期一，他却感到从未曾有过的沉重。重得连俄国人的千万吨坦克也微不足道。没有比同情心更重的了。哪怕我们自身的痛苦，也比不上同别人一起感受的痛苦沉重。为了别人，站在别人的立场上，痛苦会随着想象而加剧，在千百次的回荡反射中越来越深重。

他不断呵斥自己，警告自己不要向同情心投降，于是同情心乖乖听从，好像犯了罪似的低下了头。同情心清楚自己滥用了权利，但又暗暗地较劲儿。因此，特蕾莎走后五天，托马斯告诉（俄国人入侵后曾每天打电话给他的）那个医院院长，说他要立即回去。他自感羞愧。他知道院长准会觉得他这样做实在不负责任，因而不可原谅。他多少次想向他倾诉一切，告诉他特蕾莎的事情，以及她留在桌子上的信。但他什么也没有做。在一位瑞士医生看来，恐怕特蕾莎的行为只能是歇斯底里的反应，让人反感。而托马斯不允许任何人觉得特蕾莎不好。

院长果真生了气。

托马斯耸了耸肩膀，说道："Es muss sein. Es muss sein."

这是借用的话。是贝多芬最后一首四重奏最后一个乐章的两个动机：

Muss es sein?
（非如此不可？）

为了让这几个字的意义绝对清晰明了，贝多芬在最后一个乐章上方标注了如下字眼："Der schwer gefasste Entschluss"——细加掂量的决断。

一提到贝多芬，托马斯觉得已经回到特蕾莎身旁，因为当初是她逼他非买下贝多芬的那些四重奏和奏鸣曲唱片。

再说，这一提实在及时，完全出乎他的想象，因为院长是音乐迷。他带着清澈的笑容，轻轻地用嗓子模仿贝多芬的曲调："Muss es sein？" 非如此不可？

托马斯又说了一遍："对，非如此不可！Ja，es muss sein！"

16

同巴门尼德不同，贝多芬似乎将重当作某种正面的东西。“Der schwer gefasste Entschluss”，细加掂量的决断与命运之声（“es muss sein！”）联系在一起；重、必然和价值是三个有内在联系的概念：必然者为重，重者才有价值。

这一信念产生于贝多芬的音乐，尽管责任可能（或者大概）应该归于贝多芬的阐释者，而不是曲作者本人，我们大家今天都多多少少分享这份信念：对于我们所有人来说，人的伟大在于他扛起命运，就像用肩膀顶住天穹的巨神阿特拉斯一样。贝多芬的英雄，是托起形而上之重担的健将。

托马斯开车向瑞士边境驶去，我在想象，满怀忧伤、一头乱发的贝多芬本人，正在指挥着当地的消防员乐队，为他演奏着一曲名为《*Es muss sein*！》的告别流亡进行曲。

但是不久，他穿过捷克边境后，迎头而来的却是一长列俄国坦克。他不得不把车停在一个十字路口等着，坦克队伍过了足足半个小时。一个吓人的坦克兵穿着一身黑军装，站在十字路口指挥车辆，好像波希米亚的所有道路都只归他一个人似的。

“Es muss sein！非如此不可！”托马斯重复着。但是，他很快又开始怀疑：真的非如此不可？

是的，要是留在苏黎世，想象特蕾莎一个人待在布拉格，这实在让他受不了。

那他将遭受同情心多长时间的折磨？整个一生？整整一年？一个月？或只是一周？

他怎么能知道呢？他又怎能证明这一点？

在物理实验课上，任何一个中学生都能验证科学假设的准确性。但是，人只有一次生命，绝无可能用实验来证明假设，因此他就永远不可能知道为自己情感所左右到底是对还是错。

打开公寓门时，他正在思考上面的问题。卡列宁迎面跳到他身上来，重逢时刻竟是这样轻易来到。投进特蕾莎怀抱的欲望（他在苏黎世上车时分明还感到这份欲望）消失得无影无踪。他俩面对面站在雪原中央，冻得瑟瑟发抖。

17

从占领第一天起，俄国飞机便整夜整夜在布拉格城市上空飞。这种声音托马斯已经不习惯，实在难以入睡。

他在已经入睡的特蕾莎身边辗转反侧，想起若干年前在谈及无关紧要的话题时她对他说过的话。他们当时谈到她的朋友Z，她声明说："如果我没有遇到你，我肯定会爱上他。"

当时，这番话曾将托马斯抛入莫名的忧郁之中。确实，他突然醒悟到，特蕾莎爱上他而不是Z，完全出于偶然。除了她对托马斯现实的爱，在可能的王国里，还存在着对其他男人来说没有实现的无数爱情。

我们都觉得，我们生命中的爱情若没有分量、无足轻重，那简直不可思议；我们总是想象我们的爱情是它应该存在的那种，没有了爱情，我们的生命将不再是我们应有的生命。我们都坚信，满腹忧郁、留着吓人的长发的贝多芬本人，是在为我们伟大的爱情演奏《Es muss sein！》。

托马斯想起特蕾莎谈Z朋友时说的话，发现"她"生命中的爱情故事并非建立在"Es muss sein"之上，而是建立在"Es könnte auch anders sein”上面，即“别样亦可”……

七年前，在特蕾莎居住的城市医院里，偶然发现了一起疑难的脑膜炎，请托马斯所在的科主任赶去急诊。但是，出于偶然，科主任犯了坐骨神经痛病，动弹不得，于是便派托马斯代他到这家外省医院。城里有五家旅馆，可是托马斯又出于偶然在特蕾莎打工的那家下榻。还是出于偶然，在乘火车回去前有一段时间，于是进了旅馆的酒吧。特蕾莎又偶然当班，偶然为托马斯所在的那桌客人提供服务。恰是这六次偶然把托马斯推到了特蕾莎身边，好像是自然而然，没有任何东西在引导着他。

他回到波希米亚是因为她。如此必然的决定依赖的却是这样偶然的爱情，七年前如果不是科主任犯了坐骨神经痛病，这一爱情根本就不会存在。这个女人，这个绝对偶然的化身，现在就睡在他的身边，在睡梦中深深呼吸着。

已经很晚了。托马斯感到自己的胃开始痛起来，每逢绝望的时刻，他都会胃痛。

特蕾莎的呼吸有一两次变成了轻轻的鼾声。托马斯感觉不到自己丝毫的同情心。他唯一感觉到的，是胃中央的压迫和归来的绝望。

第二部

灵与肉

1

作者要想让读者相信他笔下的人物确实存在，无疑是愚蠢的。这些人物并非脱胎于母体，而是源于一些让人浮想联翩的句子或者某个关键情景。托马斯就产生于*einmal ist keinmal*这句话，特蕾莎则产生于肚子咕噜咕噜叫的那一刻。

她第一次迈进托马斯寓所门槛的时候，肚子一阵咕噜咕噜叫。这不用奇怪，她没有吃中饭也没有吃晚饭，只是中午上火车之前，在站台上吃了一个三明治。她脑子里只有那个斗胆的出游计划，连吃饭也忘了。但是对自己的身体越是毫不关心，越容易遭到它的惩罚。就在她和托马斯面对面的时候，她受到了折磨，听到肚子在咕噜噜叫唤！她难受得几乎要哭了。好在十秒钟之后，托马斯就将她拥在怀中，她终于忘记了肚子的叫声。

2

产生特蕾莎的这一情景，粗暴地显示了肉体和灵魂之间不可调和的两重性——这一人类根本的体验。

从前，人们总是惊恐地听自己胸膛深处传出有节奏的咚咚声，想知道到底是什么。人当然不会把自己完全等同于像肉体那样奇异、陌生的东西。肉体是囚笼，里面有个东西在看、在听，在害怕，在思索，在惊奇；这东西在肉体消失之后还在，还残存，它就是灵魂。

当然，肉体在今天已不再神秘莫测。人们知道，胸膛中不停敲打的是心脏，鼻子仅仅是为肺输送氧气、突出在体外的一个管道口，脸部不过是标志身体各种机能的仪表盘，标着吃、看、听、呼吸和思考。

自从人能够说出身体各个部分的名称，肉体带来的担忧便减少了。任何人也都知道灵魂不过是大脑灰质的活力。灵魂和肉体的两重性曾一度为科学术语所遮蔽，而今天，也不过是一种陈旧、片面的观念，必然招来嘲笑。

但是，疯狂地爱和听到肚子咕咕叫，这两者足以使灵魂和肉体的统一性——科学时代的激情幻想——在顷刻间化为乌有。

3

她试图透过肉体看到自己。于是她经常照镜子。因为害怕被母亲撞见，每次照镜子都仿佛是一桩秘密的罪恶。

吸引她走到镜子前的并不是虚荣心，而是在镜中能看到自我令她震惊。她忘记了眼前看见的是个传达身体机能的仪表盘。她相信，透过脸部的线条，呈现给她的是自己的灵魂。她也忘记了鼻子不过是给肺输送氧气的一个管道口。她从中看到的，是她本质的忠实表露。

她久久地凝视着镜子中的自己。偶尔令她不快的是，她在自己的脸上发现了母亲的轮廓。于是她更固执地看着自己，调动自己的意志力，以虚化母亲的影子，然后将之彻底抹去，让完全属于她自己的东西留在脸上。每次成功，于她都是令人陶醉的一刻，灵魂又一次浮现在肉体的表面，如同船员们冲出底舱，奔上甲板，向着天空挥臂高歌。

4

她不仅外表像她的母亲，有时我觉得她的生命也只是她母亲生命的延续，有点像台球的移动，不过是台球手的胳膊所做的某个动作的延续。

那么，这个动作最初产生于何时何地，后来又如何变为特蕾莎的生命的?

也许就产生于那位布拉格商人第一次当面夸女儿美丽的那一刻。这个女孩就是特蕾莎的母亲，当时她才三四岁，父亲说她长得像拉斐尔画中的圣母，她牢牢记住了这句话。后来上了中学，课堂上她没有听老师讲课，却在琢磨与她像的到底是一幅什么样的画。

等到了谈婚论嫁的年龄，有九个男人向她求婚。一个个跪倒在她的身边，围成一圈。她像公主一样，站在中间不知道该选择哪一个。第一个求婚者最英俊，第二个最机智，第三个最富有，第四个最健康，第五个出身最高贵，第六个最会背诗，第七个曾周游世界，第八个会拉小提琴，第九个最具男子气概。九个人都一样跪着向她求婚，九个人的膝盖都磨出了泡。

最终她选择了第九个，倒不是因为这个人最有男子气概，而是因为做爱的时候，她悄声叮嘱他："小心！一定要小心！"但他故意没有采取任何措施，而且也没有及时找大夫给她做人流，弄得她不得不赶紧嫁给他。就这样特蕾莎降生了。数不清的亲友从全国各地赶来，依偎在摇篮边，逗着特蕾莎。母亲却没有去逗。她一句话也不说。她心里在想着另外八个求婚的，觉得每个都比第九个强。

和她女儿一样，特蕾莎母亲也特别爱照镜子。有一天，她发现眼角上有了皱纹，心里直嘀咕，当初的婚姻真是荒唐透顶。这时，她又遇到了一个男人，这人一点也没有男子气概，还犯过几次诈骗罪并有两次离婚史。她厌恶那些膝盖上跪出了泡的求婚者。这一回，她疯了似的想自己跪下来向别人求爱。于是，她跪倒在骗子跟前，抛下特蕾莎和丈夫走了。

最具男子气概的男人变成了最伤心的男人。过度悲伤使他对一切都无所谓，他不分场合到处乱说，想什么就说什么。警察对他的胡言乱语非常恼火，赶紧传讯他，判了他的刑，他被投进监狱。家里被贴上封条，特蕾莎被撵了出来，只好投奔她的母亲。

过了没有多久，最伤心的男人死在狱中，母亲拖着特蕾莎和那个骗子在一个山脚下的镇子安顿下来。继父在一个办公室做职员，母亲在商店做营业员。母亲又生了三个孩子。再后来，有一天她又一次照镜子，她看到自己老了，丑了。

5

发现自己一切都失去了，她于是寻找罪魁祸首。要说有罪，人人有罪。她的第一个丈夫有罪，这个徒有男子汉气概、却不为她所爱的男人，她悄悄叮嘱他一定要小心，可他硬是不听她的话；她的第二个丈夫也有罪，是这个毫无男子气却让她深爱着的男人，把她拖离布拉格，来到这个外省小镇，可他见到女人就追，弄得她没完没了地吃醋。遇到这两个男人，她实在没有办法。唯一属于她、不会从她手里溜走、可以补偿所有这一切的人质，就是特蕾莎。

特蕾莎也许确实应该为母亲的命运负责：她，是一个最有男子气的男人的精子和一个最漂亮的女人的卵子荒诞的结合的产物。正是从这一被叫作特蕾莎的命定的一刻起，开始了母亲马拉松式的不幸人生。

她总是不厌其烦地告诉特蕾莎，做母亲就是牺牲一切。她的话很有说服力，因为她说的是她的亲身经历，她就是一个为了孩子而失去了一切的女人。特蕾莎听着，她相信生命的最高价值就是母性，母性意味着伟大的牺牲。如果母性是一种大写的牺牲，那么做女儿就是永远无法弥补的大写的过错。

6

当然，特蕾莎对那个晚上的情景一无所知，不知道母亲曾低声叮嘱那个最有男子气的男人要小心。她体验的犯罪感就像原罪一样说不清。为了弥补这个罪过，她什么事都做。母亲让她辍学，十五岁就开始端盘子，挣来的一切都上交给了母亲。为了回报母亲的爱，她随时准备奉献一切。她操持家务，照顾弟妹，每个星期天都在洗洗涮涮中度过。真可惜，她读中学时是班里最有天分的学生。她一直想“出人头地”，可对她来说，在这个小镇上能到哪里去出头？每次她洗衣服，盆边总放着一本书。她边洗边翻书，手上的水把书也弄湿了。

在这个家里，不存在什么廉耻心。母亲穿着内衣在房间里走来走去，有时候连胸罩也不穿，夏天有时甚至一丝不挂。继父倒不光着身子乱走，但他总是等特蕾莎洗澡的时候往浴室里闯。有一天她在里面把门锁上了，母亲大发脾气：“你以为你是谁？你以为自己怎么样？你美，他不会把你的美吃了的！”

（这种状况显然表明母亲对女儿的仇恨远超过丈夫带给她的嫉妒。一切都是女儿的过错，甚至包括她丈夫的不忠。女儿居然也要自由，敢争什么权利——比如洗澡时插上门之类的权利，对母亲来说，这远比丈夫想占特蕾莎的便宜更不可接受。）

一个冬日，母亲赤身裸体，在点着灯的房间里走来走去。特蕾莎怕对面楼里的人看见，跑过去拉上窗帘，然而她却听见身后母亲在笑。第二天，母亲的几个朋友来看她。有一个邻居，一个商店的同事，一个本区的小学教师和另外两三个经常见面的女人。特蕾莎过来和她们待了一会儿，有一个女人的儿子也在一旁陪着，那是一个十六岁的男孩。母亲乘机谈起特蕾莎如何护着自己，生怕丢脸。她边说边笑，其他女人也哈哈大笑。接着，母亲又说："特蕾莎连人要撒尿放屁的都不愿承认。"特蕾莎满脸通红，母亲依然不依不饶："这有什么难为情的？"她说着便给了自己一个响亮的回答——一连放了几个响屁。女人们笑作一团。

7

母亲还大声地擤鼻涕，一五一十地跟别人细讲她如何做爱，还给别人看她的假牙。她会用舌头异常灵巧地一抵，抵出假牙后，上颌往下一拉，包住下面的牙齿，咧着大嘴笑，那模样让人顿时浑身起鸡皮疙瘩。

她的一举一动，只不过是一种粗俗的表示，她要藉此抛却她的青春和美丽。当九个求爱者跪倒在她四周的时候，她曾那样小心翼翼地看护着自己的胴体，那时候羞耻心是衡量她身体价值的标准。如果说现在的她寡廉鲜耻，那的确是因为她已经彻头彻尾成了一个不知羞耻的人，仿佛要通过自己的厚颜无耻，以庄严的一笔勾销过去的生活，高声宣告，她曾过于看重的青春和美貌实在是一钱不值。

在我看来，特蕾莎好像是她母亲那个粗俗动作的延续，她母亲要通过这个动作，将一个漂亮女人的过去抛得远远的。

（如果特蕾莎本人也有一些神经质的举动，如果她的举止缺少优雅娴静的气质，那实在不必感到奇怪，因为她母亲最重要的举止，那一自我毁灭的粗狂之举，体现的就是她，就是特蕾莎。）

8

母亲要为自己伸张正义，她要罪犯受到惩罚。她坚持要女儿和她都活在一个没有羞耻的世界里。在这个世界里，青春和美貌了无意义，世界只不过是一个巨大的肉体集中营，一具具肉体彼此相像，而灵魂是根本看不见的。

现在，对特蕾莎那个隐秘恶癖的意义，对她经常站在镜子前长时间地注视自己，我们终于可以比较理解了。这是一场和母亲的战斗。这是一种要有别于其他肉体的渴望，渴望在自己的脸上看见从船肚子里出来的船员重见天日时闪现的灵魂。这并不是一件容易的事，那悲伤、惶恐、愤怒的灵魂深藏在特蕾莎的身体里，一直耻于袒露。

她第一次与托马斯相遇时，情况就是这样。那天，她手托盘子，盘子里放着几大杯啤酒，在酒吧那些酒鬼中间忙碌穿行，盘里的啤酒压得她身体弯曲，她的灵魂蜷缩在胃里或胰腺中。这时，她听见托马斯在唤她，这声叫唤太重要了，因为它来自一位陌生人，他既不认识她母亲也不认识这些酒鬼，每天，她耳朵里充斥的都是这些酒鬼一说再说的粗话和脏话。就凭他是个陌生人，便超越于所有其他人之上。

当然，也有点别的什么使他与众不同：一本书摊放在他的桌子上。在这个酒吧里，还从来没有人在桌子上打开过书。对特蕾莎来说，书是确认一个秘密兄弟会的暗号。事实上，那些从镇上图书馆借来的书，也是她反抗那个围困着她的粗俗世界的唯一武器。尤其是小说，她读了许多，从菲尔丁[①]到托马斯·曼[②]。这些书为她提供了一个机会，在虚幻中逃避，摆脱那种毫无快乐可言的生活。作为一种物品，这些书对于她还有一种意义：她喜欢抱着书在大街上行走。它们对她来说，就像上个世纪花花公子的漂亮手杖，使她显得与众不同。

（将书与花花公子的漂亮手杖相比较，并不完全确切。手杖不仅仅是花花公子有别于他人的标志，还使他们成为新潮、时髦的人物。然而书虽然让特蕾莎有别于其他的女孩，但是却让她过于陈腐。当然，她太年轻了，在她身上不可能看到任何陈腐之气。当那些年轻人带着震天响的收音机在她周围溜达，她觉得他们实在是傻。她并不知道他们这是在赶时髦。）

而那个刚刚叫唤她的男人虽然陌生，却是一个秘密兄弟会的成员。他说话的语气谦和有礼，特蕾莎感到她的灵魂从每一根血管，从每一根毛细血管和毛孔中飞冲到表面，要让他看一看。

---

① Henry Fielding（1707—1754），小说家和剧作家，是公认的英国小说创始人之一。

② Thomas Mann（1875—1955），德国小说家和批评家，二十世纪早期重要文学人物。

9

从苏黎世回到布拉格后，托马斯一想到他和特蕾莎的相遇是因为六次难以置信的偶然巧合，心里就不痛快。

但是，如果一件事取决于一系列的偶然，难道不正说明了它非同寻常而且意味深长？

在我们看来只有偶然的巧合才可以表达一种信息。凡是必然发生的事，凡是期盼得到、每日重复的事，都悄无声息。唯有偶然的巧合才会言说，人们试图从中读出某种含义，就像吉卜赛人凭借玻璃杯底咖啡渣的形状来作出预言。

托马斯出现在酒吧，这对特蕾莎来说绝对是偶然的征兆。他独自坐在桌旁，面前摊放着一本书。他一抬眼，看见了她，微微一笑，说:“来一杯白兰地！”

这时候，广播里正播放着音乐。特蕾莎到吧台拿了一瓶白兰地，伸手拧了拧开关，调大了收音机的音量。她听出是贝多芬的曲子。她是在布拉格的一个弦乐四重奏小乐队到这个小镇上巡回演出后，才知道贝多芬的。那次，特蕾莎（正如我们所知道的，她一直渴望“出人头地”）也去了音乐会。整个大厅空荡荡的，她在那里只遇到了药剂师和他的妻子。台上是乐队四重奏，台下是听众三人团。演奏师很友好，并没有因此取消音乐会，整个晚上为他们三个人演奏了贝多芬的最后三部四重奏曲。

事后，药剂师邀请几位演奏师共进晚餐，也邀请了那个素昧平生的女听众。从此，贝多芬对她来说成为了“另一面”的世界的形象，成了她所渴望的世界的形象。此刻，她正端着给托马斯的白兰地酒从吧台往回走，她边走边努力想从这一偶然之中悟出点什么：偏偏就在她准备给一个讨她喜欢的陌生男人上白兰地的一刻，怎么会耳边传来了贝多芬的乐曲呢？

偶然性往往具有这般魔力，而必然性则不然。为了这一份难以忘怀的爱情，偶然的巧合必须在最初的一刻便一起降临，如同小鸟儿一齐飞落在阿西西的圣方济各[1]的肩头。

① François d'Assise（1181—1226），意大利修士，方济各会创始人。

10

他喊她来结账。他合上了书（这是确认一个秘密兄弟会的暗号），她渴望知道他读的是什么书。

“您能把这记在我旅馆的账上吗？”他问。

“当然可以，您的房号是多少？”

他拿出一把钥匙，尾部拴着一个木牌子，上面用红笔标着个“六”字。

“真奇怪，您在六号。”她说。

“这有什么奇怪的？”他问。

她想起她曾和父母一起住在布拉格，那时父母还没有离婚，他们的房子就是六号。但她回答的完全是另外一件事（我们只能为她的机智而赞叹）：“您住六号房间，我六点下班。”

“而我，坐七点钟的火车。”陌生人说。

她不知道再说什么，把账单递给他签了字，然后送到旅馆前台。她下班的时候，他已经离开那张桌子走了。他是否领会了她含蓄的暗示？走出饭店的时候，她有点心烦意乱。

对面，在这个脏乱的小镇中心地带，有一个小公园，那里死气沉沉，花木稀少，可对于她却一直是个美丽岛：一块草坪，四棵白杨，几条长凳，还有一棵垂柳和几丛连翘。

他坐在一条黄色的长凳上，从那儿可以看见酒吧的正门。前一天她就坐在这条凳子上，膝盖上还放着一本书！于是她明白了（偶然的命运之鸟一齐飞落在她的肩头），这个陌生人命中注定要出现在她的生命里。他叫她，请她坐在他的身旁。（特蕾莎感到她灵魂的船员冲上了她肉体的甲板。）过了一会儿，她送他到了火车站。分手时刻，他递给她一张名片，上面写着他的电话号码：“如果，您偶然有一天来布拉格……”

11

最后一刻他递给她的，远不止是这张名片，还有所有偶然巧合（书、贝多芬、数字六、小公园的黄色长凳等）的召唤，是这一切最终给了特蕾莎离家出走和改变自己命运的勇气。也许还是这些偶然巧合（再说，这一切是如此平常，普通，说真的，也只配发生在这种微不足道的小镇里），唤起了她的爱情，成为了她一生汲取不尽的力量之源。

我们每天的生活充满了各种偶然性，确切地说，是人、事之间的偶然相遇，我们称之为巧合。两件预料不到的事出现在同一时刻，就叫巧合。他俩的相遇，便是巧合：托马斯出现在酒吧的时刻，收音机里正播放着贝多芬的乐曲。这些巧合绝大多数都在不经意中就过去了。如果不是托马斯，而是街角卖肉的坐在酒吧的桌子旁，特蕾莎可能不会注意到收音机在播放贝多芬的乐曲（虽然贝多芬和卖肉的相遇也是一种奇怪的巧合）。但是萌生的爱情使她对美的感觉异常敏锐，她再也忘不了那首乐曲。每次听到这首乐曲，她都激动不已。那一刻发生在她身边的一切都闪耀着这首乐曲的光环，美轮美奂。

她到托马斯家去的那天，胳膊下夹着一本小说，在这本小说的开头，写安娜和沃伦斯基相遇的情况就很奇特，他们相遇在一个火车站的站台上，那儿，刚刚有一个人撞死在火车下。小说的结尾，则是安娜卧在一列火车下。这种对称的布局，同样的情节出现在开头和结尾，看来或许极富“小说味”。是的，我承认，但唯一的条件，就是这种小说味对你来说并不意味着“虚构”、“杜撰”，或者“与生活一点不像”。因为人生就是这样组成的。

人生如同谱写乐章。人在美感的引导下，把偶然的事件（贝多芬的一首乐曲、车站的一次死亡）变成一个主题，然后记录在生命的乐章中。犹如作曲家谱写奏鸣曲的主旋律，人生的主题也在反复出现、重演、修正、延展。安娜可以用任何一种别的方式结束生命，但是车站、死亡这个难忘的主题和爱情的萌生结合在一起，在她绝望的一刹那，以凄凉之美诱惑着她。人就是根据美的法则在谱写生命乐章，直至深深的绝望时刻的到来，然而自己却一无所知。

因此我们不能指责小说，说被这些神秘的偶然巧合所迷惑（例如，沃伦斯基、安娜、站台和死亡的巧合，贝多芬、托马斯、特蕾莎和白兰地的巧合），但我们有理由责备人类因为对这些偶然巧合视而不见而剥夺了生命的美丽。

12

偶然的命运之鸟一齐飞落在她的肩头，在它们的促动下，她请了一个星期的假，没有告诉母亲就上了火车。她不时去火车的洗手间照镜子，乞求自己的灵魂在生命中这个具有决定意义的日子里一刻也不要丢弃她肉体的甲板。就这样，她不断照着镜子，忽然害怕起来，因为她觉得咽喉发炎。莫非她会在这个决定命运的日子里发病?

但是不可能有退路了。她在车站给他打了电话，门打开时，她的肚子突然传出了可怕的咕噜声。她感到羞耻，仿佛母亲就在她的肚子里，听见母亲在那里对她的约会冷嘲热讽，要让她扫兴。

一开始她以为他会因为这失礼的响声将她拒之门外，而他却把她一下子拥在怀中。她感激他并不介意她肚子里发出的咕噜声，泪眼朦胧，倍加狂热地亲他。没过一分钟，他们就做起爱来。做爱的时候，她一直在叫着。她已经在发烧，她感冒了。那条给肺部输送空气的管道红红的，已经堵住了。

她第二次再来的时候，提着一个沉沉的箱子，里面塞满了她所有的衣物，她下决心再也不回那个小镇了。他请她第二天晚上去他家，于是她在一个低档的旅馆待了一夜。第二天早上，她把箱子寄存在火车站的行李处，在布拉格的大街上游逛了整整一天，腋下夹着本《安娜·卡列宁娜》。晚上，她按响门铃，他开了门。她一直没有放下那本书，仿佛那就是她迈进托马斯世界的门票。她明白这张可怜的门票是她唯一的通行证，为此，她真忍不住想哭。为了不让自己哭出声来，她不停地大声说话，一边说，一边笑着。而他还是和上次一样，几乎她刚跨进门槛，他就把她拥在怀里，然后他们就做爱。她跌落在一片浓雾里，什么也看不见，什么也听不见，除了她的叫声。

13

这不是喘息，也不是呻吟，是真正的喊叫。叫声太大了，托马斯不得不让头偏离她的脸远一点，仿佛这尖叫声就要震裂他的耳膜。这不是肉欲的发泄。所谓肉欲便是极度调动众感官：热切地注视对方的一举一动，全神贯注地倾听对方的每一丝声响。恰恰相反，特蕾莎喊叫，却是为了让感官迟钝，使它们无法去注视、去倾听。在她体内发出的喊叫，是为了表达她那幼稚的理想主义的爱情，要消除一切矛盾，消除肉体和灵魂的两重性，甚或消除时间。

她的眼睛是紧闭着的吗？不，但它们什么也不看，只是盯着空空的天花板；时而，她猛烈地扭着头，一会儿向左，一会儿向右。

后来，叫声终于平息了，她在托马斯身边睡着了，整夜都抓着他的手。

打从八岁开始，她入睡时就用一只手抓着另一只手，想象自己就这样握着所爱的男人，她生命中的那个男人。因此也就不难理解她在熟睡中这样死死地抓住托马斯的手，因为从孩提时代起，她就这样去准备，去练习了。

14

一个女孩子，非但没有“出人头地”，反而不得不伺候酒鬼们喝酒，星期天又得给弟妹洗脏衣服，这样一个女孩子，身上渐渐地积聚着一股巨大的生命潜能，对那些上了大学，对着书本就打哈欠的人来说，是难以想象的。特蕾莎读的书比他们多，对生活的了解也比他们透彻，但她自己从未意识到这些。自学者和学生的区别，不在于知识的广度，而在于生命力和自信心的差异。特蕾莎一到布拉格，就满怀激情投入到新生活之中，但这份激情既高涨又脆弱。她好像总害怕有一天人们会对她说:“这里不属于你！回到你原来的地方去！”她生活的全部渴望系于一线：托马斯的声音。正是这声音让特蕾莎那羞怯地深藏在体内的灵魂升腾起来。

她在一家杂志社的照片冲洗室找到一份差使，但她并不因此满足。她想自己去拍摄照片。托马斯的女友萨比娜借给她几本著名摄影师的摄影作品集，一次在咖啡馆遇到她，于是指着打开的作品集，给她解释这些照片到底有趣在什么地方。特蕾莎静静地听着，那副专注的神情，是做老师的在学生脸上难得看到的。

多亏了萨比娜，特蕾莎明白了摄影作品和绘画之间有着同源关系，一有什么展览，她便逼着托马斯陪她去看。不久，她就在杂志上成功地发表了自己的摄影作品，后来离开了照片冲洗室，和杂志社的专业摄影师一起工作。

那天晚上，他俩和一些朋友去一家小酒馆一起庆贺她高升。大家在一起跳起舞来。托马斯的脸色却变得阴沉沉的。特蕾莎非要知道他到底怎么了，在回去的路上，他只得向她招认，看见她和他的那个同事跳舞，他心里嫉妒。

"我真的让你嫉妒了？"她一连问了十来遍，仿佛他宣布她荣获了诺贝尔奖，她实在不敢相信。

她一把搂住他的腰，拉着他在房间里跳起了舞。完全不是刚才在酒馆舞池里跳的那种交谊舞，而是一种充满乡村气息的奥弗涅民间舞，一连串夸张的舞步。她不时高高地举腿，笨拙地又蹦又跳，拉着托马斯在房间四处乱转。

唉，可惜很快就轮到她嫉妒了。对托马斯来说，她的嫉妒可不是什么诺贝尔奖，而是一种负担，直到他临死前一两年才得以摆脱。

15

她光着身子，跟着一群赤身裸体的女人一个接一个地绕着游泳池走。穹顶上悬挂着一个篮子，托马斯高高地站在上面，他吼叫着，逼她们唱歌，下跪。一旦有人哪个动作做错了，他就朝她开枪，把她打倒。

我得再次谈谈这个梦：恐怖并非始于托马斯射出第一发子弹的那一刻。一开始这就是一个可怕的噩梦。对特蕾莎来说，光着身子走在一群赤身裸体的女人中间，这是最基本的恐怖形象。小时候在家里，母亲禁止她洗澡时锁上浴室门。那时，母亲常对她说：你的身体和其他人的一个样；你没有权利觉得羞耻；一个东西有成千上万个和它一模一样，你没有理由去掩着藏着。在母亲的世界里，所有的身体都一模一样，一个跟着一个走。对于特蕾莎来说，打从孩提的时候起，裸体就是集中营里强制性整齐划一的象征，是屈辱的象征。

噩梦从一开始就还有另一种恐怖：所有的女人都必须唱歌！她们的身体是同样的，同样的下贱，都是没有灵魂的简单发声机械，而那些女人竟以此为乐！这些没有灵魂的人团结一致，手舞足蹈。她们很高兴抛却了灵魂的重负，抛却了独一无二的幻想，抛却了滑稽可笑的自傲，为所有的人都一模一样而庆幸。特蕾莎和她们一起唱歌，但她并不开心。她歌唱，是因为她害怕如果不唱会被那些女人杀死。

但是托马斯朝她们开枪，她们一个接一个跌落在游泳池里死了，这意味着什么呢？

那些女人为大家的身体一模一样、没有丝毫区别而兴高采烈，她们其实是在庆贺面临的死亡，因为死亡终使她们变得绝对相似。啪啪的枪击声于她们仅仅是死亡之舞的圆满完成。每一声枪响，都伴随着她们开心的狂笑，随着尸体慢慢沉入水下，她们的歌声愈发嘹亮。

为什么开枪的人是托马斯，他怎么也会向特蕾莎开枪？

因为是他把特蕾莎带到这些女人中，特蕾莎不知道如何告诉托马斯这一切，因此噩梦承担了诉说这一切的责任。她来和托马斯生活在一起，就是为了逃离母亲的世界，那个所有的肉体都是一模一样的世界。她来和托马斯生活在一起，就是为了表明她的肉体是独一无二的，不可替代的。而他呢，他却在她和所有其他女人之间画了一个等号，他用同样的方式拥抱她们，对她们滥施同样的抚爱，他对待特蕾莎的身体和其他女人的身体没有任何差别，没有，丝毫都没有。他重又把她扔回了她原以为已经逃离的世界，他让她光着身子和其他赤身裸体的女人一起列队行走。

16

她始终交替做着三种梦：第一种，老鼠猖獗，暗示了她活在这个世上经受的苦难；第二种，展示的是变化多样的死法中她最终将被处决的景象；第三种，讲述的是她在彼世的生活，羞辱在那里成为了一种永恒的状态。

在这些梦中，没有什么需要费心破解的。它们对托马斯的指责如此显而易见，他只得一声不吭，耷拉着脑袋，抚摸着特蕾莎的手。

这些梦不仅富有说服力，而且还美。这是弗洛伊德关于梦的理论遗漏的一个方面。梦不仅仅是一种信息交流（也许是一种密码信息交流），还是一种审美活动，一种想象游戏，这一游戏本身就是一种价值。梦是一种证明，想象或梦见不曾发生的东西，是人内心最深层的需求之一。这就是为什么梦里总是暗藏着阴险。如果梦不美，那人很快就会把它忘了。但是特蕾莎总是不断重温她做过的梦，在脑子里一遍又一遍地回想，渐而渐之便把它们变作了传奇。特蕾莎的梦有一种令人心碎的美，托马斯就生活在它那迷人的魅惑里。

一天他们坐在酒吧里，他对她说："特蕾莎，亲爱的特蕾莎，你在远离我，你要去哪里？你每天都梦见死亡，好像你真要消失似的……"

当时正是大白天，理性和意志占据着主动权。一滴红葡萄酒沿着玻璃杯的内壁慢慢往下淌，特蕾莎说："托马斯，我毫无办法，我什么都明白。我知道你爱我。我完全知道你那些不忠的行为没有什么大惊小怪的……"

她充满爱意地望着他，但是即将来临的黑夜令她恐惧，她害怕做那些梦。她的生命已经被一分为二，白昼和黑夜争夺着对她的控制。

17

一个不断要求“出人头地”的人，应该料到总有一天会感到发晕。发晕是怎么回事？是害怕摔下去？但是，站在有结实的护栏的平台，我们怎么还发晕呢？发晕，并非害怕摔下来，而是另一回事。是我们身下那片空虚里发出的声音，它在引诱我们，迷惑我们；是往下跳的渴望，我们往往为之而后怕，拼命去抗拒这种渴望。

赤身裸体的女人绕着游泳池一个接一个走着，灵车里的那些尸体因为特蕾莎和她们一样死去而高兴。令特蕾莎害怕的是“底层”——她曾从那儿逃出来，却又神秘地诱惑着她。她之所以发晕，是因为她听见了一声十分温柔的呼唤（差不多是欣喜的），要她放弃命运和灵魂。也就是要她与那些没有灵魂的人结为一体。在她软弱的时刻，她真忍不住想回应这声呼唤，回到母亲的身边去。她忍不住想从肉体的甲板上召回灵魂的船员；想下去跟母亲的那些女友坐在一起，当有人放了个响屁时跟着她们一起哈哈大笑；想赤裸着身子和她们一起绕着游泳池一边走一边唱。

18

特蕾莎离家出走之前，的确一直在和母亲斗，但是别忘了她对母亲同时还有一份伤心的爱。如果母亲的声音中带着爱，无论要她做什么，她都会去做的。可惜她从没有听到这样的声音，这最终给了她出走的力量。

母亲意识到自己的专横再也无法控制住女儿，就往布格拉给她写信，信写得很伤心。她抱怨自己的丈夫、老板，还有自己的身体和几个孩子，说在这个世界上只有特蕾莎了。特蕾莎以为她终于听见了充满母爱的声音，整整二十个春秋，她一直盼望着这个声音，为此，她忍不住想回到母亲的身边去。她越是感到虚弱，这渴望就越强烈。托马斯的不忠突然间让她明白了自己的虚弱无助。正是这份无助的感觉，让她感到发晕，产生了一种强烈的往下坠落的愿望。

母亲给她打来电话。她说她得了癌症，只有几个月的活头了。听到这个消息，因为托马斯的不忠一度陷入绝望中不能自拔的特蕾莎由绝望变成了反抗。她责怪自己为了一个不爱她的男人背叛了自己的母亲。她准备忘记母亲给她造成的所有痛苦。眼下，她甚至已经可以谅解她。母女俩处于同样的境况：母亲爱她的丈夫，如同特蕾莎爱着托马斯，继父拈花惹草给母亲带来的痛苦，正如托马斯的不忠给她的折磨。如果说母亲曾经对她很坏，那只是因为母亲太不幸了。

她对托马斯谈了母亲的病，并宣布她要离开一个星期去看望母亲。她的声音里有一种挑战的味道。

托马斯仿佛猜到了是因为发晕，才诱惑着特蕾莎回到母亲身边去，他不愿意她走这一趟。他给那个小镇的医院打电话。在波希米亚，有关癌症检查的资料都是非常详尽的，他轻而易举地得到了证实，特蕾莎的母亲根本没有得癌症的什么征兆，她甚至有一年都没有去看病了。

特蕾莎听了话，没有去看望她的母亲。但是就在同一天，她摔倒在大街上。她的脚步变得摇摇晃晃，几乎每天都要跌倒，或者撞到什么，至少也会弄丢手里拿的东西。

她时刻感受到一种不可抑制的想要摔倒的渴望，她活在一种时刻发晕的状态之中。

人一摔倒，都说:“扶我起来！”托马斯耐心地一次次扶起她。

19

“我想在我的画室里和你做爱，就像在剧院的舞台上。周围尽是观众，他们无权靠近我们，但他们的目光却无法离开我们……”

随着时间的流逝，这幅画面原先给人们的那份冷酷渐渐消失了，开始激起她内心的欲望。多少次，在做爱的时候，她在托马斯的耳边喃喃低语，谈起这番情景。

她想，明明知道他的不忠，却又不要去惩罚他，办法倒是有一个，那就是他要把她带在身边！他到情妇家去时要带着她一起去！唯有通过这种办法，她的身体也许会重新成为所有那些女人中独一无二的，而且是头等重要的。这样她的身体将成为托马斯的另一个自我，成为他的陪衬，他的帮手。

他们拥抱在一起，她在他耳边低语:“我会替你给她们脱去衣服，帮你给她们洗澡，再把她们带到你身边……”她想把他俩都化作两性人，其他女人的身体成为他俩共同的玩物。

20

在托马斯拥有众多女人的生活中充当他的另一个自我，托马斯对此无意理解，但特蕾莎却怎么也无法摆脱这个念头。她试着去接近萨比娜，提出给她拍一些人物照。

萨比娜请她去她的画室。在宽敞的画室中央，特蕾莎最终看到了那个宽大的方型沙发，高高的，就像一个看台。

“你还从没有到我家来过，真不好意思！”萨比娜一边指着沿墙摆放着的画给她看，一边说。她甚至拿出大学时画的一幅旧作。上面画着一个正在建设中的高炉工地，她曾在那里干过活，因为那个时期美术要求体现最为严格的现实主义（非现实主义的艺术那时被当作颠覆社会主义的企图）。萨比娜在当时那种争强好胜的精神的激励下，竭力表现得要比老师还更严格。按她当时的画风，画笔的线条几乎不露痕迹，所以她的那些画看起来就像彩色照片一般。

“可这幅画，被我弄糟了。画面淌上了一点红颜料。一开始，我简直气疯了，但渐渐地却开始让我喜欢上了，因为看起来就像是一道裂缝，仿佛画的不是一处真正的工地，而是一个裂了缝的旧背景，上面的工地只是骗人的点缀。我开始把玩起这条裂缝，把它扩大，想象着人们从它的后面能看到什么。就这样，我画了我的第一组画，称作‘背景组画’。显然，千万不能让别人看到。不然非被撵出校门。那些画表面总是一个完美无瑕的现实主义世界，而背后呢，就像是舞台背景的那块破布后面，人们看到的是不同的东西，某种神秘的或者抽象的东西。”

她停顿了一下，然后接着说:“表面是清晰明了的谎言，背后却是晦涩难懂的真相。”

特蕾莎全神贯注地听着，那份专注令人惊讶，在一个大学生的脸上，老师很少有机会能看到这种神情。她注意到萨比娜所有的画，无论以前的还是现在的，实际上都在传达着某种同样的东西，是两个主题、两个世界的即时融合，就像一些经过两次曝光制作出来的照片。表面是一幅风景画，可深处却是一盏点亮的床头灯，隐隐约约。一幅画着苹果、胡桃和灯火闪烁的圣诞树，牧歌般的静物画，背后却是一只痛苦挣扎的手。

突然间她对萨比娜产生了几分敬意。女画家如此友善，因此这份敬意里没有掺杂进任何恐惧和猜疑，而是渐渐地变成了情分。

她几乎忘了来这里是为了拍照片。萨比娜不得不提醒她。当她的目光从那些画上移开，她又看见了画室中央那张像搭起的看台似的大沙发。

21

沙发旁边有一个床头柜，上面有一个人头形状的东西，理发师常用它来展示假发。萨比娜家的假人头上没有安假发，却放着一顶圆礼帽。萨比娜微微一笑："这顶礼帽是祖父传给我的。"

像这种黑色圆顶硬邦邦的帽子，特蕾莎只在电影上见过。查理·卓别林头上总是戴一顶。她也笑了起来，拿起礼帽，仔细地瞧了一阵，然后说道："你愿意戴上它，我给你拍张照片吗？"

萨比娜报之以哈哈大笑。特蕾莎放下帽子，拿起相机，开始拍照。

过了将近一个小时，她突然说道："我给你拍张裸体照，怎么样？"

"裸体？"萨比娜问。

"是的。"特蕾莎再次大胆地建议。

"要拍的话，先得喝点酒。"萨比娜说着，然后就去开了瓶葡萄酒。

萨比娜端着一杯葡萄酒，在房间里不停地来回走着，边走边谈起她的祖父，特蕾莎感到有点昏昏的，她一直沉默着。他曾是外省一个小城镇的镇长，萨比娜从未见过他，从他那里留下来的全部东西就是这顶礼帽和一张照片，一帮达官显贵坐在主席台上，其中一位就是萨比娜的祖父。不知道他们在做什么，也许是参加一个典礼，也许是在为另外某个达官贵人的纪念碑举行揭幕仪式，这位贵人一定也是戴着一顶圆顶礼帽频频出现在重大场合。

萨比娜讲着圆顶礼帽和她的祖父，讲了很长时间。等三杯葡萄酒下肚，她说:“稍等一下！”接着就走进了盥洗室。

出来的时候，她身上披着浴衣。特蕾莎拿起相机，对准镜头。萨比娜敞开了浴衣。

22

照相机充当了特蕾莎的机械眼，用来观察托马斯的情妇，同时又成了面纱，遮着特蕾莎的脸。

萨比娜的确费了好一阵子才决定脱掉浴衣。这种处境比她原先设想的要难。摆了几分钟的姿势以后，她走近特蕾莎，说："现在，轮到我为你拍了，把衣服脱了！"

"把衣服脱了"，这几个字，萨比娜从托马斯嘴里不知听到过多少次，已经深深地印在脑海了。托马斯的这个命令，现在由他的情妇对他的妻子而发出。这句咒语，就这样把两个女人连在一起。这曾是托马斯与她寻欢作乐的方式，总是在微不足道的谈话中间，突然开始：没有亲吻抚摸，没有甜言蜜语，只是突然间不容置疑的一声命令，随心所欲，虽然声音不大，甚至还隔着一段距离，却如此有力，令人无法抗拒。凡在这一刻，不管对谁，他是从不用手碰一下的。即使对特蕾莎，他也常用同样的口吻："把衣服脱了！"有时声音很轻，甚至是低语，但仍然是一声命令，而这总是令她激动不已，只想听命于他。刚刚听到这几个同样的字眼，让她倍加强烈地渴望服从，这是一种奇怪的疯狂，因为要服从的是一个陌生人，眼下，这份疯狂又是如此美妙，因为命令不是出自一个男人的口中，而是一个女人之口。

萨比娜从特蕾莎手中拿过照相机，特蕾莎脱去了衣服。她站立着，赤身裸体，手无寸铁。之所以说手无寸铁，因为她用来遮住面部的照相机被夺走了，她曾用它像武器一样瞄准萨比娜。而现在，她任凭托马斯情妇的摆布。这份美妙的顺从，令她陶醉。但愿就这样赤身裸体地一直站在萨比娜面前！

我想，当情人的妻子站在她面前，竟如此奇怪地显出顺从与胆怯，处在这一情景，萨比娜也一定体验到了一种异样的迷醉的感觉。她咔嚓咔嚓按了两三下快门，害怕真的被迷住了。为了驱走迷醉的感觉，她一阵放声大笑。

特蕾莎也跟着笑了起来，然后，两人重新穿上了衣服。

23

沙俄帝国过去所犯下的罪行都隐藏在秘密的阴影中。五十万立陶宛人被放逐，成千上万的波兰人被杀戮，对克里米亚的鞑靼人进行灭绝种族的屠杀，所有这一切只留在记忆里，却没有留下任何图片作为证据，就像一件无法论证的事情，迟早会被说成是骗人的谎言。但是，一九六八年对捷克斯洛伐克的入侵，却被拍了照摄了像，被保存在世界各国的档案馆里。

捷克的摄影师和摄像师明白这是提供给他们的机会，做他们唯一所能做的事情：为遥远的未来保留下强暴的镜头。那七天里，特蕾莎在街头拍下了俄国军官和士兵种种不光彩的行径。俄国人有点措手不及。要是遭到射击或者有人投掷石头，他们接到过明确的指示，知道如何对待，但是没有指示他们面对照相机的镜头应该怎么做。

她拍下了数百卷胶卷的照片，要冲洗的胶卷将近一半被她送给了那些外国记者（边境一直是开放的，记者从国外来了，至少可以走个来回，他们怀着感激之情收下任何资料文件）。她拍的许多照片出现在国外各类报纸上：有坦克、吓人的拳头、毁坏的房屋、被沾满鲜血的三色旗包裹着的尸体。小伙子们骑着摩托车挥舞着绑在长长的旗杆上的捷克国旗，围着坦克车飞速疾驰，姑娘们则穿着短得不可思议的迷你裙，当着俄国大兵的面，与素不相识的过路人接吻，故意刺激那些性饥渴的可怜虫。俄国的入侵，再说一遍，不仅仅是一场悲剧，也是一场仇恨的狂欢，永远没有人会理解它奇异的快感。

24

她将五十来张照片带到瑞士，都是她充分发挥自己的艺术才能、精心冲洗出来的。她将照片推荐给一家发行量很大的杂志，主编很友好地接待了她(所有捷克人的头上都戴有表明他们不幸的光环，这打动了好心的瑞士人)，请她在扶手椅上坐下，一边仔细地看照片，一边称赞，然后解释说它们绝无发表的机会(“尽管这些照片都非常美！”)，因为事件离现在太遥远了。

“但是在布拉格，一切都没有结束！”特蕾莎愤怒了，她用糟糕的德语尽可能向对方说明，在她被占领的祖国，就在此时此刻，工厂里的工人不顾一切组成工人委员会，大学生为了抗议入侵而罢课，全国上下仍然以自己的方式在抗争。“情况真的就是这样，不可思议！可都没有人再关心了！”

这时，一个精干的女人走进办公室，打断了他们的谈话，主编如释重负。她递给主编一份卷宗：“我带来一份关于裸体主义者海滩浴的报导。”

主编很敏感，担心这位拍摄坦克的捷克女人对海滩上的裸体照片会嗤之以鼻，连忙将卷宗推到办公桌的尽边上，然后对刚进来的女人说:“我给你介绍一位布拉格的同事，她带来了一些精彩的照片。”

女人和特蕾莎握了握手，然后拿起了照片。

“请同时看看我的照片！”

特蕾莎欠身拿起卷宗，从里面拿出照片。

主编用几乎负罪的口吻对特蕾莎说:“这和您拍摄的完全是两码事。”

“不！其实是一回事。”特蕾莎说。

没有人理解这句话的含义，我也很难解释为什么特蕾莎把沙滩上的裸体和俄国的入侵混为一谈。她仔细地看着底片，有一张她盯着看了很久。上面是一家四口，围成一圈：赤身裸体的母亲弯腰对着她的孩子们，硕大的乳房垂挂着，像哺乳期的母牛或者母山羊的一样。她的丈夫也弓着腰，背冲着你，露出的阴囊活像小小的乳房。

“您不喜欢它？”主编问道。

“拍得很好。”

“我想是题材让她不舒服了，”女摄影师说，“看您这神态，我就猜到没有去过裸泳海滩。”

“确实没去过。”特蕾莎说。

主编笑着说:“我一眼就看出您来自什么地方，共产党国家里的人都是清教徒，真不可思议！”

女摄影师用一种母性的语气接着说道:“赤裸的身体。怎么了！这很正常！一切正常的都是美的！”

特蕾莎想起了母亲赤裸着身体在房间里走动的情景。她总害怕一丝不挂的母亲被人看见，忙跑过去放下窗帘，可引来的总是一阵嘲笑，至今，她还能听到那笑声。

25

女摄影师邀请特蕾莎去酒吧喝杯咖啡。

“您拍的照片很有意思。我发现您对女性的身体有一种奇特的感觉。您知道我指的是什么！就是那些搔首弄姿的年轻姑娘！”

“在俄国坦克前接吻的那些人？”

“对！您将是一位了不起的时尚摄影师。当然一开始您必须和模特取得联系。如果和您一样是刚出道的姑娘，就更好了。然后您可以拍一些照片给杂志社。当然，您得经过一段时间才能出名。在这期间，我可以帮帮您。将您介绍给一位记者，他主持《您的花园》专栏，也许他需要图片，比如仙人球、玫瑰诸如此类的一些玩意儿。”

看着坐在对面的这个古道热肠的女人，特蕾莎由衷地说：“非常感谢您。”

但是接下来她心想：为什么我要去拍仙人球？一想到她又要重新开始在布拉格所经历的一切，为了一份工作、一个职业，甚至一张发表的照片而打拼，她就有种恶心的感觉。她从来都不是那种因为虚荣而野心勃勃的人。她所要的一切，就是逃离母亲的世界。是的，突然间，她看清楚了这一切：既然可以如此投入地干摄影这一行，她也可以同样投入地做其他任何事情，因为摄影仅仅是“出人头地”的一种方式，是在托马斯身边生活的一种手段而已。

她说：“您知道，我丈夫是医生，他可以养活我。我不需要拍照片。”

女摄影师回答：“您拍的照片那么精彩，却要放弃摄影，我真不理解！”

是的，俄国入侵期间拍的照片是另一回事。那些照片，她不是为托马斯拍摄的，它们是在激情的驱使下完成的。但不是摄影的激情，而是仇恨的激情。那样的情形不会再重现了。再说，激情驱使下拍摄的照片，如今没有人再欣赏了，因为它们已经不入时了。只有仙人球才永远都入时。但是仙人球激不起她的兴趣。

她说：“您太客气了，但是我还是想呆在家里。我不需要工作。”

女摄影师说：“您就甘心呆在家里？”

特蕾莎说：“要我去拍仙人球，我宁愿这样。”

“即使您去拍仙人球，那是属于您自己的生活。如果您只是为了您的丈夫活着，那就不是您的生活了。”女摄影师说。

突然间，特蕾莎感到恼怒：“我的生活，就是我的丈夫，不是仙人球。”

女摄影师也带着有点气恼的声音说："您想说您是幸福的吗？"

特蕾莎说（依然是恼怒的口吻）："我当然是幸福的！"

女摄影师说："一个女人说出这种话，肯定是……"她没有说下去。

特蕾莎接过话说："您想说：肯定是太狭隘。"

女摄影师克制住自己说道："不，不是狭隘。是落伍。"

特蕾莎若有所思地说："您说得对。我丈夫也正是这样说我的。"

26

托马斯一连几天都在诊所，而她独自一人留在家里。幸好她还有卡列宁！她可以和它一起到外面多走一会儿！一回到家，她就坐下，捧一本德语课本或者法语课本，但是她情绪抑郁，根本无法集中精力。她经常想起杜布切克从莫斯科返回时发表的广播演说。他到底说了些什么，她一点也想不起来，但是耳畔依然回响着他那结结巴巴的声音。她想到他，一个主权国家的元首，竟在自己的国家被外国士兵逮捕，抓走，连续四天被非法囚禁在乌克兰山区的某个地方。他们要他明白，他们会把他杀了，就像十二年前他们杀了匈牙利的纳吉·伊姆雷[①]。后来，他们把他转移到莫斯科，令他洗澡、刮脸、穿衣服、打领带，向他宣布不再把他交给行刑队处决，命令他把自己再当作国家元首，拉他在一张桌子旁坐下，面对勃列日涅夫，逼他谈判。

他受尽耻辱回到了国内，向受尽耻辱的民众发表演说。他羞

① Nagy Imre（1896—1958），匈牙利人民共和国前部长会议主席。

辱难当，连话也说不出来。特蕾莎永远也忘不了他讲话时一停再停，让人痛心。他是心力交瘁？还是病了？他们是否给他服了毒品？或只是绝望？如果说杜布切克没留下什么，可至少忘不了他那令人痛心的长时间的停顿，面对紧贴在收音机前的全体民众，他无法呼吸，在一次次地喘气。在那残酷的停顿中，是笼罩着整个国家的恐惧。

是入侵的第七天，她在一家日报的编辑部里收听演说。那些日子里，这家报纸已经成了抵抗运动的喉舌。那一刻，编辑部里所有的人，所有在听杜布切克讲话的人，都仇恨他。他们恨他接受妥协。他们为他的耻辱而耻辱，他的软弱激怒了他们。

而现在，在苏黎世，当她想到那一刻，她对杜布切克不再有丝毫的蔑视。“软弱”一词也不再像判词一样响起。面对强力，人总是软弱的，即使拥有杜布切克那样健壮的身体。这份软弱曾令她憎恶，让她作呕，把她赶离了祖国，可此时突然间吸引着她。她明白她属于那些弱者，属于弱者的阵营，属于弱者的国家。她应该忠于他们，因为他们都是弱者，因为他们弱得说话都透不过气来。

她被软弱所吸引，如同被眩晕感所吸引。她之所以被吸引，是因为她感到自己软弱。当她又一次变得嫉妒的时候，她的手又开始颤抖。托马斯发现了，习惯性地伸出手：他用力地握着她的手，想使她平静下来。但是她挣脱了。

“你怎么了?”

“没什么。”

“你要我为你做什么?”

“我要你变老,比现在老上十岁,二十岁!”

那一刹那,她是想说:“我要你变得软弱。要你跟我一样软弱。”

27

卡列宁才不乐意去瑞士呢。卡列宁讨厌变动。对于一只狗来说，时间运动不是直线式完成的，它的流逝并不是一种不断向前的运动，不是一步一步向远方推进，而是循环运动，就像手表的指针，因为指针非但不是疯一样地只顾往前走，而是在表盘上日复一日，沿着同样的轨迹转圈。在布拉格，他们买张新沙发椅，或者给花盆挪个地方，卡列宁都会生气，因为它的时间感被搅乱了。要是有人在表盘上不断变动数字，指针也会乱了阵脚。

不过，卡列宁很快就在苏黎世的屋子里恢复了老时间表和老习惯。早晨，和在布拉格时一样，它都跳上床去和他们相聚，开始新的一天，然后跟特蕾莎一早出门去跑步。和在布拉格时一样，它非要每天都出去遛遛。

卡列宁是他们的生活之钟。在沮丧绝望的时刻，特蕾莎想，为了这只狗也必须坚持住，因为它比她还要软弱，也许比杜布切克、比她那被抛弃的祖国还要软弱。

散完步回到家，电话响了。她拿起听筒，问是哪位。

是一个女人的声音，讲德语，找托马斯。声音很不耐烦，特蕾莎相信那声音中透出股轻蔑的意味。她说托马斯出去了，不知道什么时候回来，女人在电话线的另一端哈的一声笑，然后没说再见就挂断了电话。

特蕾莎知道不必把这件事放在心上。可能是医院的一个护士，一个病人，一位秘书，管她是谁。但她的心乱了，她怎么也无法集中精力。她明白她连在布拉格拥有的那一点点力量也失去了，即使这样一件微不足道的小事，她也绝对无法承受。

一个人生活在异国，就像在空中行走，脚下没有任何保护，而在自己的国家，不管什么人，都有祖国这张保护网，一切都颇具人情味，因为，在祖国，有自己的家人、同事、朋友，可以用童年时就熟悉的语言毫不费力地让人理解。在布拉格，她依靠托马斯，的确如此，但那只是在心里。在这里，她的一切都得依靠他。如果他把她抛弃了，她在这里会怎样？难道她必须在生怕失去他的恐惧中度过一生？

她想他们的相逢从一开始就是一个错误。那天她夹着本《安娜・卡列宁娜》，那只是她用来欺骗托马斯的假身份证。他们为彼此造了一座地狱，尽管他们彼此相爱。的确，他们彼此相爱，这足以证明错不在他们本身，不在他们的行为，也不在他们易变的情绪，错在他们之间的不可调和性，因为他强大，而她却是软弱的。她就像杜布切克，一句话有半分钟的停顿，就像她的祖国，结结巴巴，喘不过气，说不出话来。

正因为弱才应该知道要强，才应该在强者也弱得不能伤害弱者的时刻离开。

这就是她所想的。然后，她把脸紧贴在卡列宁毛茸茸的头上："不要怪我，卡列宁，还得再搬一次家。"

28

她蜷缩在车厢的一角，那只沉重的行李箱放在头顶上方，卡列宁蹲在她的脚旁。她想起跟母亲住在一起时曾工作过的那家小酒店的厨师。那家伙从不放过任何一次可能的机会，动不动就在她屁股上打一下，还不止一次地当着众人的面提出要和她睡觉。真奇怪，她想到的竟是他。对她来说，他代表着她所厌恶的一切。但是现在，她只有一个念头，找到他，然后对他说："你说想和我睡觉，好！我来了。"

她渴望做点什么，以免再走回头路。她恨不得猛然抹去过去的这七个年头。这就是眩晕，一种让人头晕眼花的感觉，一种无法遏止的坠落的欲望。

我可以说眩晕是沉醉于自身的软弱之中。意识到自己的软弱，却并不去抗争，反而自暴自弃。人一旦迷醉于自身的软弱，便会一味软弱下去，会在众人的目光下倒在街头，倒在地上，倒在比地面更低的地方。

她说服自己，不要留在布拉格，不要再干摄影这一行。她要回到那个小镇，当初，是托马斯的声音把她从小镇里夺走的。

但是回到布拉格后，不得不费些时间来处理一些实际琐事。为此她的行程一推再推。

直到五天后，托马斯突然出现在房间里，卡列宁冲他扑了上去，久久一阵，免去了他俩不得不开口说话的尴尬。

他俩面对面，站在雪原中央，冻得瑟瑟发抖。

接着，他们靠在了一起，就像一对还没有亲吻过的情侣。

“一切都好吗？”他问。

“是的。”

“你去过报社了？”

“我打了电话。”

“怎么样？”

“没什么。我在等着。”

“等什么？”

她没有回答。她不能对他说，她一直在等他。

29

再回到我们所了解的那一刻。托马斯感到绝望，胃疼。他很晚才入睡。

过了一会儿，特蕾莎醒了。(俄国飞机总是在布拉格的上空盘旋，隆隆的声音令人无法入眠。)她首先想到的是：他来这里是因为她。因为她，他的命运改变了。从现在起，不再是他对她负有责任；从今往后，该她对他负责了。

这份责任在她看来已超出了自己的能力。

然后，她回想起：是在昨天，他出现在门口，没过多久，布拉格的一座教堂敲响了六点钟。他们第一次相遇，她是六点钟下的班。她看见他坐在对面的一条黄色长凳上，不早不晚，她听见了六点的钟声。

不，这绝不是迷信，这是把她一下子从惶惶不安中解救出来的一种美感，让她全身心都充满了一种对生活崭新的渴望。偶然的幸运之鸟再一次飞落在她的肩头。她含着热泪，无限幸福地听着他在身边呼吸。

第三部

不解之词

1

日内瓦是一座泉城，有喷泉，有涌泉。城内的公园里还有音乐台，从前那里总演奏军乐。连大学都掩映在绿树之中。结束了上午的课后，弗兰茨走出大楼。旋转喷嘴里射出的水雾洒落在草坪上；他的心情极佳。从校园一出来，他便径直往女友家去，她住的地方只隔几条街。

他常常到她家稍作停留，不过总是作为亲密的朋友，而绝非以情人身份。要是他与她在日内瓦的画室里做爱，那么他一天之中就得辗转于两个女人之间，先是妻子再是情妇，或者先是情妇后是妻子，而且，在日内瓦，夫妇按照法国式习惯同睡一床。如此一来，他在数小时内从一个女人的床转到另一个女人的床。对他来说，这样便会辱没了情妇与妻子，最终也辱没了他自己。

近几个月来他迷恋上这个女人，十分珍视这份爱情，因此煞费苦心，为她在自己的生活中创造出一片供她自由支配的空间，一处纯净的世外佳境。经常有人邀请他去外国的大学讲学，现在他对此迫不及待，来者不拒。由于机会还不够多，他便编造出一些代表大会和研讨会来凑数，以使妻子相信他出门有因。这样一来，女友可以随意占用他的时间，并陪伴他。他已带着她在短期内游历了好几座欧洲城市，还有一座美国城市。

“要是你不反对，过十来天我们可以去巴勒莫[1]。”他说。

“我更喜欢日内瓦。”她站在画架前，审视着一幅未完成的油画。

弗兰茨开玩笑说:“若不看看巴勒莫，岂不枉活一生？”

“我看过巴勒莫。”她答道。

“什么？”他几乎有点妒羡地问道。

“是一个女友从那儿给我寄了张明信片。我用透明胶带贴在卫生间里，你没看到？”

接着她又说:“听个故事吧，讲的是本世纪初一个诗人。他很老了，常让秘书搀扶着他散步。一天，秘书对他说:‘大师，抬头，看一看！这是从城市上空飞过的第一架飞机！’‘我想象得出！’大师连眼皮也不抬，对秘书答道。噢！你明白吗？我也一样，能想象出巴勒莫。那里有各个城市都有的旅馆、汽车。可在我的画室里，至少每张画都是不同的。”

弗兰茨突然心情忧郁。他太习惯于将性生活和以此为目的的出游联系在一起。“到巴勒莫去！”是一个情欲的明示。对他来说，“我更喜欢日内瓦”这声回答只意味着一件事情：女友不想再要他了。

面对情妇时没有安全感，对此该作何解释呢？他没有任何理由不自信！在他们相遇不久之后，采取主动的是她，而不是他。他是个英俊的男人，正处学术生涯的顶峰，在专家的论战之中他所表现出的高明与执著甚至令同行忌怕。那么他为什么终日牵挂，担心女友会离他而去？

我只能作出这样的解释：对他而言，爱情并不是社会生活的延续，而正与之相反。对他来说，爱情是一种甘心屈从于对方的意愿和控制的热望。委身于对方就如同投降的士兵一样，必须首先缴械。因此，自己没了防备，他便止不住担心那致命的一击何时降临。所以，我可以说，爱情之于弗兰茨，就是对死亡的不断等待。

当他深陷在自己的惶恐之中时，女友搁下画笔，走出了房间。她回来时拿着一瓶葡萄酒，默默地打开酒瓶，斟满两杯。

他感觉胸口一下如释重负。“我更喜欢日内瓦”这几个字并不意味着她不愿与他做爱，恰恰相反，在异国城市匆匆逗留，两人独处的时光实在有限，她有些受不了。

她举杯一饮而尽。弗兰茨也拿起他那杯喝了下去。发现拒绝去巴勒莫的建议实际上不过是为了求欢，他一定感到心满意足。可是他很快又觉得有些遗憾：女友已决意违反他在两人关系中引

① Palerme，意大利旅游胜地。

入的纯粹原则；她不明白，为了捍卫爱情，使之免于流俗，且将之彻底独立于婚姻之外，他多么焦虑，不安，付出了多少努力。

不与情妇在日内瓦做爱，实际上是他对自己作为有妇之夫的一种惩罚。他这样活着，像是个错误，又像是个缺憾。与妻子的性生活基本上乏善可陈，不过他们依然同床，夜晚他们会被对方刺耳的气息弄醒，呼吸着彼此的体臭。他当然更想单独睡，但同床仍旧是婚姻的标志，而标志，我们都知道，是不可触碰的。

每次他上床躺在妻子身边时，他总想到他的女友也正想象着他上床在妻子身边躺下。每次这个念头都令他羞愧。因此，他希望与妻子睡觉的床和他同情人做爱的床，尽可能离得远远的。

她又为自己倒了一杯，喝下一口，然后默不作声，带着一种奇怪的漠然神情，仿佛弗兰茨不在身边似的。她缓缓地脱去罩衫。那动作像是戏剧课的学生在即兴表演，要旁若无人地表现出独处时自己的本来面貌。

她身上只剩半截裙和胸罩。然后（似乎她是突然记起屋子里还有人），她长时间地望着弗兰茨。

这目光看得他很不安，因为他不明其意。情人之间都会很快形成一些游戏规则，也许他们意识不到，但这些规则拥有法律般的效力，不可违抗。她刚才看他的目光超越了规则，与他们平日相拥之前的眼神和动作毫无共同之处。那眼神既无挑逗亦无媚态，不如说是一种诘问。只是弗兰茨根本不明白那一眼究竟是在诘问什么。

她脱下裙子，抓住他的一只手，拉着他转向几步外斜靠在墙上的一面大镜子。她紧拽着他的手不放，望向镜中，以那种深长的诘问的目光，一会儿看她自己，一会儿看他。

地上，镜子的下边，有个假头，上面戴着一顶旧圆礼帽。她弯下腰，拿起帽子，将它安在自己头上。镜中的影像马上变了：出现了一个只着内衣的女人，美丽而又冷漠，难以接近，头上戴的那顶圆礼帽显得很不协调。她手牵着一位身穿灰色西服、打着领带的男子。

他再一次惊诧地发现自己如此弄不明白自己的情人。她宽衣并非为了向他求欢，而是要和他开一个古怪的玩笑，来一出两人间的私密机遇剧。他微微一笑，表示理解和默许。

他以为她会对他报以微笑，但他的期待落空了。她仍抓着他的手不放，目光轮流地打量着镜中的两个人。

这场机遇剧持续的时间超过了极限。弗兰茨觉得这场闹剧（当然，他乐意承认的确有趣）拖得太长了一点。他小心翼翼地用两个手指夹住那顶圆礼帽，微笑着从萨比娜头上取下来，将它放回底座上，如同为圣母马利亚像拭去被顽童涂上的胡须。

她仍一动不动地呆了好几秒钟，在镜中凝视着。弗兰茨便不断温柔地亲吻她，再次恳请她十天后陪他一块儿去巴勒莫。这次她没有回绝，于是他就离开了。

他又恢复了好心情。他一辈子都在咒骂日内瓦是个烦心之都，可今天它看起来既美丽又充满奇遇。他转过头去，抬眼望向画室的玻璃窗。时值春末，天气热了，所有的窗子都拉上了条纹帘子。弗兰茨走到一处公园，远处的上空，浮现出东正教教堂的一片圆顶，宛若几只金球，在坠落之前被一股无形的力量托住，悬在空中。很美。弗兰茨走向码头去搭乘客轮，客轮将他载回湖对面的右岸，那是他住的地方。

2

萨比娜独自一人，她重新倚在镜子跟前。她还是只穿着内衣，又一次戴上圆顶礼帽，久久地注视着自己。她很讶异，这么长时间了，还是未能忘掉已经逝去的那一刻。

多年前，托马斯到她家时就被这顶圆礼帽迷住了。他戴上帽子，朝那面大镜子里打量，那时镜子也是如此靠着墙摆在萨比娜在布拉格的画室里。他想看看，自己若在上个世纪某个波希米亚小镇里当镇长的话会是什么模样。接着，当萨比娜开始慢慢解下衣物，他将帽子戴在了她的头上。他俩立在镜前（每次她脱衣时他们总是这样），注视着两个人的模样。她穿着内衣，戴着圆顶礼帽。然后，她突然发现，这场景令他俩感到兴奋刺激。

这怎么可能？刚刚那顶圆礼帽戴在她头上还像是戏弄。从滑稽可笑到兴奋刺激，是不是仅一步之遥？

是的。看着镜中的自己，她起初只觉得样子可笑。可随后这种滑稽感就被兴奋所淹没：圆顶礼帽不再是逗乐的玩意，它象征着暴力，对萨比娜的强暴，对她的女性尊严的强暴。她看见自己，双腿裸露，一条薄薄的三角裤下边透现出私部。内衣突显出她女性的诱人曲线，而那顶男式毡帽否定了她，凌辱了她，使她变得滑稽可笑。托马斯在她身旁，衣冠楚楚，由此可知，他们所看到的，本质上不是戏弄（不然，他自己也该只穿内衣，头戴圆顶礼帽），而是侮辱。然而，她并没有反抗这种侮辱，反而以撩拨挑逗的骄傲姿态对它加以炫耀，仿佛她心甘情愿让人当众施暴一般，最终，她再也忍耐不住，将托马斯扑倒。圆顶礼帽滚落到桌子底下；两人的身体在镜子旁的地毯上纠缠起来。

再回来说说这顶圆礼帽：

首先，它是上个世纪在波希米亚的某个小镇当过镇长的一位已被遗忘的祖辈留传下来的印记。

其次，它是萨比娜父亲的纪念物。父亲下葬之后，她哥哥就将父母的全部财产据为己有，而她出于傲气，死活不肯为自己的权利抗争。她以嘲讽的口气宣称，自己只保留这顶圆礼帽作为父亲的唯一遗产。

其三，这是她与托马斯性爱游戏中的小道具。

其四，这也是她公然培植的个性的标志。当初移民过来时，她带不了很多东西，为了装上这件又碍事又无用的东西，她不得不舍下了其他更有用的物品。

其五，在异国，这顶圆礼帽成了感情寄托。她去苏黎世探望托马斯时就带上了这顶帽子，并且在旅馆给他开门时戴上了它。意想不到的事情发生了，圆顶礼帽不再滑稽，也不再令人兴奋，它是过去的残迹。两人都为之感动。他们像往常一样做爱：再也没有了淫荡嬉闹的位置，因为他们的相逢，不是为了像从前那样在性爱游戏的延续中玩出什么新的鬼花招，而是对往昔时光的回顾，对他们共同经历的过去的记忆所作的赞颂，对一个湮没于久远处的并不伤感的故事的感伤回望。

这圆顶礼帽成了萨比娜生命乐章中的动机。这一动机不断重复出现，每一次获得一个不同含义。所有的含义经由圆顶礼帽出现，犹如河水流经河床。可以说，就是赫拉克利特[①]所说的那道河床："人不能两次踏入同一条河流！"圆顶礼帽是一道河床，而在萨比娜眼中，每次流过的是另一条河，另一条语义之河：同一个事物每次激发出不同的含义，但这含义中回响着（像回声，像一连串回声）之前曾有的所有含义。每一次新的经历都会与之应和得更为和谐，使之更为丰富。在苏黎世的旅馆房间里，他俩见到圆顶礼帽都感动了，几乎是流着眼泪在做爱，因为这个黑色的物件不仅是他们性爱游戏的纪念，还是萨比娜的父亲和祖父的遗物，他们生活的时代没有汽车，也没有飞机。

也许现在更容易理解萨比娜与弗兰茨之间相隔的鸿沟了：他热切地聆听她讲述自己的人生，她也怀着同样的热望听他倾诉。

① Heraclitus（约前540—前480），古希腊哲学家。

他们完全明白彼此所说的话语在逻辑上的意思，却听不到话语间流淌着的那条语义之河的低声密语。

这就是为什么当萨比娜在弗兰茨面前戴上那圆顶礼帽时他会感到困窘，就像有人用一种听不懂的语言对他说了什么。他不觉得这一举动淫荡或是伤感，这只不过是个看不明白的动作，没有意义，令他不知所措。

假若人还年轻，他们的生命乐章不过刚刚开始，那他们可以一同创作旋律，交换动机（像托马斯和萨比娜便交换产生了圆顶礼帽这一动机），但是，当他们在比较成熟的年纪相遇，各自的生命乐章已经差不多完成，那么，在每个人的乐曲中，每个词，每件物所指的意思便各不相同。

如果让我再历数一遍萨比娜与弗兰茨之间交流的狭径，列出他们互不理解之事，那可编成一部厚厚的词典。我们还是只编一部小小的词汇集吧。

3

不解之词简编（第一部分）

女人

身为女人，并不是萨比娜选择的生存境界。既然不是选择的结果，便算不上功绩也算不上失败。面对一种强加给我们的状态，萨比娜想，就必须找到一种相适应的态度。在她看来，对生来是女人这一事实进行反抗，与以之为荣耀一样，是荒唐的。

他们初遇时，一次，弗兰茨用一种奇特的语调对她说："萨比娜，您是个女人。"她不明白，他为什么会以哥伦布刚刚望见美洲海岸一样庄严的声调向她宣告这个消息。后来她才了解，他特别强调说出的"女人"这个词，对他而言，不是用来指称人类的两种性别之一，而是代表着一种价值。并非所有的女人都称得上是女人。

可是，如果萨比娜对弗兰茨而言是女人，那玛丽-克洛德，他真正的配偶，于他而言又是什么呢？二十多年前（那时他俩才认识几个月），她威胁他说，如果他抛弃她，她就自杀。这一吓，倒把弗兰茨迷惑住了。玛丽-克洛德并不那么讨他喜欢，但她对他的爱在他看来无与伦比。他自觉配不上如此伟大的爱情，而对这份爱，他认为应该深深地低下头来。

因此，他低头直至跪倒于地，并娶她为妻。虽然她再也没有对他表现出如她以死相逼时那么强烈的感情，但在他的内心深处，存有一个牢固而必然的自我要求：永远不伤害玛丽-克洛德，并且尊重她身上的那个女人。

这句话真有趣。他并不对自己说：尊重玛丽-克洛德，而是说：尊重玛丽-克洛德身上的那个女人。

可是，玛丽-克洛德本身就是一个女人，隐藏在她身上的另一个他必须尊重的女人又是谁？不会是柏拉图的女人之理念吧？

不。是他的母亲。他永远不会想到说他对母亲的尊重，是对女人的尊重。他爱母亲，而不是爱她身上的某个女人。柏拉图的女人之理念与他的母亲是同一的，也是唯一的。

在他十二岁左右时，一天，弗兰茨的父亲突然弃她而去，她成了孤身一人。弗兰茨觉察到发生了什么严重的事情，但母亲为了不给他造成伤害，轻描淡写，极有分寸地隐瞒了真相。那一天，在他们一起出门要去城里走走时，弗兰茨发现母亲穿的鞋不成对。他很不安，想提醒她，又怕伤了她。他同母亲在街上走了两个小时，双眼始终不能从她的脚上移开。从那时起，他开始懂得了什么是痛苦。

忠诚与背叛

他爱母亲，从童年一直到将她送入墓地的那一刻，并且仍在回忆里爱着她。因此他坚持这样一个信念：忠诚是第一美德，它使我们的生命完整统一。若没有忠诚，人生就会分散成千万个转瞬即逝的印迹。

弗兰茨常常对萨比娜提起他母亲，还有可能是不自觉地用了心机：萨比娜也许会被他忠诚的天性所吸引，这是一种拴住她的手段。

不过，吸引萨比娜的是背叛，而不是忠诚。“忠诚”一词让她想到她父亲，一个外省的清教徒，星期日，他总爱画挂在树梢的落日或是花瓶里的玫瑰，以此为乐。受他的熏陶，她很小便开始绘画。十四岁时她爱上了一个同龄的男孩。他父亲惊恐极了，整整一年不许她单独外出。有一天，他拿出一些毕加索的复制品来给她看，对那些画大加嘲笑。既然她无权去爱那个同龄的男孩，至少可以爱立体派美术。中学毕业后，她便去了布拉格，这下终于可以背叛自己的家了，心中感到一丝宽慰。

背叛。打从孩提时代起，爸爸和小学老师就反复向我们灌输，说这是世上可以想得到的最可恨的事。可到底什么是背叛？背叛，就是脱离自己的位置。背叛，就是摆脱原位，投向未知。萨比娜觉得再没有比投身未知更美妙的了。

她在美术学院注册上学，但是不允许像毕加索那样作画，必须遵从所谓的社会主义现实派画法。在美术学院，画的都是共产主义国家领导人的肖像。她企图背叛父亲的愿望仍未得到满足，因为共产主义不过是另一个父亲，同样严厉而狭隘，禁止爱情（当时是清教徒时代），也禁止毕加索。她嫁了一个平庸的布拉格演员，原因很简单，就因为他有离经叛道的坏名声，双方父亲都认为他不可接受。

之后，她母亲过世。第二天葬礼完了回到布拉格，她接到一封电报：父亲因悲痛而自杀。

她十分内疚，从父亲的角度来说，爱画花瓶中的玫瑰而不爱毕加索，就那么不好？担心自己的女儿十四岁就怀个孩子跑回家又有什么可指摘的呢？失去了妻子就活不下去真可笑吗？

她又一次满心渴望背叛：叛己所叛。她向丈夫宣告（在他身上，再已看不到乖张的浪子，而是烦人的醉鬼）自己要离开他。

不过，如果当初你为了B而背叛了A，如今又背叛了B时，并不意味着要与A重归于好。离婚后，女艺术家的生活并不像她所背弃的父母的生活。第一次的背叛是不可挽回的。它引起更多的背叛，如同连锁反应，一次次地使我们离最初的背叛越来越远。

音乐

对弗兰茨来说，最接近于酒神狄俄尼索斯那种狂醉之美的，是艺术。靠小说和画幅难以自遣，但是听贝多芬的《第九交响曲》，巴托克[1]的《钢琴二重奏鸣曲》，或是披头士的一支歌，就能自我陶醉。弗兰茨对高雅音乐和轻音乐不加区分。区分在他看来是虚伪而老套的。他对摇滚乐和莫扎特的喜爱不偏不倚。

对他来说，音乐是救星：它将他从孤独、幽闭和图书馆里的灰尘之中解救出来，它在他的身躯上打开了多扇门，使灵魂得以释放，与他人相亲相爱。他喜欢跳舞，并为萨比娜不跟他一样喜欢跳舞而感到遗憾。

他们一起到一家餐馆吃晚饭，高音喇叭里始终响着节律强劲而嘈杂的音乐。

萨比娜说："真是恶性循环，他们把声音弄得越大，耳朵就越聋。可是耳朵越聋，就非得把音量调得越高。"

"你不喜欢音乐吗？"弗兰茨问。

"不喜欢。"萨比娜答道，接着又补充说："假如我活在另一个时代，可能……"她脑子当时想的是让-塞巴斯蒂安·巴赫的时代，那时的音乐就像一朵玫瑰盛开在寂寥的茫茫雪原之上。

以音乐为名的噪音自她小时便如影随形。她在美术学院读书时，整个假期都得在当时被称为"青年工地"的地方度过。年轻人全被安排住在集体木棚里，参加建设高炉。从早上五点到晚上九

---

① Bela Bartok（1881—1945），匈牙利作曲家、钢琴家。

点，高音喇叭里不断喀啦喀啦地放出尖厉的音乐。她想哭，但那音乐是欢闹的，无处可逃，躲在厕所里不行，蒙在床上的被子里也不行，到处都是高音喇叭。音乐仿佛是一群放出来扑向她的猎犬。

她曾以为只有在共产主义世界才会风行这种音乐。来到国外，她发觉，从音乐到噪声的蜕变是种全球性的过程，令人类进入了极端丑陋的历史阶段。丑陋的总特征首先表现在那无处不在的丑陋声音：汽车、摩托、电吉他、风镐、高音喇叭和汽笛。视觉上的丑陋用不了多久就会跟着出现，同样无所不在。

他们吃过晚餐，回到房间，然后做爱。临入睡时，弗兰茨脑子里忽然开始翻涌起种种模糊不清的念头。他想起餐馆里嘈杂的音乐声，心想:“噪声有一个好处，让人听不清词语。”从青年时代开始，他所做的一切，就是说话，写字，讲课，编句子，找说法，不断修正，改到最后，每个词都弄得不再准确，意义模糊，内涵尽失，只余下碎片、杂屑和尘埃，像沙砾一样在他的脑子里翻飞，令他偏头痛，睡不着觉，最终得了失眠的痼疾。他朦朦胧胧而又不可遏制地渴望着一种巨大的乐声，一种绝对的噪音，一片美妙欢腾的喧嚣，将所有的一切吞噬，淹没，窒息，令话语带来的苦痛、虚幻和空洞永远消失。音乐是对词句的否定，音乐是反话语。他渴望与萨比娜久久地拥抱在一起，不要说话，一句话也不要说，就让快感同音乐的狂乱喧嚣融合在一起。在这一片幻想的极乐喧嚣中，他昏昏入睡了。

光明与黑暗

对萨比娜来说，活着意味着观看。视觉受双重边界所限：让人什么也看不见的强光与完全彻底的黑暗。她对任何极端主义的憎恶，或许产生于此。极端标志着生命的终极之界，极端主义的激情，不论是政治上的，还是艺术上的，都是一种改头换面的对死的渴望。

而对于弗兰茨，“光明”这个词不会让人联想到柔和的日光照耀下的风景，而会想到光源，如太阳，灯泡，探照灯。他想起一些常见的隐喻，如真理之太阳，理性的耀眼之光，等等。

他被光明吸引，同样也被黑暗所吸引。如今，关灯做爱，在世人看来委实可笑。对此他也明白，所以让床上方亮着一盏小灯。但在进入萨比娜身体的那一瞬，他还是闭上了双眼。吞噬着他的极度快感企求的是黑暗。那黑暗是彻底的，绝对的，没有形象也没有幻影，无穷无尽，无边无际。那黑暗是我们每个人内心所在的无限。（是的，凡寻求无限者，只需闭上双眼！）

就在快感在他全身蔓延开来的那一刻，弗兰茨在无边的黑暗中渐渐展开，融化，化作了无限。但是，人在内在的黑暗中变得越大，他的外在形象就越小。一个紧闭双眼的男人，只是一个毁弃了的自我，看起来让人心生厌恶。因此萨比娜不愿看着他，也闭上了眼睛。但这种黑暗对她来说并不意味着无限，而仅仅是对她所见的东西的拒绝，是对所见之物的否定，是拒绝去看。

4

萨比娜被人游说去参加了一次同胞聚会。话题再次落到了是否应该拿起武器跟俄国人去拼。当然，在这儿，有移民的安全屏障，所有人都宣称应该去拼。萨比娜说了一句:“那好！你们都回去呀，都去拼呀！”

这话可不该说。有位让理发师用发钳精心烫过、一头花白鬈发的先生，用细长的食指指着她，斥责道:“不要这么说话。你们大家对过去的事情都负有一份责任，你也一样。你以前在国内都做了些什么？反对当局了？画了点画，仅此而已……”

在某些国家，对公民的监视和控制是一项基本且长期的社会活动。一个画家要获准参展，一个公民要得到签证去海边度假，或是一个足球运动员要被召入国家队，首先，必须具备各种关系，弄全各式各样的有关证明（门房的，工作单位同事的，公安局的，党支部的，企业委员会的），然后交由专门指派管辖此事的官员对这些证明加以综合，评估，复审。证明里所表明的一切，与该公民的绘画才能、射门能力或是非去海滨疗养不可的健康状况毫无瓜葛。问题只在于一回事，在于所谓的“公民政治面貌”（公民说了什么，想了什么，表现如何，是否积极参加会议和五一节游行）。由于一切（包括日常生活、晋级和度假）都取决于公民得到怎样的评价，因此，所有人（为了进国家队踢球，为了办展览，或是去海滨度假）都不得不好好表现，以获好评。

萨比娜听那位灰白头发的先生讲话时想的就是这些。同胞足球踢得好不好，或是有无绘画才华（从来没有一个捷克人关心过她画的什么），这人都满不在乎；他只对一件事情感兴趣：弄清楚他们是否反对过当局，是积极地还是消极地，是一开始就背叛还是最终变节，是真正反对还是装装样子。

身为画家，她精于观察人的脸部。自从到了布拉格，对热衷于监察及评判他人的那类人的长相，她已经相当熟悉。这类人全都长着比中指稍长的食指，说话时专用来指戳对方。而且，曾在波希米亚连续执政十四年直至一九六八年的诺沃提尼[1]总统，也有着一头一模一样的让理发师用发钳烫过的花白鬈发，还为自己拥有中欧居民中最长的食指而洋洋自得。

那位尊贵的移民未曾见过这位女画家的一幅作品，当他从她的嘴里听出他长得很像共产党人诺沃提尼总统时，脸顿时涨红了，接着发白，一阵红，又一阵白，想辩驳什么，却说不出来，陷入

① Antonin Novotny（1904—1975），捷克共产党领袖，在一九六八年改革运动中被赶下台。

了沉默。所有的人同他一道哑口无言。萨比娜最终只得起身。离开了。

为此她心里感到难受，可一走到街边，转念一想，到底为了什么她要跟捷克人来往呢？她跟他们有什么共同之处？是因为一片乡土吗？若要问他们“波希米亚”一词让他们联想到什么，恐怕在他们眼前浮现出的，会是一个个全无联系的散乱的画面。

不然是文化？但文化又是什么？音乐吗？是德沃夏克[①]和雅纳切克[②]？对。可是如果一个捷克人不爱音乐呢？那捷克人的身份本质岂不立刻落空。

抑或是那些伟人？扬·胡斯[③]？他的著作那帮人连一行字也没有读过。他们唯一毫无例外都能明白的，就是火焰，胡斯被当作异端烧死时那火焰的荣光，化为灰烬的荣光。如此一来，萨比娜心想，捷克之魂的精髓对于他们来说，就是一抔灰烬罢了。这些人的共同之处，不过是他们的失败和相互的斥责。

她急匆匆地走着，困扰她的，不是因为与那些移民闹翻了，而是因为自己的这些念头。她知道这些想法不公正。捷克人中除了那类食指过长的，还有另一些人。她说话之后那难堪的沉默丝毫不意味着所有人都是反对她的。他们是因为突如其来的敌意，因为她不理解他们做移民的苦衷而不知如何是好。那么，她为什么不对他们抱以同情？为何不觉得他们是被抛弃的，让人可怜的呢？

我们已知道答案：当初背叛父亲，她脚下展开的人生就如同一条漫长的背叛之路，每一次新的背叛，既像一桩罪恶又似一场胜利，时刻在诱惑着她。她不愿固定在自己的位置上，决不！她决不愿一辈子跟同一些人为伍，重复着相同的话，死守着同一个位置！这就是为什么她反而为自己的不公正而兴奋。过分的激烈并没有让她不舒服。相反，萨比娜觉得自己刚刚获得了一次胜利，仿佛某个看不见的人在为她鼓掌叫好。

但是自我陶醉很快被惶恐不安所替代：有朝一日这条路会走到尽头！总有一天要结束背叛！永远终结，一了百了！

当天晚上，她脚步匆匆地赶到车站月台。去阿姆斯特丹的列车已经就位，她找寻着自己的车厢。一位很和气的乘务员将她领到了卧铺车室的门口，她一拉开门，发现弗兰茨坐在床上，床上的盖毯已经拉开。他急忙起身来迎，她一把将他拥入怀中，亲了又亲。

---

① Antonín Dvořák（1841—1904），第一位得到世界承认的波希米亚作曲家，以将民间素材转化为十九世纪浪漫派音乐语言而著称。

② Leoš Janáček（1854—1928），捷克作曲家，二十世纪民族乐派最重要的倡导者之一。

③ Jan Hus（1371—1415），捷克宗教改革家。他的活动在中世纪和宗教改革时代之间起到了桥梁作用，是一百年后路德发起的宗教改革运动的先声，因在西派教会的分裂问题中拒绝放弃自己的信仰而被当作异端处以火刑。

她真恨不得像天底下最普通不过的女人，对他说：别放开我，把我留在你身边，让我做你的奴隶，使劲呀！但是这些话，她不能也不知该如何说出口。

当他松开怀抱时，她只是说了一句："跟你在一起，多开心啊！"她天生内向，不可能再多说一个字。

5

不解之词简编（续）

游行

在意大利或法国，找对策很容易。要是父母逼你去教堂，你可以通过加入某个党派（共产党，托派，毛派等）来报复。可是，萨比娜的父亲先是送她上教堂，而后因为害怕，又硬要她加入共产主义青年团组织。

每次参加五一节游行，她都无法跟上步伐，气得走在她后头的女孩直骂她，故意踩她的脚跟。该唱歌时，她又从来记不得词，张着大嘴却不出声。不料被人发现，把她告发了。打从青年时代起，一有游行，她就害怕。

弗兰茨是在巴黎读的大学，他天赋超人，二十岁那年，就明确了自己的学术生涯。打那时起，他就已经明白，自己一辈子将在大学的办公室、公共图书馆和两三间梯形教室的四壁内度过。一想到这儿，他就感觉要窒息似的。他希望走出自己的生活，如同走出家门到大街上去。

当时，他还住在巴黎，乐于参加示威游行。去庆祝、请愿或抗议些什么，不再孤单一人，在外面跟他人在一起，这样让他比较好受。圣日耳曼大街上或从共和国大街到巴士底狱那一路人潮汹涌的游行，往往令他着迷。呼喊着口号行进的人群在他看来是欧洲以及欧洲历史的形象。欧洲，是一场伟大的进军。是从革命走向革命，从战斗走向战斗，永远向前的伟大进军。

我还可以换个说法：弗兰茨认为限于书本之间的生活是不现实的。他渴望真实的生活，渴望与同他并肩行进的男女接触，渴望听到他们的呼喊。他没有觉悟到，他以为不现实的（图书馆里离群的工作），其实是他的现实生活，而被他视作现实的游行不过只是一场戏，一支舞，一个节日，或者换句话说：一个梦。

萨比娜读大学时住的是学生宿舍。五月一日，全体同学都必须早早地到达游行队伍的集合地点。为了保证不漏掉一个人，一些学生积极分子受雇来清查宿舍楼。她常躲到厕所里，等所有人离开很久以后才回去，房间里一片死寂，她从未体验过这种感觉。远远传来行进的音乐声。就像是藏在巨大的贝壳里，远远地听到充满敌意的天地回响着拍岸的巨浪声。

离开波希米亚一两年后，俄国入侵纪念日那天，她正巧身在巴黎，有一个抗议示威活动，她忍不住也加入了。法国青年举着拳头，高呼着反对苏联帝国主义的口号。这类口号，她听着挺高兴，但惊奇地发现自己却无法响应，跟别人一同呼喊。于是她在队伍里只待了几分钟便离开了。

她将这一经历告诉了几个法国朋友，他们都很惊讶："别人侵占了你的国家，你就不愿去作斗争？"她想跟他们说，在一切入侵、占领之下，掩盖着另一种更为本质，更为普遍的恶；这种恶的表现，便是结队游行的人们挥舞手臂，异口同声地呼喊着同样的口号。于是，她清楚无法向他们解释这一点。她觉得尴尬，于是宁愿换个话题。

纽约之美

他俩在纽约城内漫步，一连走了好几个小时，每一步景致都不同，仿佛置身于风景迷人的山间，沿着蜿蜒小道前行。一个年轻人跪在人行道中央祈祷；离他几步远处，一位漂亮的黑人姑娘倚着树昏昏欲睡；有个身穿黑制服的男人边横穿大街，边比比划划，指挥着一支无形的乐队；一座喷泉四周，几个泥瓦匠，正在吃午饭，承水盘里细水轻轻流淌。丑陋的红砖房屋，墙面上架着金属梯，那房子实在太丑，丑得都成其为美了。紧挨着便是一幢巨型的玻璃摩天大楼，再往后又是一座大厦，顶上是一座阿拉伯式小宫殿，有尖塔、游廊和金色柱。

她想起自己的画，画里也是杂混并列着一些彼此毫不相关的东西：建造中的高炉，背景深处是一盏煤油灯；或者，又一盏灯，那漆成绿色的灯罩裂成细小的碎片，飘散于一片沼泽地荒凉的景象之上。

弗兰茨说:“在欧洲，美总是带有刻意的特点，总是先有唯美的构想或长久的计划，比如一座哥特式大教堂或一座文艺复兴式的城市，得按计划，花几个漫长的世纪才能建成。纽约的美则完全来自另一种源头。这是一种非刻意的美。它无需经过人的预先谋划，就像钟乳石溶洞一样自然天成。有些形态，本身很丑，未经任何筹划，可碰巧处在一个看似不可思议的环境中，突然之间便散发出一种魔力般的诗意来。”

萨比娜接着说:“非刻意的美。是的。还可以说是错误的美。美从世界上彻底消失之前，还会存在片刻，却是因错而生。错误的美，是美的历史末期。”

她想起自己第一幅真正获得成功的画作，上面就是误滴了一些红色颜料。是啊，她的画全都基于错误之美，对她的画来说，纽约才是其隐秘但真正的祖国。

弗兰茨又说:“纽约这种非刻意的美，比起那种出自人的筹划，过于冷峻也过于工巧的美来，也许更为丰富多变。可这不是欧洲式的美，这是一个陌生的世界。”

怎么样？世上总存在一点他们有着一致看法的东西吧？

不。就此而言，也同样存在着区别。纽约之美的那种陌生性强烈地吸引着萨比娜。这种美令弗兰茨着迷，可同时又让他恐惧，让他陡生对欧洲的思恋。

萨比娜的祖国

萨比娜理解他对美国所持的保留态度。弗兰茨是欧洲的化身：他母亲原籍维也纳，父亲是法国人，而他自己是瑞士人。

弗兰茨羡慕萨比娜的祖国。每当她跟他谈起祖国和她那些波希米亚的朋友，听到监狱、迫害、大街上的坦克、移民、追杀、禁书、被禁的展览这些词，他便感觉有一种奇特的如思乡一般的向往。

他告诉萨比娜："有一天，一位哲学家写信给我，说我所讲的一切，不过是诡辩，无从论证，并且说我是'似是而非的苏格拉底'。我觉得受到奇耻大辱，气呼呼地回击了他。想想吧，这一个微不足道的小插曲，就是我经历过的最严重的冲突！这事，就是我人生可能遭遇的戏剧之顶峰！而我们俩生活在不同的层次。你走入我的生活，就像格列佛到了小人国。"

萨比娜不同意。她说冲突也好，戏剧、悲剧也罢，都不意味任何东西，毫无价值，不值得敬，也不足为奇。大家有可能羡慕弗兰茨的，是他能安安稳稳所从事的那份工作。

弗兰茨摇头答道："在富裕的社会里，人们用不着去干体力活，从事的都是脑力活动。大学越来越多，学生也越来越多。为了获取文凭，他们得找到论文题目。题目是无限的，因为一切都可以论述。档案馆里堆的那一捆捆发黑的论文，比墓地还要凄惨，即便到了万灵节，也不会有人去看一眼。文化就在大批的制造、言语的泛滥、数量的失控中逐渐消亡。相信我，在你原来的国家的一部禁书，就远远胜过在我们的大学里随口乱喷的亿万言。”

就此，我们也许可以明白弗兰茨何以对一切革命都怀有偏好。他到日内瓦（那里没有游行示威）当了大学教授，几乎是忘我地工作（没有女人，没有游行，孤独寂寞），出版了数部学术著作，引起了一定反响。然后，有一天，萨比娜像幽灵般出现了；她来自于一个革命梦幻早已破灭的国家，但那里仍留存着他最崇敬的革命之魂：人生轰轰烈烈，要冒险，要有胆量，直面死亡的威胁。萨比娜使他对人类的伟大命运重获信心。在她身后隐现的祖国的惨痛悲剧，令她愈发美丽。

可惜！萨比娜偏不喜欢这悲剧。监狱、迫害、禁书、占领和装甲车，这些词语对她而言是丑恶的，丝毫没有浪漫气息。唯一在她耳边发出轻柔声响，唤起她对故乡眷恋之情的词，就是“墓地”。

墓地

波希米亚的墓地像花园。坟墓上覆盖着青草与艳丽的花朵。朴实的铭碑掩隐在绿荫之中。夜间，墓地里布满星星点点的烛光，仿佛众亡魂在举办儿童舞会，是的，儿童舞会，因为亡魂都如孩子一般纯洁。不管生活有多残酷，墓地里总是一片安宁，哪怕是在战争年代，在希特勒时期，斯大林时期，在所有的被占领时期。

每当她感到哀伤，她就乘车远离布拉格，到她最喜爱的公墓里去走一走。那些乡间的墓地，在蓝蓝的山丘映衬下，宛如摇着摇篮的女人一样美丽。

而对于弗兰茨，墓地只是一个倾倒尸骸和乱石的垃圾场。

6

“永远别想叫我上汽车！我真的好怕出车祸！就算不死，余生也会一直受折磨！”雕塑家边说边不由自主地捂着自己的一个食指，一次凿木头，这指头差点被削断，多亏医生，奇迹般地把它保住了。

“完全不是这样！”玛丽-克洛德气色极佳，亮着嗓门说，“我就碰上过一次车祸，那才叫妙呢！我从来没感觉到有比在医院待得更好的地方！我根本就不合眼，没日没夜地看书，一个劲儿地看。”

大家都吃惊地看着她，这显然令她十分开心。弗兰茨感到讨厌（他记得在那场车祸后，他妻子曾极度消沉，叫苦连天），但讨厌中又掺杂着某种钦佩之情（玛丽-克洛德天生就会把自己所经历的黑说成白，这份天赋说明她有着旺盛的生命力，值得尊敬）。

她接着又说：“就是在医院，我开始把书分成两类：白天的和黑夜的。确实如此，有的书是白天读的，而有的书只能晚上读。”

所有人都表示赞叹，唯独那位雕塑家，捂着手指头，面部因可怕的回忆而扭曲着。

玛丽-克洛德转头对他说道:“你把司汤达的书归于哪一类?”

雕塑家根本就没有在听她说什么,窘迫地耸了耸肩。他身旁的一位艺术评论家宣称,在他看来,司汤达的书应该是白天读的。

玛丽-克洛德摇摇头,用喇叭似的亮嗓门说道:“完全不对!不不不,你说得一点不对!司汤达是适合夜里读的作家!”

弗兰茨远远地听着这场关于白天黑夜的艺术之争,心里直惦念着萨比娜何时到来。他俩考虑了好几天,她到底应不应该接受邀请,参加玛丽-克洛德为在她的私人画廊展出过作品的画家和雕塑家举办的这个鸡尾酒会。自从萨比娜认识了弗兰茨,她就一直回避他的妻子。但虽说她害怕露出破绽,最终还是决定来参加,这样更自然些,免得让人多猜疑。

他时不时地朝门口偷瞟几眼,突然,他见客厅的另一头,传来了他十八岁的女儿玛丽-安娜高谈阔论,滔滔不绝的声音。他遂离开妻子招呼的这群客人,向女儿统领的圈子走去。只见有一人坐在扶手椅上,其余人都站着,玛丽-安娜则坐在地上。弗兰茨心里清楚,客厅另一头的玛丽-克洛德不一会儿也肯定会坐到地毯上。这个年代,在客人面前席地而坐,这一举动表示的是随意、放松 ,思想进步、好相处,还有一股巴黎味。玛丽-克洛德动不动就往地上一坐,弗兰茨真担心哪天会看到她在常去买烟的小店的地上坐着。

“您目前在做什么,阿兰?”玛丽-安娜问一个男人,她就坐在这个男人的脚下。

阿兰是个老实人，又天真，他想认认真真地回画廊主女儿的话。他先向她解释说，自己用了一种新的技法，将摄影与油画糅合在一起。可他没说三句话，玛丽-安娜便发出嘘声。画家很用心，慢吞吞地说着，没有听到她的声音。

弗兰茨低声问："你能告诉我为什么你要这样嘘嘘叫？"

"因为我讨厌有人谈论政治。"他女儿大声答道。

的确，在这群人当中，有两个站着的男子正在谈论即将开始的法国大选。玛丽-安娜觉得应该由自己出面主导谈话，便张口问那两位男子下周去不去大剧院，有个意大利剧团要在那儿表演一出罗西尼[①]的歌剧。画家阿兰还是不放弃，执著地在寻找更为准确的词语，来解释他的新画技。弗兰茨为女儿感到羞愧。为了让她闭嘴，他说要是去听歌剧非得闷死。

"你什么都不懂，"玛丽-安娜没有抬一下屁股，坐着撞了一下父亲的肚子，说，"那个男主角太帅啦！帅疯了！我见过他两次，都迷疯了！"

弗兰茨发觉女儿和妻子像得可怕。为什么女儿就不像他呢？毫无指望，女儿跟他一点不像。他已经听玛丽-克洛德说过上千次，说她迷恋上了这个或那个画家，要不就是哪个歌星、作家、政客，甚至还迷上了一个自行车赛手。这显然不过是晚宴或鸡尾酒会上的信口胡言，但他有时候会想起，二十多年前她曾以自杀相威胁，当时对他所说的话，竟然完全相同。

就在此时，萨比娜走进门来。玛丽-克洛德看到她，迎上前去。女儿继续谈论着罗西尼，而弗兰茨只有心听那两个女人的对话。几句欢迎的客套话之后，玛丽-克洛德用手指捏起萨比娜颈间的陶瓷吊坠，大声说："这是什么玩意儿？真难看！"

弗兰茨被这句话镇住了。这话说出来并没带有冒犯的口气，相反，玛丽-克洛德响亮的笑声即刻表明，对吊坠的反感并不影响她对女画家的情谊。不过，玛丽-克洛德说这话的语气，与平常同其他人说话时的还是有所不同。

"是我自己做的。"萨比娜答道。

"我觉得它很难看，真的。"玛丽-克洛德又高声说了一遍，"你不该戴的！"

弗兰茨知道，一件首饰丑或美，他妻子根本就不感兴趣。她要是想觉得丑，那就是丑，想觉得美，那就是美，凡她的女朋友戴的珠宝，那怎么也是美的。她也许会觉得那珠宝很丑，但会小心藏在心里不说，多少年来，她就惯于奉承，因此已成了她的第二天性。

那她为什么非要觉得萨比娜自己做的首饰丑呢？

① Gioachino Antonio Rossini（1792—1868），意大利作曲家。

弗兰茨顿然发现原因十分明显：玛丽-克洛德宣称萨比娜的首饰丑，是因为她认为自己有资格这么说。

说得更明白些，玛丽-克洛德宣告萨比娜的首饰丑，是为了显示她认为自己有资格对萨比娜说她的首饰丑。

去年，萨比娜的画展并未大获成功，玛丽-克洛德也就一点也不担心失去萨比娜的好感。反之，萨比娜有种种理由要博取玛丽-克洛德的欢心，可她的言行里丝毫没有流露出这种意思。

是的，弗兰茨心里再清楚不过：玛丽-克洛德是借此机会，向萨比娜（以及其他人）表明她们两人之间真正的力量对比关系。

7

不解之词简编（终）

阿姆斯特丹古教堂

街的一边是房子，底楼那些高大的窗子看似商店的橱窗，窗子后面可见一个个妓女小隔间。她们身上只有胸罩和裤衩，贴着玻璃橱窗，坐在垫着靠枕的小扶手椅里，那模样，活像一只只百无聊赖的大公猫。

街的另一边被一座雄伟的十四世纪哥特式教堂所占据。

在妓女的世界与上帝的世界之间，弥漫着一股刺鼻的尿骚味儿，如同分隔两个王国的一道河流。

教堂内部，从前的哥特式风格，仅残留下又高又秃的四壁、大柱、穹顶和花窗。没有一幅油画，哪儿也找不着塑像。整座教堂空空荡荡，像个体操馆。能见到的就是一排排椅子，椅子围着一座小讲坛，摆成一个大大的正方形，小小的讲坛上，架着一张布道者用的小桌子。椅子后面，是木制的小隔间，是特为城里的有钱人设的位子。

椅子的摆放和隔间的布局，丝毫没有考虑墙的轮廓和柱子的位置，似乎为了表明他们对哥特式建筑风格的漠然和不屑。早在几个世纪前，卡尔文教就已把教堂变成了一个简陋的大棚，除了替祈祷的信徒遮蔽雪雨之外别无他用。

弗兰茨被迷住了：历史伟大的进军已从这巨大的殿堂里横穿而过。

萨比娜想起军事暴动之后，波希米亚地区的城堡全被收为国有，改成劳工见习所、养老院和牲口棚。她曾参观过一个那样的牲口棚，连着铁环的钩子固定在仿大理石的墙壁上，被铁链拴着的奶牛迷茫地望着窗外在城堡园子里乱跑的母鸡。

弗兰茨说："这空荡荡的，让我着迷。人们不断添置祭坛、塑像、油画、长椅、扶手椅、地毯和书，而当解放的欢腾时刻来临，全都一扫而空，就像扫除饭桌上的残渣一般。你能想象一下扫荡这座教堂的赫拉克勒斯巨人之帚吗？"

萨比娜指着一个木隔间说："穷人要站着，富人则有隔间可坐。但有一种别样的东西把银行家和穷人联合在了一起：对美的仇视。"

"什么是美？"弗兰茨问，突然记起最近曾被迫陪同妻子出席一次艺术展览开幕仪式。尽是没完没了的空洞词藻和讲演，是文化的虚空，是艺术的虚空。

大学时代她在青年工地劳动，脑子里充斥着从高音喇叭里不停喷射而出的欢闹的军乐之毒汁。一个星期日，她骑摩托出门，冲进森林，不知骑了多少公里之后，来到一处深藏在山岭之中的不知名的小村落，停了下来。她将摩托斜靠着教堂的外墙放好，进了教堂。里面正在望弥撒。当时宗教正受当局的迫害，大多数人都对教堂避而远之。长椅上，只有几个老人，他们不怕当局。他们怕的，只是死。

神父唱戏似的诵一句，大家齐声跟着重复一遍。念的是连祷文。经文循环往复，犹如朝圣者的双眼离不开乡土，犹如临终者不忍离世。她在最后一排长椅上坐下；时而闭上双眼，只为倾听那音乐般的祈祷，继而又睁开，望着头顶上方被涂成蓝色的穹顶和穹顶上一颗颗硕大的金色星星，她渐渐被迷住了。

在这座教堂里，她无意中遇到的，不是上帝，却是美。与此同时，她很清楚，教堂和连祷文本身并不美，而是与她所忍受的终日歌声喧嚣的青年工地一比，就显出美来。这场弥撒如此突兀又隐秘地出现在她眼前，美得如同一个被背弃的世界。

从此，她明白了，美就是被背弃的世界。只有当迫害者误将它遗忘在某个角落时，我们才能与它不期而遇。美就隐藏在五一节游行的场景背后。要发现美，就必须把那场景击破。

“这是我第一次被教堂迷住。”弗兰茨说。令他激奋的，既非新教教义，亦非禁欲苦行，而是别的东西，某种极为私密性的东西，他不敢在萨比娜面前提起。他仿佛听到了一个声音，叫他抓住赫拉克勒斯巨人之帚，把玛丽-克洛德的艺术展开幕式、玛丽-

安娜的歌剧明星，把代表大会、研讨会，还有空洞的讲演和废话从他的生活中统统清扫出去。阿姆斯特丹教堂的空荡之广，在他看来就像是自身解放的象征。

力量

他们去过众多的旅馆，一次，他们在一家旅馆床上做爱时，萨比娜抚弄着弗兰茨的手臂说:“真难以置信，你的肌肉多发达！”

这类赞美令弗兰茨开心。他从床上起来，抓住一把沉甸甸的栎木椅的椅腿，贴地将它慢慢往上举。他边举边对萨比娜说:“你什么都不用怕，我能在任何情况下保护你，我以前还得过柔道冠军呢！”

他成功地垂直举起了椅子，一直举着不松手。萨比娜对他说：“知道你有这么强壮，真好！”

不过，在内心深处，她又对自己说：弗兰茨是很强壮，但他的力量仅仅是对外的。面对与他共同生活的人，跟他所爱的人在一起，他却很软弱。弗兰茨的软弱叫善良。弗兰茨从不向萨比娜发号施令。他绝不会像托马斯以前那样，命令她将镜子平放在地，然后赤身裸体在上面爬来爬去。并不是他不好色，而是他没有支配力。有些事得靠暴力才能办成。比如，没有暴力，性爱是不可想象的。

萨比娜看着弗兰茨高举着椅子在房间里走来走去，觉得滑稽可笑，心里充满了一种奇怪的忧伤。

弗兰茨放下椅子，面朝着萨比娜坐下。

“生得强壮，不至于让我不高兴，”他说，“可凭这身肌肉在日内瓦又能有什么用呢？这身肌肉就好像一身华服，是孔雀的羽毛。我还从来没有揍过什么人。”

萨比娜继续忧郁地思考着。她若是碰上一个要对她发号施令的男人会怎样？一个想控制她的男人？她能忍受多久？五分钟都不行！由此得出结论，没有一个男人适合她，强弱皆不行。

她问：“那你为什么不偶尔用用你的力量对付我呢？”

“因为爱就是放弃力量。”弗兰茨温柔地回答。

萨比娜明白了两件事：其一，这句话很动听而且是真心话；其二，说了这句话，弗兰茨在情欲里便威风不再。

活在真实里

这是卡夫卡在他的日记或书信里写过的一句话。确切的出处，弗兰茨已经记不起。他被这种说法吸引住了。活在真实里，是什么意思？否定式的定义很简单：不说谎，不欺骗，不隐瞒。从他认识了萨比娜，他就活在谎言里。他跟妻子谈起阿姆斯特丹代表大会，说去马德里讲学，可实际上都是不存在的。他害怕同萨比娜一道在日内瓦的大街上散步。说谎和欺骗，正因为他从来没有这样做过，他觉得好玩，就像当初他在班里是第一名，可最终却决定逃学一样，心头痒痒的。

对于萨比娜而言，要活在真实中，不欺骗自己也不欺骗别人，除非与世隔绝。一旦有旁人见证我们的行为，不管我们乐意不乐意，都得适应旁观我们的目光，我们所做的一切便无一是真了。有公众在场，考虑公众，就是活在谎言中。萨比娜瞧不起那些披露个人全部私密，乃至朋友私密的文学作品。萨比娜认为，失去私密的人失去了一切，而心甘情愿放弃私密的人则是怪物。所以萨比娜并不因需要隐藏自己的爱情而感到痛苦。相反，这正是她能活在"真实"里的唯一方式。

至于弗兰茨，他肯定地认为，一切谎言的根源在于私人生活领域与社会生活的分界：私底下是一个人，公众场合又是另一个人。依弗兰茨看来，"活在真实里"便要消除私人生活和公众之间的阻隔。他常引述安德烈・布勒东[①]的话说他情愿生活在一间"玻璃房"里，没有任何秘密，对所有的目光敞开。

"这首饰多难看！"当他听到妻子对萨比娜这样说时，他顿时明白了，自己已经无法再继续生活在谎言之中。那一刻，他本该出面维护萨比娜。他没那么做，仅仅是因为担心暴露了他们的私情。

鸡尾酒会后第二天，他准备与萨比娜一道去罗马待两日。"这首饰多难看！"这几个字不断在他脑海里回荡，妻子在他眼里变得判若两人。她再也不是一直以来他心目中的那个她。她咄咄逼人，滴水不漏，咋咋呼呼，风风火火，把他从二十三年婚姻生活中耐着性子以善相待的重压之下解脱了出来。他回想起阿姆斯特丹教堂里那无限的空阔，觉得那种空荡在他心灵深处激起了一种奇特又难以理解的冲动。

他收拾起行李，玛丽-克洛德走进房间。她谈起昨日的宾客，对她所听到的某些观点，她极力附和，而对另一些观点，则以尖刻的语调加以谴责。

弗兰茨久久地凝视着她，然后开口说："罗马没有什么会议。"

她糊涂了："那么，你为什么要去？"

他答道："我有一个情妇，来往有九个月了。我不想跟她在日内瓦见面。所以我才经常外出。我觉得还是先跟你说清楚为好。"

说完开头几句，他便怕了；最初的勇气消失了。他别过头去，不看玛丽-克洛德的脸，唯恐见到因他的话而引起的绝望表情。

短暂的停顿之后，他听到她说："是的，我也觉得先跟我说清楚为好。"

她的语气很坚定，弗兰茨抬起头来：玛丽-克洛德一点也不沮丧。她的神态，还是跟那个高声说"这首饰多难看"的女人一模一样。

---

① André Breton（1896—1966），法国诗人、评论家、编辑，超现实主义运动创始人之一。

她接着又说:“既然你有勇气对我说出你已骗了我九个月，能不能告诉我是跟谁?”

他一直告诫自己不应冒犯玛丽-克洛德，必须尊重她身上的那个女人。可是玛丽-克洛德身上的那个女人都已变成什么样了?换句话说，他将之与妻子联系在一起的母亲形象已变成了什么样子?他母亲，那个悲凄、受伤，穿着不成双的鞋的妈妈，已离玛丽-克洛德远去;也许根本不是，其实她从来不曾依附在玛丽-克洛德身上。他醒悟到了这一点，一股恨意油然而生。

“我没有任何理由向你隐瞒。”他答道。

既然骗她并不构成对她的伤害，那告诉她谁是她的情敌，一定能刺痛她。他直视着她，说出了萨比娜的名字。

不久，他与萨比娜在机场碰面。飞机起飞了，他感觉越来越轻松，心想，经过九个月之后，他终于重又开始活在真实之中。

8

对萨比娜来说，这如同弗兰茨强行打开了她的私生活之门，仿佛看到窗口晃动着玛丽-克洛德的头，玛丽-安娜的头，画家阿兰的头，或是总捂着自己手指的那位雕塑家的头，看到她在日内瓦认识的所有人的头。她快要身不由己地成为一个她全不在意的女人的情敌。弗兰茨会离婚，而她将在一张巨大的婚床上取得他枕边的位置。远近的人全都会盯着看；她将不得不在所有人面前演戏；她将不再是萨比娜，而要被迫扮演萨比娜这个角色，并且找到扮演的方式。爱情一旦公之于众会变得沉重，成为负担。一想到这儿，她就已经直不起腰来。

他俩在罗马的一家餐馆吃晚饭，喝着葡萄酒。萨比娜默不作声。

“你真的没生气吧？”弗兰茨问道。

她明确告诉他自己没生气。她仍然十分困惑，不知该不该开心。她想起他们在去阿姆斯特丹的火车卧铺车厢里相会的情景。那一晚，她曾想扑倒在他脚下，恳求他哪怕用暴力将她留在他身边，永远也不要再让她走。那一晚，她曾渴盼结束这从背叛到背叛的危险旅程，她曾渴盼停下脚步。

眼下，她竭尽全力试图回想起当时的渴望，想祈求他，依赖他。纯属徒劳。她的不安仍占了上风。

在繁华的夜景中，他们走回旅馆。在他们身边，意大利人吵吵闹闹，大叫大嚷，手舞足蹈。这样，他俩虽然默默地肩并肩走着，却听不出彼此的沉默。

回来后，萨比娜在浴室梳洗了很久，而弗兰茨躺在那张夫妻大床上等着她。一盏小灯一如既往地亮着。

从浴室出来，她摁下了开关。这是她第一次这么做。弗兰茨本该留心她这一举动。他并没注意到，因为光线对于他无关紧要，我们知道，做爱时他总是闭着眼睛。

正是由于他紧闭的双眼萨比娜才将灯熄灭。她不愿看见，即便只是一秒，那垂下的眼帘。如俗语所说，眼睛是心灵之窗。弗兰茨的身体伏在她身上扭动，双眼紧闭，在她看来，这只是一具没有灵魂的躯体。他像是一只尚未睁眼的幼崽，因为饥渴而发出阵阵可怜的嗷叫。肌肉强健的弗兰茨做爱时就像一只吃奶的巨大幼犬。确实如此，他嘴里还含着她的一只乳头，如同吮奶一样！下半身的弗兰茨是个成年男子，而上半身则是个吮乳的婴儿，那么她是在跟一个婴儿上床，一想到这，她觉得厌恶到了极点。不，她再也不愿看到他无望地在她身上挣扎，再也不愿像母狗喂幼崽一样送上自己的乳房。今天是最后一次，无可挽回的最后一次！

当然，她明白，自己的决定极不公平。弗兰茨是她所遇见的男人中最优秀的。他聪明，懂她的画。他善良，正直，英俊。但她心里愈清楚，愈想去践踏他的聪明、善良，践踏他那脆弱的强健。

这一夜，她以胜过往日的激情与他做爱，因为想到是最后一次而万分激动。她与他缠绵着，而心早已到了遥远的别处。她再度听见远方吹响叛逆的金号角，清楚自己无力抗拒那号声的召唤。她眼前仿佛展开了一片更为广阔的自由天地，那天地之广大令她兴奋。她疯狂而粗野地与弗兰茨做爱，好像从未曾有过那样。

弗兰茨在她身上唏嘘，他肯定明白了一切：晚餐时，萨比娜默不作声，也没跟他说对他的决定是怎么想的。可是现在，她回应了他。她在向他显示她的欢悦、激情、允诺和与他共度一生的渴望。

他感觉自己像是骑士，驰骋在一片极其美妙的空白里，没有配偶，没有子女，没有家庭，被赫拉克勒斯巨人之帚清扫一空的绝对空白，他将以爱情来把它填满。

他们彼此以对方为坐骑，奔向他们所向往的远方。他们都沉醉在令自己获得解放的背叛之中，弗兰茨骑着萨比娜背叛了他的妻子，而萨比娜骑着弗兰茨背叛了弗兰茨。

9

二十多年来，他在妻子身上看到的是母亲的影子，是一个需要他保护的弱者；这种观念在他头脑里已经根深蒂固，仅两天时间是无法摆脱的。回家时，他心中不禁有些歉疚：在他离家后，妻子可能已经崩溃，他也许会看到她痛不欲生的样子；他胆怯地扭转钥匙开了门锁，回到自己房间。他小心翼翼，不弄出声响，侧耳细听。是的，她在家。犹豫再三之后，他过去跟她打招呼，因为这已成了习惯。

她眉毛一挑，装着惊奇地说："你回这里来了？"

他很想（实在有些意外地）反问一句："你要我上哪儿去？"但他没吭声。

她接下去说道："为了使你我之间一清二楚，我觉得你马上搬去她那儿也没什么不妥。"

离家那天向她坦陈一切时，他并没有明确的计划。他回家来准备与她和和气气地谈一谈，尽量不给她造成痛苦，没想到她竟冷冷地执意让他走。

尽管她的这种态度使他省却不少麻烦，他还是感觉失落。这一辈子他都担心伤害她，也正是为了这一点他才自动给自己套上了愚蠢的一夫一妻制这条准则。结果二十年过去，才发觉自己多虑无益，竟因这份误解而把多少女人拒之门外！

下午课后，他从学校出来直奔萨比娜的住处。他打算求她让他留下过夜。他按响门铃，没人应。他去对面的咖啡馆里等着，两眼直盯着那幢楼的大门。

好几个小时过去了，他不知该怎么办。他这辈子一直都与玛丽-克洛德睡在一张床上。如果现在回家，是不是该跟从前一样躺在她身边？当然，他还可以把隔壁房间的长沙发当床睡，但那样是不是太过分了？她会不会认为是敌意的表现？他希望和妻子依然是朋友！可再与她共枕也做不到。他仿佛已听到她的冷嘲热讽：怎么了？他不是宁愿要萨比娜的那张床的吗？于是他选了一间旅馆住下。

翌日，他又来按萨比娜家的门铃，整整一天，可总是白费力气。

第三天，他去找门房。女门房也什么都不知道，叫他去找出租画室的房东。他给房东打了电话，得知萨比娜在两天前已提出解约，并且照租约上订好的付清了后三个月的租金。

接下来的几天，他仍旧上门，希望碰上萨比娜。直到一次他看见房门开了，里面有三名穿着蓝色工装的男人在搬家具和油画，往停在房前的一辆搬家大卡车上装。

他问他们把家具往哪儿搬。

他们回答说，他们有明令在先，不得泄露去向。

他本来准备塞给这些人几张钞票叫他们透露一下秘密，可忽然之间泄了气。他因悲哀而彻底麻木了。对这一切，他一点也不明白，也不可能明白，只是意识到从遇到萨比娜的那天起，他便料到这一刻。该来的事情已经来临。弗兰茨无力防范。

他在旧城区找了个小套间，挑了一个确信不会遇上女儿和妻子的时间，回到从前的家中去取一些必备的衣物和书籍。他小心翼翼，尽量不带走任何其他东西，以免让玛丽-克洛德少了什么。

一天，他望见妻子坐在一家咖啡馆的玻璃窗后。玛丽-克洛德和两个女士在一起，脸上显出十分兴奋的样子，由于喜好夸张而滑稽的表演，她的那张脸上早已刻下了数不清的皱纹。两个女人在听着她说话，还不住地大笑。弗兰茨不禁觉得她正在跟她们谈论他自己。妻子一定知道，在他决意与萨比娜一起生活的那一刻，萨比娜便从日内瓦消失了。真是个可笑的故事！就这样成了妻子女友们的笑柄，他自己也不感到奇怪。

他回到新居，在那儿可以听见圣彼得大教堂的排钟齐鸣声。当天，商店给他送来了买好的桌子。他把玛丽-克洛德和她的女友抛在脑后，一时还忘却了萨比娜。他到桌边坐下，为亲自挑选了它而感到高兴。二十年来，他一直生活在并非自己所选的家具之中，玛丽-克洛德包办了一切。他人生第一次结束了当小男孩的日子，独立了。第二天会有一名细木工匠过来，他要请木匠做个书柜。他花了几个星期，亲手设计了外形、规格和安放的位置。

此时，他猛然惊诧地发现其实自己并非不幸。萨比娜的人在不在根本不像他所以为的那么重要。重要的是她在他的生命当中留下的那道灿烂而神奇的印迹，无人可以夺走。何况在从他的世界里消失之前，她已将赫拉克勒斯巨人之帚交到他手中，而他也已用之将一切厌恶的东西通通从自己的生活中清扫了出去。这不期的幸福，这美好的生活，这由新生和自由带来的欢乐，是她给他留下的礼物。

而且，他一向偏爱虚幻胜于现实。如同他喜欢身处游行队伍之中（我已经说过，那些游行不过是一场戏，一个梦）。而不爱站在讲台后给学生授课，因此，比起同萨比娜周游世界，比起战战兢兢一步步索求她的爱情，与幻化为无形女神的她相守更加幸福。她赐给他的，是突然而至的男子汉的自由，为此，她给他罩上了魅力的光环。他变得对女人颇具吸引力，一个女学生爱上了他。

就这样，在短暂得令人难以置信的一瞬间，他整个人生的境况彻底改变了。就在不久之前，他还住在一套布尔乔亚的大房子里，有女佣、女儿和妻子，现在却身处旧城区的一个单间公寓，而他年轻的女友几乎天天到他这儿过夜！他们不必躲到世界各地的旅馆里去，他可以在自己的房间，在自己床上与她做爱，面对他的书籍和床头柜上摆着的那个烟灰缸。

她长得既不难看也不漂亮，可毕竟比他年纪小那么多！而且她仰慕弗兰茨，一如当初弗兰茨仰慕萨比娜那样。这并不让人讨厌。也许，他会觉得这个戴眼镜的女学生当作萨比娜的替身略为逊色，但他的仁爱之心要求他欢欢喜喜地接纳她，并向她倾注一种他从来未能如愿付出过的父爱，因为女儿玛丽-安娜举手投足从不像是个女儿，反倒像另一个玛丽-克洛德。

一天，他去见妻子，告诉她他想再结婚。

玛丽-克洛德摇了摇头。

“若是离婚，不会有任何改变。你不会吃什么亏的，我什么都让给你！”

“对我来说，金钱并不重要。”她回答道。

“那什么才重要？”

“爱情。”

“爱情？”弗兰茨大吃一惊。

玛丽-克洛德笑了，说：“爱情是一场战斗。我会一直抗争。抗争到底。”

“爱情是一场战斗？我可一点儿也不想抗争。”弗兰茨说完便走了。

10

在日内瓦生活四年之后，萨比娜移居到了巴黎，仍然无法从忧伤之中振作起来。假如有人问她到底发生了什么事情，她也无言以对。

人生的悲剧总可以用沉重来比喻。人常说重担落在我们的肩上。我们背负着这个重担，承受得起或是承受不起。我们与之反抗，不是输就是赢。可说到底，萨比娜身上发生过什么事？什么也没发生。她离开了一个男人，因为她想离开他。在那之后，他有没有再追她？有没有试图报复？没有。她的悲剧不是因为重，而是在于轻。压倒她的不是重，而是不能承受的生命之轻。

直至此时，背叛的时刻都令她激动不已，使她一想到眼前铺展一条崭新的道路，又是一次叛逆的冒险，便满心欢喜。可一旦旅程结束，又会怎样？你可以背叛亲人、配偶、爱情和祖国，然而当亲人、丈夫、爱情和祖国一样也不剩，还有什么好背叛的？

萨比娜感觉自己周围一片虚空。这虚空是否就是一切背叛的终极？

直至此时，她显然仍未明了，这也是可以理解的：追求的终极永远是朦胧的。期盼嫁人的年轻女子期盼的是她完全不了解的东西。追逐荣誉的年轻人根本不识荣誉为何物。赋予我们的行为以意义的，我们往往对其全然不知。萨比娜也不清楚隐藏在自己叛逆的欲望背后的究竟是什么目的。不能承受的生命之轻，目的就是这个吗？自从离开了日内瓦，她已朝这个目的越走越近。

在巴黎的第三年，她收到一封寄自波希米亚的信。是托马斯的儿子写来的一封信。他听说过她，打听到了地址，并决定给她写信，因为她曾是他父亲“最亲密的朋友”。他告诉她托马斯与特蕾莎都死了。据信上所说，他俩最后几年生活在一个小村庄里，托马斯在那儿当卡车司机。他们常常一块去附近的一个小城，总在一间小旅馆过夜。路在山间穿行，弯弯曲曲，卡车坠入了深谷。找到的尸体全是碎的。警方发现，卡车的刹车装置糟透了。

得知这一消息，她无法平静下来。她与过去之间的最后一丝联系也断了。

按她以往的习惯，她想去墓地走走以平息心情。最近的一座墓地是蒙巴纳斯公墓。墓地里是一座座石墓，墓旁是一座座脆弱的小石屋，小教堂。萨比娜不明白，为什么亡者会想让那些仿制的宫殿压在自己头上。这座公墓就是个石化的名利场。公墓里的众生根本没在死后变得清醒起来，反倒比生前更为痴癫。他们在铭碑上夸耀着自己的显赫。这儿安息的不是父亲、兄弟、儿子或祖母，而是名流、政要和头衔及荣誉加身的人物，哪怕只是个小职员，也要在此摆出他的身份、级别、社会地位——即他的尊严——供人瞻仰。

走在公墓的一条小道上，她望见不远处有支葬礼队伍。司仪抱着满怀的鲜花，分发给死者的亲眷和朋友，一人一支。他递过来一支给萨比娜。她于是加入行列之中。绕过了好几座坟墓，来到了一个没有碑石的墓穴旁。她弯下身子。坑穴非常深。她抛出了那支花。花急急地旋转了几下，坠落在棺盖上。波希米亚的墓穴没有这么深的，而在巴黎，房子有多高，墓穴就有多深。她的目光落在墓穴一旁待封的石板上。这石板令她充满了恐惧，于是她匆匆赶回家。

整整一天，她都在想着那块石板。为什么它会让她感到如此的惊恐呢？

她给自己找了这样一个答案：如果坟墓被一块石板封住，亡者将永远不得出来。

可是，不管怎样，死人都不会从墓穴中出来！那么，他是躺在一层黏土之下还是一块石板之下，结果又有什么不同呢？

不，结果有所不同：假如坟墓用一块石板封住，也就是不愿让亡者还魂。那沉重的石板对他说："待在这儿别动！"

萨比娜想起她父亲的坟墓。棺材上覆盖着泥土，泥土上开出花朵，一棵枫树的树根盘绕棺材而生，可以想象亡人的魂魄经由树根和花儿从坟墓之中超脱出来。假如她父亲被一块石板封死，她就不能在他过世后再向他倾诉，也不能再听到树的枝叶之中传来他宽恕的声音。

特蕾莎与托马斯安息的那座公墓会是什么样子呢?

她再度想起了他们两人。他们时常去邻近的城里并留在旅馆过夜。信中的这一段触动了她。这证明他们是幸福的。她又看见了托马斯，仿佛是她的一幅画：前景是由一位稚拙的画家画出的幻影——唐璜；而从幻影的缝隙里，现出了特里斯丹。他死时是特里斯丹，而不是唐璜。萨比娜的父母在同一周相继去世。托马斯与特蕾莎则死在同一刻。突然间，她恨不得和弗兰茨呆在一起。

当她跟他说起她常在墓地里行走时，他曾感到恶心，并把墓地比作堆放尸骸和乱石的垃圾场。正是在那一天，他们之间裂开了一道互不理解的鸿沟。直到今天，在蒙巴纳斯公墓，她才明白了他想说的意思。她悔恨当初太不耐心。假如他们相处的时间更长一些，也许他们就会渐渐地开始理解彼此说的话。他们的言语会像非常腼腆的情人一样，羞涩地慢慢相互靠近，而他们的乐章会开始与对方的融为一体。可为时已晚。

是的，为时已晚。萨比娜知道自己不会停留在巴黎，她会越走越远，因为，如果她死在这儿，她会被一块石板封住，对于一个永不知停息的女人来说，一想到要被永远禁锢，不再能行走，那是无法忍受的。

11

弗兰茨的朋友都知道他与玛丽-克洛德之间发生了什么，他们也都清楚他与戴着一副大眼镜的女学生之间的事情。只有萨比娜的这一段故事无人知晓。弗兰茨还以为玛丽-克洛德跟她的女友们说起过她，其实错了。萨比娜很美，玛丽-克洛德不会愿意让别人拿她们两人的容貌作比较。

因为生怕暴露，他从未向萨比娜要过油画或是素描，甚至连张证件照也没有。就这样，她从他的生活里彻底消失，不留一丝痕迹。他与她在一起度过了一生中最美好的岁月，却没有遗存任何触摸得到的证据。

因此，他更乐意对她保持忠诚。

当他和年轻的女友待在房间时，有时她会从书本中抬起头来，以询问的目光望着他："你在想什么？"

弗兰茨坐在扶手椅中，双眼朝着天花板。不论他怎么回答，他想的肯定是萨比娜。

每次他在某本学术杂志上发表论文，女学生总是他的第一位读者，并很想与他探讨。可他呢，他想知道的，是萨比娜对文章会作何评价。他所做的一切，全都是为萨比娜，而且是以让她高兴的方式去做。

这种毫无恶意的不忠，正适合弗兰茨，既然他决不能伤害他那位戴眼镜的女学生。他继续崇拜着萨比娜，但那更像是一种宗教，而不是爱情。

此外，在这一宗教里他获得了一种信义，即他年轻的情人是由萨比娜赐予他的。他的尘世之爱与超凡之爱和谐而完美。如果说超凡之爱中必然有着（就因为它是超凡的）极多难以解释和不可理解之处（请记住那些不解之词，还有那一系列的误会！），那么，他的尘世之爱则建立在真正的相互理解之上。

女学生比萨比娜年轻许多，她的生命乐章才刚开始，而她心怀感激之情，在其中加入了从弗兰茨身上借取的动机。弗兰茨所崇敬的伟大进军也成了她信念的一部分。同弗兰茨一样，对于她来说，音乐是狂欢式的迷醉。他们经常去跳舞。他们活在真实中，他们所做的一切不对任何人保密。他们呼朋引类，不论同事、学生还是陌生人，都高高兴兴地在一道吃饭，喝酒，聊天。他们常常去阿尔卑斯山远足。弗兰茨弯下腰，女孩跳到他背上，然后他背着她在草地上奔跑，高声吟诵着幼年时他母亲教给他的一首德文长诗。小女孩咯咯直笑，搂着他的脖子，欣赏着他的长腿、肩膀和他洪亮的声音。

唯一让她不明白的，是弗兰茨对所有处于苏联的钳制之下的国家怀有的那份特殊情感。入侵一周年那天，一个在日内瓦的捷克协会组织了一次纪念活动。应者寥寥。讲演者有着一头用发钳精心烫过的灰白鬈发。他念着一篇长长的讲稿，弄得本来就很少几个来听他讲话的积极分子也厌烦透顶。他说的法语倒没什么错误，但口音重得吓人。为了强调自己的观点，他不时伸出食指点点戳戳，像是在威胁在座的人。

戴眼镜的女学生坐在弗兰茨旁边，强忍着呵欠。弗兰茨却傻傻地挂着微笑。他两眼紧盯着那个头发花白的家伙，他那惊人的食指让弗兰茨倍感亲切。他心想，这个男人定是个秘密信使，是保持他与他的女神之间沟通的天使。他闭起眼睛，浮想联翩。他紧闭双眼，如同他在欧洲的十五家旅馆和美国的一家饭店的房间里，在萨比娜身上闭着双眼。

第四部

灵与肉

1

特蕾莎在将近凌晨一点半回到家，走进浴室，换上睡衣，在托马斯身边躺下。他睡熟了。她靠近他的脸，正要吻他的嘴唇，这时，发现他的头发里有一种奇怪的气味。她久久地探着鼻子。她像条狗一样嗅他，终于明白了：这是一种女人的气味，女人下体的气味。

早晨六点钟，闹钟响了。这个时刻是卡列宁的时刻。它总是比他们醒得早得多，但是不敢打搅他们。它不耐烦地等着闹钟的铃声，因为铃声赋予它权利跳到床上，踩他们，拱他们。一开始，他们想阻止它这么闹，把它赶下床去，但是狗比主人要顽固，硬是赢得了自己的权利。再说，特蕾莎近来觉得在卡列宁的邀请下进入新的一天也不坏。对卡列宁来说，醒来那一刻是纯粹的幸福：它天真而又傻呵呵地为还在这世上感到惊讶，真是满心的欢喜。而特蕾莎总是很不情愿醒来，渴望延长夜晚，真不想再睁开眼睛。

此时，卡列宁在门口等着，抬头盯着衣帽架，那上面挂着它的项圈和皮带。特蕾莎给它套上项圈，带它去买东西。特蕾莎买牛奶、面包和黄油，像往常一样，也给它买一块羊角面包。在回家的路上，卡列宁在她身边一路小跑，嘴里叼着羊角面包。它骄傲地环顾四周，也许为自己受到注意，被人用手指点而陶醉。

到了家，它嘴里咬着面包，潜伏在卧室门口，等着托马斯发现它的存在，蹲下身来怪叫，装作要抢走它的面包。每天都如此一番：他们要花上五分钟在房里追逐，直到卡列宁躲到桌下去，快速地一口吞下面包。

但这一次，它等待的这场早晨的仪式却落了空。桌上放着一台半导体收音机，托马斯正在听着。

2

收音机里正在播放一个关于捷克流亡者的节目。这是被窃听、偷录和经过剪辑的私人谈话。事情是一个潜入到流亡者中的间谍干的，得手后得意地回到故国。这不过是一些闲谈，并无什么意义，其中时不时地冒出几个辱骂占领当局的粗词儿，也有流亡者的相互对骂，说对方是骗子，是白痴，等等。节目要突出的正是这些片段：要证明的是，这些人不但讲苏联的坏话(波希米亚地区没有一个人会为此而愤慨的)，而且相互攻讦，不惜用粗话辱骂对方。奇怪的是，人们尽管从早到晚都讲脏话，可是在广播里听到一个受人尊敬的名人张口一句“他妈的”，还是会不禁有些失望。

“这，这一切都是从普罗恰兹卡开始的！”一直在收听的托马斯说道。

扬·普罗恰兹卡是个捷克作家，四十来岁，精力充沛如头公牛。早在一九六八年之前，他就开始猛烈抨击国家时政。在“布拉格之春”事件中，他是最得民心的人物之一，那场骇人听闻的共产主义自由运动最后以俄国入侵而告终。俄国人侵占布拉格不久，所有的媒体便向他吹响围攻的号角，但媒体越是围攻他，人们就越是喜欢他。于是广播（时值一九七〇年）就端出了普罗恰兹卡在两年前（一九六八年春天）与一位大学教授的私人谈话，开始连续播放。他俩谁都没料到教授的公寓里竟会藏着一套窃听装置，而且长期以来，他们的一举一动都受到监视！普罗恰兹卡向来喜欢跟朋友们闹，说话夸张，用词过激。而现在广播的系列节目播放的正是这些不合时宜的谈话，谁都可以听到。剪辑制作这个节目的秘密警察，费尽心机，突出了作家嘲弄他朋友——例如杜布切克——的片段。尽管人们平日里总是不放过诋毁朋友的机会，可是很奇怪，往日令他们崇敬的普罗恰兹卡，如今竟然比让人憎恨的秘密警察更让人气愤！

托马斯关掉收音机，说："世界上所有国家都有秘密警察，可是只有我们国家把秘密录音拿到电台去播放！真是闻所未闻！"

"这种事还有呢！"特蕾莎说，"十四岁的时候，我偷偷记日记。我怕有人会看到。我把它藏在阁楼上。可我妈竟然把它搜了出来。有一天吃午饭，全家正在喝汤，她把日记本从口袋里掏出来，说道：'大家仔细听了！'说着便放声读了起来，每读一句，便笑一阵，笑得弯了腰。全家人也都跟着哈哈大笑，都忘了吃饭。"

3

他总想说服她继续睡觉，让他一个人吃早饭。但她就是不听。托马斯的工作时间是从早上七点到下午四点，而她是从下午四点到午夜，如果她不和他一起吃早饭，他们就只有星期天可以一起说说话了。所以她总是和他一起起床，等他走了之后，再躺回床上去，睡上一觉。

但是这一天，她怕自己又睡着了，因为十点钟她要去苏菲岛的桑拿浴室。桑拿浴的爱好者很多，而浴室里位置很少，得走后门才进得去。幸好有一个被大学开除的教授，他妻子就在浴室任出纳，这个教授是托马斯以前的一个病人的朋友。托马斯于是托这个病人，病人又托这个教授，教授再托他妻子，就这样，特蕾莎终于每个星期有机会去洗一次桑拿。

她是走路去的。她讨厌永远拥挤不堪的有轨电车，车子里，人们挤作一团，心里充满怨恨，你踩我的脚，我扯你的大衣扣，相互叫骂声不迭。

天下着毛毛雨。行人脚步匆匆，撑着雨伞。突然，人行道上乱成一团，伞篷碰撞在一起。男人倒是不失礼貌，在路过特蕾莎身边时，高高举起伞给她让出地方。但是女人寸土不让。她们只顾盯着前方，脸色严峻，等着别人自认不如，乖乖让路。伞的遭遇战是力量的考验。一开始，特蕾莎总是避让，当她明白好心换不来好报，便死死抓紧伞柄，跟其他女人一样较劲。好几次，她的伞狠狠撞上迎面而来的一把伞，但是没有哪个女人会说声“对不起”。通常，大家都不吭声；但有两三次，她听到了“婊子”或者一声“狗屎”！

在用伞武装起来的女人中间，有年轻的，也有年老的，但年轻的通常都是些最勇猛的斗士。特蕾莎回想起入侵的那段日子。年轻姑娘身着迷你裙，走过来，走过去，举着国旗飘扬的长竿。这是对多年来被迫禁欲的俄国士兵的性侵犯。他们来到布拉格，恐怕以为来到了一个科幻小说家杜撰出来的星球上，这里净是美艳得令人难以置信的女人，她们以美丽的长腿为武器，表示蔑视，而这是整个俄国五六个世纪以来都不曾见过的。

在这段日子里，她为这些女人以坦克为背景拍了无数照片。她曾是多么钦佩她们啊！可她今天看到的，同样是这些女人，直冲冲地朝她撞来，气势汹汹，心怀恶意。她们高举的不再是旗帜，而是雨伞，但同样是那么骄傲。对外国军队，对不肯让道的雨伞，她们随时准备发起同样猛烈的攻击。

4

她来到了老城广场，广场上矗立着朴素庄严的泰恩大教堂，还有排列成不规则四边形的巴罗克式房屋。十四世纪的老市政厅，以前完全占据广场的一方，但在二十七年前成了一片废墟。华沙、德累斯顿、科隆、布达佩斯以及柏林，均在上一次战争中惨遭破坏，但这些城市的居民不忘重建家园，无比用心地恢复古老城区的面貌。这些城市让布拉格人患上了自卑情结。在布拉格，那场战争摧毁的唯一一座古老建筑物，就是老市政厅。布拉格人决定永远保留其断垣残壁，怕万一有个波兰人或德国人前来指责他们受的苦难不多。在这堆用作战争永恒罪证的显赫的瓦砾前，立着一座铁管搭成的检阅台，供共产党在过去或将来指挥布拉格人民大游行。

特蕾莎望着成为废墟的市政厅，这番景象突然让她想起她母亲：这岂不是一种反常的需要——要展示毁灭，夸耀丑陋，标举悲惨，露出断臂的残痕，强迫全世界都来观看。最近一段时间以来，一切都让她回想起自己的母亲，仿佛十多年前逃离的那个母亲的世界，又从各个方向朝她逼近，把她团团围住。所以吃早饭时，她才会说出当年母亲读她的秘密日记，惹得全家捧腹大笑的事。朋友小酌间的交谈都被拿到电台去公开播放了，这只能说明一点：世界在变成一个集中营。

特蕾莎几乎从童年时代起就开始用这个词来表达她对自己的家庭生活的看法。集中营，就是日日夜夜，人们永远挤着压着在一起生活的一个世界。残酷和暴力只不过是其次要特征(而且绝非必然)。集中营，是对私生活的彻底剥夺。普罗恰兹卡虽在自己家里与朋友喝酒聊天，但却无处躲避，他是活在集中营里（他居然不知道，这是他致命的错误！）。特蕾莎以前和母亲住在一起，也是活在集中营里。从那以后，她明白了集中营绝无特别之处，没有什么值得让人惊讶的，而是某种命定的、根本性的东西，来到世上，就是来到它的中间，不拼尽全力，就不可能从中逃出去。

5

排列成梯形状的三排长凳，女人们坐在上面，挤得一个挨着一个。一个三十来岁的女人，长着一张十分标致的脸蛋，坐在特蕾莎身边一个劲儿地出汗。她肩膀下面，垂着两个大得难以置信的乳房，身体一动就直晃荡。她起身时，特蕾莎注意到她的后臀也像两个巨大的皮袋子，与那张脸蛋毫无共同之处。

也许这个女人，她也久久站在镜前，凝望着自己的身体，想透过身体瞥见灵魂，就像特蕾莎从童年时起就一直尝试的那样。以前，特蕾莎确实傻傻地认为身体能反映灵魂的特征。可是，一个酷似挂了四个大皮袋的衣帽架的灵魂，又该有多么可怕？

特蕾莎站起来去冲淋浴。接着她走到外面去透透气。外面一直在下毛毛雨。她走到在伏尔塔瓦河面上方伸出的栈桥上，桥有几米见方，四周是高高的木板壁，以保护女人避开城市射来的目光。她低下头来，忽然看到水面上正是她刚刚正想着的那个女人的脸。

那个女人朝特蕾莎微笑着。她长着秀气的鼻子和栗色的大眼睛，目光很孩子气。

她走上扶梯，在柔和的面孔下面，是两个直晃荡的大皮袋，把冰冷的小水珠甩得到处都是。

6

她走进屋去穿衣服。她站在一面大镜子前。

不，她的身体可没什么可怕的地方。她的肩膀下面没有大皮袋，两只乳房可以说相当小。以前她母亲常笑话她乳房不够大，没有应有的那么大，这使她产生某种自卑情结，直到托马斯来了，才把她解救了出来。现在，她可以接受它们的大小了，但她仍然不喜欢乳头周围太大太深的乳晕。如果她可以设计自己的身体，她想要那种不起眼的、精致的乳头，在乳房的圆拱上微微突出，其颜色与皮肤其他部分几近一体。可她那深红色的大靶心，令她觉得像是乡村画家应饥不择食者的要求画出来的淫画。

她审视着自己，心里想，要是自己的鼻子每天长长一毫米会怎么样。过多长时间，自己的脸会变得让人认不出来？

如果她身体每个部分在变大或缩小，直至变得与特蕾莎毫无共同之处，那她还是她吗，还会有另一个特蕾莎吗？

当然。即使特蕾莎一点都不像特蕾莎了，在她体内，始终是一个灵魂，它只能惊恐万状地看着她身体的变化。

那么，在特蕾莎和她的身体之间有何联系呢？她的身体对特蕾莎这个名字总该拥有一点权利吧？如果身体没有这个权利，那么这个名字又归属于什么？只能属于一种无形的、非物质的东西。

（特蕾莎从童年时代起脑子里就总在琢磨这些问题。因为真正严肃的问题，是孩子能提出来的问题。只有最天真的问题才真正是严肃的问题。这些问题都是没有答案的。没有答案的问题是一道令你无路可走的障碍。换言之，正是这些没有答案的问题标志着人类可能性的局限，划出我们存在的疆界。）

特蕾莎一动不动，像被魇着了一般站在镜子前，她望着自己的身体，仿佛很陌生；陌生，然而却指定给她而非其他人。这个身体令她厌恶，它没有能力成为托马斯生活中的唯一。它令她失望，背叛了她。整整一夜，她被迫呼吸着托马斯头发里另一个女人下体的气味。

她突然想像打发走一个女佣那样，把她的身体打发走。只让灵魂与托马斯在一起吧，把身体赶得远远的，让它表现得就像其他女人的身体一样，跟其他男人的身体厮混！既然她的这个身体不能成为托马斯生命中的唯一，那么它就输掉了特蕾莎一生中最大的战役！好吧，让它走开吧，这身体！

7

她回到家，在厨房里站着草草吃了午饭，一点胃口也没有。下午三点半，她给卡列宁系上皮带，带它一起(总是步行)去城郊她工作的饭店。她被杂志社辞退了，找了一份女招待的差使。这是在她从苏黎世回来几个月后发生的事；说到底，就是因为她拍了七天俄国坦克，所以怎么也不肯原谅她。她是靠朋友才得到这份招待工作的：几个和她差不多在同一时间失去工作的人，也在这里找到了庇护所。在饭店会计室，有位以前教神学的教授，服务台处，有位前大使。

她重又担心起自己的腿来。以前，她在外省当女招待时，发现她的同行腿肚子上尽是曲张的静脉，她很害怕。这是女招待的职业病，因为她们手上总是端着沉沉的东西，不是走，就是跑，要么就是站着。现在的工作倒没以前在外省时那么累人。在开门为客人服务之前，她要搬运一箱箱沉重的啤酒和矿泉水，之后她只要站在柜台后面，给客人倒倒酒，有空的时候，在吧台末端的小洗碗槽里涮涮杯子。在她工作时，卡列宁一直耐心地躺在她脚旁。

等她算完账，把钱交给饭店经理，午夜已过。她先过去对值夜班的大使道声晚安。在服务台的长柜台后，有扇门，门后是个凹室，正好摆得下一张窄床睡觉。凹室的墙上，挂着几张镶边框的照片：照片上，可以看到他和许多人在一起，他们在冲着镜头微笑或者在和他握手，或者坐在他身边签什么东西。在一张挂在醒目位置的照片上，可以辨认出紧挨着他的，是约翰·弗·肯尼迪那张微笑的脸。

这天晚上，他不是在与美国总统交谈，而是与一个六十来岁的陌生男人，这人一看到特蕾莎，马上就闭上了嘴巴。

“这是个朋友，”大使说，“你尽管放心地讲。”接着，他转向特蕾莎，说:“他儿子被判了五年，恐怕就在今天判的。”

她了解到，在入侵最初的几个日子里，这人的儿子和他的几个朋友一直监视一幢大楼的入口，这幢楼是一个俄军特别机构的所在地。从那里出来的捷克人，在他看来，肯定都是为俄国人效力的告密者。他和同伴跟踪他们，记下他们的车牌号码，告诉一家捷克地下电台的新闻记者，由电台提醒公众注意。他甚至在朋友们的协助下，把其中的一个家伙狠狠地揍了一顿。

这个六十来岁的男人说:“这张照片是唯一的物证。他什么都不承认，直到他们向他出示了这个。”

他说着从胸袋里拿出一份剪报:“这是从一九六八年秋天的《泰晤士报》上剪下来的。”

照片上有一个年轻人正在掐一个家伙的脖子。有人在围观。照片下方写着：惩罚奸细。

特蕾莎松了口气。不，这张照片不是她拍的。

她和卡列宁一起穿过布拉格黑漆漆的街道向家走去。她想起她拍摄坦克的那些日子。他们是多么天真啊，所有人都是！他们以为是在为祖国不惜冒生命危险，可其实不然，他们在不知不觉中却为俄国警察效了力。

她凌晨一点半回到家。托马斯已经睡了。他头发里有股女人的气味，下体的气味。

8

什么叫作调情？可以说调情是一种暗示有进一步性接触可能的行为，但又不担保这种可能性一定能够兑现。换言之，调情是没有保证的性交承诺。

特蕾莎站在吧台后面，为顾客斟酒，这些顾客全都主动向她进攻。诸如奉承的话、暗示、黄段子、引诱、笑脸、媚眼等等，构成了持续不断的进攻，她是否觉得这很讨厌？一点也不。她感觉到一种不可遏制的欲望，要把自己的身体献出去(这个她想赶得远远的陌生的身体)，献给这股进攻的大潮。

托马斯一直不停地试图说服她，说爱和做爱完全是两回事。她拒绝接受这一观点。现在，她被男人包围着，可他们激不起她半点好感。要是跟他们睡觉，会是什么感觉？她恨不得试试，至少在没有保证的承诺即调情的形式下去试试。

别搞错了：她并不是要设法报复托马斯。她只是想找个出口走出迷宫。她知道自己成了他的负担：她把事情都看得太认真，把一切都搞成了悲剧，她无法明白肉体之爱的轻松和不把肉体之爱当回事带来的乐趣。她真想学会轻松！她真希望有人教她别这么不合时宜了！

如果对其他女人来说，调情是第二天性，是不足道的日常惯例，那么今后对她来说则是重要的探索天地，她要从中认识到她能做什么。但一旦变得如此重要，如此严肃，她的调情便因此而失去了所有的轻松，就成了被迫的、有意识的、过分的东西了。在承诺和没有保证之间的平衡(而这正是调情的精妙之处所在！)就被打破了。她太急于承诺，却没有足够明显地表示其承诺并不承担着什么。换言之，所有人都觉得她轻佻得出奇。可当男人要求她兑现看来十拿九稳的承诺时，却突然遭到反抗，他们只好对自己解释说，这个特蕾莎又残酷又有心计。

9

一个约莫十六岁的少年走到吧台，找了张空的圆凳坐了下来。他的谈话中夹杂着几句挑逗的话，就像一幅画里画错的线条，既不能将错就错，又怎么也抹不掉。

“您的腿真美，”他说。

她回敬道：“您好像能透过木柜台看见似的！”

“我认识您。我在街上看到过您。”小伙子解释道。

特蕾莎离身去照料别的客人。他要一杯白兰地。她拒绝了。

“我刚满十八岁。”少年抗议道。

“那好，把身份证给我看看！”

“休想。”少年说。

“那很好！就喝汽水吧！”

少年一言不发，起身走了。大约半小时后，他又回到吧台坐下。他动作夸张，满口烈酒味儿，三米外都能闻到。

“来杯汽水！”

“您醉了！”她说。

少年指着特蕾莎身后墙上挂着的告示牌：“严禁向未满十八岁

的未成年人销售酒精饮料。”

“那上面禁止您卖酒给我喝，”他用一个夸张的手势指着特蕾莎说，“但可没写我没有醉的权利。”

“您在哪儿喝成这样的？”特蕾莎问道。

“在对面的小酒馆里！”他放声大笑，接着又提出要一杯汽水。

“是吗，那您为什么不待在那儿？”

“因为我想看您，”少年说，“我爱您。”

说这句话时，他的脸奇怪地扭曲着。她实在不明白：他在嘲笑她吗？还是在向她献殷勤？或者是说笑话？或者很简单：他醉了，不知道自己在说什么？

她把一杯汽水放在他面前，又去招呼其他的顾客。“我爱您！”这几个字仿佛耗尽了少年全部的力气。他再也不说什么，默默地把钱放在柜台上就离开了，连特蕾莎都没察觉。

然而一等他离开，一个索要第三杯伏特加的小个子秃头男人开口了：“夫人，您知道您无权向未成年人提供酒精饮料。”

“但我没给他酒喝！他喝的是一杯汽水！”

“您给他倒的汽水里有什么，我看得很清楚！”

“看您在编造些什么！”特蕾莎嚷起来。

“再来一杯伏特加，”秃顶男人说。接着他又加了一句：“我注意您有好一阵子啦。”

“好啦！能看着一个漂亮女人，您不觉得是福气吗？闭嘴吧！”一个高个男人插话道。他刚才走到柜台边，看到了整个事情经过。

“您别搀和！这跟您没关系！”秃顶男人嚷道。

“您倒跟我解释解释，这跟您又有什么关系？”高个子说。

特蕾莎把秃顶男人要的伏特加给了他。他一口气喝完，付了钱就离开了。

“真感谢您。”特蕾莎对高个子说。

“这没什么。”高个子说着，也离开了。

10

几天后，他又出现在酒吧里。一看到他，她像对朋友似的，冲他微微一笑:“还是要多谢您。那个秃头常来，他实在讨厌得可怕。”

“别去想那事了！”

“那天他为什么要害我？”

“只是个醉鬼罢了！我再一次请求您：别去想那事了！”

“既然您请求我，我不去想就是了。”

高个子凝望着她:“您要答应我。”

“我答应您。”

“听到您对我有所承诺，我真高兴。”男人说道，一边目不转睛地望着她。

他们完完全全是在调情了：这种行为暗示有进一步性接触的可能，即使这只不过是一个没有保证的、纯理论化的可能性。

“在布拉格最丑陋的街区，怎么会遇到一个像您这样的女人呢？”

“那么您呢？您到这里来，到这个布拉格最丑陋的街区来干什么？”

他告诉她他住得不远，他是个工程师，上一次他下班回家时偶然在这里逗留。

11

她望着托马斯。她不是盯着他的眼睛，而是眼睛之上十来厘米的地方，看的是他的头发。那里散发出另一个女人下体的气味。

她说:“托马斯，我受不了了。我知道，我没有权利抱怨。自从你为了我回到布拉格，我就不让自己再嫉妒。我不想嫉妒，但我实在忍不住要嫉妒。我没有力量阻止自己了。请你帮帮我吧！”

他搂起她的胳膊，把她带到一个早些年他们常去散步的小广场。广场里有长凳:蓝色的，黄色的，红色的。他们坐了下来，托马斯对她说:

“我理解你。我知道你想要什么。我把一切都安排好了。现在，你到彼得山上去。”

她心里一阵纳闷:“到彼得山上去？到彼得山上去干什么？”

“你爬到最高处就知道了。”

她一点都不想去；她身体很虚弱，简直无法离开凳子站起来。但她不能违抗托马斯。她努力站起来。

她回头看他。他始终坐在长凳上，向她露出几乎是快乐的微笑。他挥挥手，十有八九是为了鼓励她。

12

彼得山是位于布拉格市中心的一座树木葱茏的山丘。来到山脚，她惊讶地发现一个人都没有。真奇怪，往常总是有很多布拉格人来这里呼吸新鲜空气。她心中忐忑不安，但山路如此安静，而静谧是令人安心的，于是她不再紧张，充满信任地投到山的怀抱中。她向上走着，时而停下来看看身后。她看到脚下有许多城楼和桥。圣徒雕像挥着拳头，两只石头眼睛凝望云端，这是世界上最美的城市。

她到了最高点。在平常卖冰淇淋、明信片和饼干的小摊后面（这天一个小贩都没有），延展开一片一望无际的草坪，上面稀疏有几棵树。她看到那里有几个人。她走过去，越靠近，越是把脚步放慢。一共有六个人。他们有的站着不动，有的在慢慢地来回走着，有点像高尔夫球选手在观察地势的起伏，掂量手中的球杆，在比赛前全神贯注地让自己进入状态。

她总算来到他们身边了。在这六个人当中，她肯定有三个和她因同样的原因而来：他们都惶恐不安，看来有一大堆问题要问，可又怕打搅了他人，所以宁愿不开口，只是带着询问的神色四处张望。

另外三个显得宽容善良。其中一个手里拿着把枪。看到特蕾莎，他微笑着做了个手势:“对，就是这里。”

她向他点头致意，感到不自在得可怕。

男人又说道:“为了不出错我要问一句。这是您自己的意愿吗?”

说出“不，这不是我的意愿”是很简单的，但是托马斯对她那么有信心，她无法让他失望。要是回家的话，她要找什么理由?于是她说:“是的。当然是，这是我自己的意愿。”

手里拿枪的男人又接着说:“您必须明白为什么我向您提出这个问题。我们必须确信来找我们的人是自己非要死不可，不然我们是不会动手的。我们只不过是向他们提供服务。”

他询问的目光停留在特蕾莎的身上，她不得不又一次向他保证:“是的，您不要担心!这是我自己的意愿!”

“您愿意第一个上吗?”他问道。

她想推迟行刑，哪怕片刻都好。

“不，求求您，不要。如果可能的话，我愿意是最后一个。”

“随您的便。”男人说着，走向了其他人。他的两个助手没带武器，在这里只是为了照顾要死的人。他们搀着想死的人的胳膊，陪着他们在草地上走着。绿草如茵，一望无际。自愿受刑者可以选择自己的一棵树。他们停下脚步，久久地打量着，怎么也拿不定主意。最后，三人中有两个终于选定了两棵悬铃木，可第三个却越走越远，没找到一棵适合他死的树。助手温和地搀着他的手臂，不厌其烦地陪伴他，但是最后，他实在没有勇气走得更远了，于是停在了一棵枝叶繁杂的槭树旁。

助手们给三个人的眼睛蒙上了布带。

在广袤无际的草地上，三个人背靠着三棵大树，眼睛上蒙着布带，仰面朝着天空。

持枪者瞄准，然后射击。除了鸟儿的歌声，听不到一点喧闹。枪上装了消音器。只见靠在槭树上的男人开始倒下去。

持枪者没挪位置，转身面对另一个方向，背靠悬铃木的那一位也悄无声息地倒下了。过了片刻(持枪者原地转了个身)，第三个受刑者也倒在草地上。

13

一个助手一声不吭地走近特蕾莎。他手中拿着一条深蓝色的布带。

她明白他是要来蒙她的眼睛。她摇摇头，说:“不，我要看见这一切。”

但这不是她拒绝的真正理由。她绝不是那种英雄，勇敢地正视面前的行刑者。她只是想设法推迟死亡。她觉得眼睛一蒙上，就到了死亡的门槛，没有了回头的希望。

那人并不打算逼迫她，而是搀起她的手臂。他们在无际的草地上走着，特蕾莎无法决定选择这棵树还是那一棵。没有人催促她，但她知道，她无论如何也逃不开。她看到面前有一棵开着花的栗树，就走了过去。她靠在树干上，抬起头：她看到枝叶间穿过缕缕阳光，听见城市在远处喃喃地温柔低语，仿佛千把小提琴在演奏。

持枪者举起枪。

她觉得自己再也没了勇气。她对自己的软弱感到绝望，但她实在控制不了。她说:“不！这不是我的意愿。”

持枪者立刻垂下枪口，很平静地说:“如果这不是您的意愿，我就不能这么做。我没有这个权利。”

他声音和蔼可亲，仿佛在向特雷莎道歉，因为他们不能去枪杀一个不愿意死去的人。他的和蔼令她心碎；她转过头去，对着树干，号啕大哭。

14

她抱紧树干，哭得浑身颤抖，仿佛这不是一棵树，而是她已经过世的父亲，她未曾谋面的祖父，她的曾祖父，她的高祖父，一位从远古的时间深处走来的无比老的老人，在粗糙的树皮中伸出脸来让她紧贴着。

她转过身来。那三个人已经走远了，他们像是在玩高尔夫球似的，在草地上走来走去。那男人手里拿着的枪，更让人想起高尔夫球杆。

她顺着小路走下彼得山，灵魂深处留下了对那个该杀她却没动手的男人的一丝眷念。她想他。她需要有个人来帮助她，真的啊！托马斯不会帮她的。托马斯叫她去死。只有另一个才能帮她！

她越是走近城市，越是因眷恋这个男人而感伤，且越是害怕托马斯。她没有信守诺言，他不会原谅她的。她没有勇气，背叛了他，对此，他不会原谅的。她已经走到他们住的那条街上，她知道自己随时就会见到他。一想到这里，她害怕极了，怕得胃开始痉挛，禁不住想呕吐。

15

工程师邀请她去他家。她已经拒绝了两次。这一次，她接受了。

她同往常一样站在厨房里草草吃了午饭，然后出门。时间差不多是两点钟。

快走到他住的地方时，她感到自己的脚步慢了下来。

接着她想，实际上，是托马斯把她送到这个男人家来的。不正是他一直在跟她解释说爱情和性是根本不同的吗？她只是去给他的话寻找一个印证。她耳边响起了托马斯的声音，对她说："我理解你。我知道你想要什么。我把一切都安排好了。上到山顶，你就会明白。"

是的，她不过是在执行托马斯的命令而已。

她只想在工程师家里待一会儿，只喝杯咖啡，看看自己是如何走向不忠的边缘的。她想把自己的身体推至那边缘，在不忠的示众柱上待上片刻，然后，当工程师试图把她抱在怀里的那一刻，她会像她在彼得山上对持枪的男人那样，对他说："不，不！这不是我的意愿。"

那男人会垂下他的枪口，声音温柔地说:“如果这不是您的意愿，我就不能这么做。我没有这个权利。”

她会转过头去，朝向树干，号啕大哭。

16

这是建于世纪初，位于布拉格郊外工人居住区的一栋楼房。她走进过道，两边是石灰墙，脏兮兮的。沿着楼梯年久失修的石台阶和金属扶手，她来到二楼。往左拐。是第二个门，没有门牌也没有门铃。她敲了敲门。

他打开门。

整个住所只有一个房间，离门两米的地方用一块帘子隔了起来，让人感觉像是个门厅。这里，有一张桌子、一个炉子以及一个小冰箱。进到里屋，她发现是一个窄窄长长的房间，正对面，在房间的尽头，是一扇狭长的窗户；在一边，是书架，另一边，是张沙发和唯一的一把扶手椅。

“我家里很简单，”工程师说，“但愿没有让您失望。”

“不，一点儿也不。”特蕾莎说，两只眼睛盯着占据了整个墙壁放满了书的书架。这个男人没有张像样的书桌，却有很多很多的书。特蕾莎为此感到欣喜，一路上一直伴随着她的不安开始消除了。从小时候起，她就把书看作一个秘密兄弟会的暗号。有这样一个书架的人是不可能伤害她的。

他问她想喝点什么。来点葡萄酒？

不，不，她不想喝酒。如果真要喝点什么的话，那就咖啡吧。

他消失在帘子后面，她走近书架。其中一本书攫住了她。是索福克勒斯《俄狄浦斯》的一个译本。多么奇怪，竟然在这样一个陌生人的家里找到这本书！几年前，托马斯曾把这本书送给特蕾莎，请她认真地读一读，跟她讲了很久很多。后来他在一份报纸上发表评论，就是那篇文章搅乱了他们的整个生活。她注视着书脊，逐渐平静下来。似乎托马斯故意在这儿留下他的痕迹，留下一个表示自己已经安排了一切的信息。她拿下书，翻了开来。等工程师进来，她要问问他为什么会有这样一本书，他看过没有，他觉得怎样。如此一来，略施小计，通过交谈，她便可从这个陌生人房间的危险之境进入托马斯思想的熟悉天地。

这时，她感到一只手搭在了她的肩上。工程师从她手里抽出书，默不作声地将书放回书架，然后领着她朝沙发走去。

她又想到了她对彼得山上行刑者说的话，她大声叫道："不，不！这不是我的意愿！"

她深信这是一句能够迅速扭转形势的魔咒，但是在这个房间里，这些字眼失去了魔力。我甚至认为它们反倒促使这个男人表现得更加决断：他紧紧压着她，把手放到她的一只乳房上。

奇怪：这一接触立刻使她摆脱了不安。似乎通过这一接触，工程师揭示了她的身体，她终于意识到，赌注，不是她（她的灵魂），而是她的身体，仅仅是她的身体。这身体背叛了她，她把它赶得远远的，任其列入其他身体之中。

17

他解开她上衣的一颗纽扣，等着她自己解下去。面对这番期待，她没有顺从。她把自己的身体赶得远远的，她不想为它负一点责任。她既不脱衣服，也不反抗。她的灵魂想以此表明，在根本不赞成正在发生的事情的同时，她选择保持中立。

他脱去她的衣服，在这个过程中，她几乎是木然的。他亲她，她的嘴唇没有回应。接着，她突然发现，她的下身已经湿润，她感到吃惊。

她觉得，正是因为她不愿意，她才越加兴奋。她的灵魂已经暗暗同意正在进行着的一切，不过她也知道，要延长这种强烈的兴奋，她即使同意也要保持沉默。如果她高声表示认可，如果她同意心甘情愿地参加这场爱之戏，兴奋将会消失。因为刺激灵魂的，正是身体对她意愿的不由自主的叛逆，正是其对这一叛逆的参与。

他褪掉她的内裤，现在，她完全赤裸了。灵魂看见身体裸露在陌生人的怀抱之中，这幕情景她觉得难以置信，就好像在近旁凝视火星似的。在这令人难以置信的情景下，她的身体第一次不再平庸；第一次，她看着它被迷醉；她的身体的奇特性与不可模仿的独特性渐渐凸现。它并非是所有身体当中最平凡的一个（直到目前，她一直这样看），而是最奇特的一个。灵魂的视线停驻在胎记上，无法收回。一个淡褐色的圆形胎记，就在阴毛上方。从这个胎记中，灵魂看见了自己在身体上留下的印戳，灵魂发现，一个陌生人的器官如此贴近地在这神圣的印戳旁抽动真是一种亵渎。

特蕾莎抬起眼睛，看见了他的脸，这时，她想起她从未同意自己的身体，自己的灵魂已经刻下印记的身体，投入一个她不认识并且她也不想认识的人的怀抱。顿时，心中涌起一股恨意，令人昏眩。她在唇间集起一口唾沫，要啐陌生人的脸。他俩互相贪婪地注视着。他察觉到她的怒气，加快了动作。特蕾莎远远地感到快感来临，开始叫喊："不，不，不。"她抵抗着正在临近的快感，而因为她的抵抗，被抑制的快感大量渗入她的整个身体，没有任何的出口可以逃逸。快感在她的身体里蔓延，犹如注入静脉的一剂吗啡。她在男人的怀抱中挣扎着，乱捶乱打，朝他的脸上啐唾沫。

18

现代的抽水马桶从地面上凸起，宛若一朵白色的睡莲花。建筑师尽其一切可能，让身体忘记它的悲苦，让人在水箱哗哗的冲洗声中不去想那些肠胃里的排泄物会变成什么。一条条下水管道被小心翼翼地隐藏在我们的视线之外，尽管它们的触角一直延伸到我们的房间里。我们完全不了解那一座座看不见的威尼斯粪城，殊不知我们的盥洗室、我们的卧室、我们的舞厅和我们的国会大厦就建在上面。

这栋位于布拉格郊外工人居住区的老房子的厕所不太掩饰，地面是灰色的方砖，上面孤零零地立着简陋的抽水马桶。这抽水马桶的形状不仅不让人想到睡莲花，反而提醒人们它实际上是一段下水管道的管口。抽水马桶上连木质坐垫也没有，特蕾莎只得坐在瓷面上，凉得她直哆嗦。

她坐在抽水马桶上，突然涌起想清空自己肠胃的欲望，她想彻底地羞辱自己，想成为身体，只是一具身体，她母亲一直所说的只会消化和排泄的身体。特蕾莎清空了肠胃，那一刻，她感到无尽的悲哀和孤独。再没有比她坐在下水管道管口上的赤条条的身体更可怜的了。

她的灵魂失去了继续充当旁观者的好奇，失去了先前的恶意和骄傲：它重又回到了身体最隐秘的深处，绝望地等待着有人来唤醒它。

19

她从抽水马桶上站起身，放水冲洗马桶，然后回到门厅。灵魂在赤裸的、被抛弃的身体里颤抖。特蕾莎还可以体会到肛门上刚刚用纸擦过的感觉。

这时，一件令人难忘的事发生了：她想再到房间里和那个男人在一起，想听到他的声音，他的呼唤。如果他用一种温柔而认真的声音跟她说话，她的灵魂就会鼓起勇气，再一次逸于身体之外。她会开始哭泣。她会紧紧抱住他，就像她在梦中抱住栗树的粗壮树干。

她待在门厅里，竭力克制住在他面前痛哭的强大欲望。如果她克制不住，她知道，将会发生她不愿意发生的事。她会陷入爱情。

就在这个时候，屋子尽头传来了一声喊叫。听到这苍白的声音（与此同时看不到工程师的高大身躯），她感到吃惊：这声音又细又尖。莫非是她刚才没有注意到？

大概就因为这声音给她造成了困惑、不快的印象，她才得以打消自己的欲念。她回到里间，捡起散乱的衣服，飞快地穿上，离开。

20

她带着卡列宁买完东西往回走，卡列宁嘴里叼着一块羊角面包。这是一个寒冷的早晨，积了薄冰。她沿着一片开发区走去，一座座房屋中间，是大块的土地，被划成了一小片一小片，上面种着东西。另外，还有一座座小花园。卡列宁突然停住，它望着那边，一动不动。她也朝那边望去，但是没有发现任何特别的东西。卡列宁拉着她，她任它带着走。最后，在一个荒废的花坛冰冻的泥土上面，她看见了一只长嘴乌鸦黑色的小脑袋。不见身子的小脑袋微微颤动着，嘴里不时发出粗哑、哀伤的叫声。

卡列宁躁动异常，竟松开了叼着的羊角面包。特蕾莎不得不把它拴到树上，以免它伤害乌鸦。然后，她跪下身来，想把被活埋的乌鸦周围的结土挖去。可谈何容易。她挖断了一块指甲，鲜血直流。

这时，一块石头落到她身旁。她抬起眼睛，看见两个约莫十来岁的男孩躲在一栋房子的墙角。她站起身。两个孩子一看她的举动，还有拴在树上的狗，马上就逃走了。

她重又跪到地上挖土，终于把乌鸦从它的坟墓中解救了出来。

不过，这鸟儿已经不能动弹，既不能走也不能飞。她将它包在自己围在脖子上的红围巾里，用左手捂着，紧贴在怀中。接着，她用右手从树上解开卡列宁，一路上不得不竭尽全力拽住它，让它跟着走。

她按了门铃，因为腾不出手到口袋里找钥匙。托马斯给她开了门。她把牵卡列宁的带子递给他。“要拉牢！”她嘱咐道，紧接着把乌鸦抱进了浴室。她把它放到洗脸池下面的地上。乌鸦挣扎着，但是无法移动。一种稠稠的暗黄色液体从它的身体里流出来。特蕾莎用洗脸池下面的旧布片给它做了个垫子，不让它被砖面冻着。乌鸦绝望地颤动着瘫痪的翅膀，它的嘴尖尖地翘起，像是在责备什么。

21

她坐在浴缸边沿，视线无法从垂死的乌鸦身上移开。从乌鸦的孤单中，她看到了自己命运的影子，反复对自己说：除了托马斯，我在这个世界上别无他人。

与工程师的小插曲是否已经让她明白，风流韵事与爱情毫不相干？是否明白风流之轻松，了无重负？如今她是不是比较心静了？

根本不是。

一个画面纠缠着她：她刚刚从厕所出来，她的身体立在门厅里，一丝不挂，被抛弃在那儿。她的灵魂，受了惊吓，在身体深处颤抖。这一刻，只要那个男人在房间里头朝她的灵魂说一句话，她就会放声大哭，扑进他的怀里。

她想象着托马斯的一个女友处于她的位置，站在厕所前的门厅里，而托马斯处于工程师的位置，待在房间里。他只要对那年轻女子说一个字，仅仅一个字，那女人就会哭泣着抱住他。

特蕾莎知道，爱情诞生的时刻就像这样：女人无法抗拒呼唤她受了惊吓的灵魂的声音，男人无法抗拒灵魂专注于他声音的女人。在爱情的陷阱面前，托马斯从来不是安全的，特蕾莎只能每时每刻为他担惊受怕。

她能有什么武器呢？只有忠贞。她的忠贞，她从一开始，从第一天就给了他，仿佛她一开始就知道自己没有任何别的东西可以给他。他们的爱情是一座不对称的奇特建筑：它建立在托马斯对特蕾莎之忠贞的绝对信念上，就像一座庞大的宫殿仅基于唯一的一根圆柱子。

现在，乌鸦几乎再也不动翅膀了，只有伤痕累累、被折断的爪子勉强还在抽搐。特蕾莎不愿意抛弃它，仿佛守在一位临死的姊妹的枕旁。后来，她还是进了厨房，急匆匆吃了午饭。

当她再回到家，乌鸦已经死了。

22

在他们交往的头一年，特蕾莎做爱时总要叫喊。这叫喊，我已经说过，力图蒙蔽、堵塞一切感官。后来，她叫喊得少些了，但是她的灵魂一直被爱情蒙蔽着，看不见任何东西。当她跟工程师睡觉时，因为没有爱情，她的灵魂终于又恢复了视力。

她又到了桑拿浴室，重新站到镜子前。她看着自己，脑海里又出现了在工程师家里做爱的场面。她回想到的，不是情人。说实话，她甚至不能描绘出他的模样，也许她压根儿都没有注意他赤身裸体时是什么样子。她回忆起来的（以及她此刻在镜子前兴奋地看到的），是她自己的身体，是她的阴毛和就在阴毛上方的圆形胎记。这块胎记，对她来说一直只是身体肌肤的一个小小的缺陷，如今却已深深刻入了她的记忆。当与陌生人的那个器官发生难以置信的亲近时，她想看到它，想再看到它。

我不得不再次强调：她并不想看到陌生人的下体。她想看到那下体近旁她自己的阴部。她不喜欢别人的身体。她喜欢自己的身体，喜欢自己的身体突然被暴露在外，越贴近、越陌生就越兴奋的身体。

她看着自己淋浴后布满了细小水珠的身体，想着工程师哪一天会到酒吧来。她渴望他来，渴望他来邀请她！她无比渴望！

23

一天又一天来临，她害怕看到工程师出现在吧台上，害怕自己没有力量说“不”。可随着日子一天天过去，渐渐地从害怕看到他，发展成了害怕他不来。

一个月过去了，工程师丝毫不见踪影。对特蕾莎来说，这是无法解释的。失望的心情被不安取代：他为什么没有来？

她应付着顾客。小秃头又来了，他有天晚上曾告她卖酒给未成年人。他正在亮着大嗓门讲一个下流故事，这个故事她在外省侍候过的那些酒鬼嘴里已经听过千百遍。她又一次感到被母亲的世界所困扰，于是非常粗暴地打断了他。

小秃头气急败坏：“你没权命令我！我们让你在这个酒吧工作，你要知足。”

“我们？我们是谁？”

“就是我们，”他说着，又要了杯伏特加，“记住，我不会任你羞辱的。”

说着，他用手指着特蕾莎戴了好几串廉价珍珠项链的脖子，嚷道：“你的珍珠项链是从哪儿来的？肯定不是你那个擦窗户的丈夫送给你的！他挣的那点钱，根本没法给你买珍珠项链！是客人给你的吧？用什么换的，嗯？”

“闭嘴，马上给我闭嘴！”特蕾莎叫道。

小秃头企图一把抓住项链：“记住，我们这儿禁止卖淫！”

卡列宁嗖地站起来，将前爪往吧台一搭，叫了起来。

24

“他是个警察。”大使说。

“要是个警察，他应该更隐蔽些。”特蕾莎说，“一个不保密的秘密警察顶什么用！”

大使盘腿坐在沙发上，就像瑜伽课上教过的那副架势。墙壁上，肯尼迪在微笑着，仿佛在对他的话给予一种认可。

“特蕾莎太太，”大使用一种慈父般的口吻说道，“警察有多项职责。第一是传统的职责。他们监听人们说些什么，然后报告给上司。

“第二是威慑的职责。他们要让我们明白我们时刻被他们所控制，他们要我们害怕。那个秃头就想这样。

“第三项职责是制造能加罪于我们的情形。如今，要是控告我们阴谋颠覆国家，他们已无利可图，因为这样做，只会为我们引来更多的同情。他们更想达到的，是设法在我们的兜里搜到大麻，或是证明我们强奸了一个十二岁的小女孩。要找到一个小女孩来作证，他们总有法子的。”

特蕾莎突然想到了工程师。他一直都没有再来，该如何解释呢?

大使继续说道:“他们必须给人设陷阱，以便控制他们为自己服务，利用他们再来给别人设陷阱，如此一来，渐渐地就将整个民族变成一个告密者的庞大组织。”

特蕾莎心里只琢磨着一件事:工程师肯定是警察派到她身边来的。还有那个跑到对面小酒馆喝得醉醺醺，然后又回来向她表白的奇怪男孩，又是什么人?就是因为那个男孩，警察才找她的碴儿，才有工程师出来为她抱不平。他们三个合伙演了一场精心准备好的戏。那个男人对她表示同情，任务就是引诱她。

她怎么没有想到呢?那住宅一直有点什么不对劲，完全不像那家伙住的地方。一个穿着体面的工程师，怎么会住在那么简陋的一间房子里?他真是工程师吗?如果真是，他怎么能够下午两点钟不上班?难以想象一个工程师竟然读《俄狄浦斯》!不，那不是一个工程师的书架!倒像是一个穷困潦倒的知识分子的住所，如今把他投进监狱，这房子给没收了。她十岁时，他们就把她父亲给抓走了，还把房子连同书架全给没收了。谁知道那房子后来派了什么用场?

现在，她明白了他为什么一直没有再来。他已经完成了任务。什么任务?那个警察说:“别忘了，如今我们这儿禁止卖淫!”他是因为有点醉了，不觉中泄露了底细。到时，那个假工程师会出来作证，证明他跟她上了床，问他要了钱!他们会拿这桩丑事来威胁她，逼她告发来酒吧喝酒的人。

大使想方设法叫她安心:“在我看来，您这桩倒霉事，倒没有太大的危险。”

“也许吧。”她哽咽着说。随后，她带着卡列宁出了门，置身于布拉格黑漆漆的街道上。

25

要逃避痛苦，最常见的，就是躲进未来。在时间的轨道上，人们想象有一条线，超脱了这条线，当前的痛苦便不复存在。但是特蕾莎看不到她面前的这条线。唯有回顾过去，才能带给她一丝安慰。又是一个星期天。他们驱车远离布拉格。

托马斯开车，特蕾莎坐在他身旁，卡列宁在后座，它不时把脑袋探到前座来舔他们的耳朵。两个小时之后，他们来到一座温泉小城，五六年前他们曾在这儿住过些日子。他们想停下来过夜。

他们把车子停在广场上，下了车。什么都没变。对面，是他们那年住过的旅馆；门前，还是那棵老椴树。旅馆左边，是长长的古老木拱廊。在拱廊最尽头，一个大理石池子里流淌着泉水。和以前一样，不少人手端酒杯，正探身向着池水。

托马斯指着旅馆。还是有些东西变了。以前，它叫“大旅馆”，而现在，招牌上写的是“贝加尔”。他们看了看旅馆拐角的牌子：叫莫斯科广场。然后，他们到熟悉的街道上都走了走（卡列宁独自跟在后面，没有用带子牵着），一一看清它们的现名：有斯大林格勒街、列宁格勒街、罗斯托夫街、新西伯利亚街、基辅街、敖德萨街，还有柴可夫斯基疗养院、托尔斯泰疗养院、里姆斯基-科萨科夫[1]疗养院，以及苏沃洛夫[2]旅馆、高尔基电影院、普希金咖啡馆，等等。所有这些名字，都取自俄国和俄国历史。

特蕾莎回想起入侵的最初几个日子。所有城市的街牌被撤下，所有道路的指示牌被拔去。整个国家一夜之间变成了无名之国。整整七天，俄国军队在这个国家到处闯，却不知道身处何方。军官们到处找报社、电视台、广播大楼，要强行占领，可就是找不到。他们四处向人们打听，但对方不是耸耸肩，就是乱指地址和方向。

年复一年，这种无名的状况似乎对这个国家并不是没有危害。无论是街道还是房屋，都无法找回它们原来的名字。一个波希米亚温泉疗养地就这样说变就变，变成了一个虚境中的小俄罗斯国。特蕾莎意识到，他们来这儿找寻的往昔已经被没收了。他们不可能再留在此地过夜。

26

他们默默地回到车上。特蕾莎心想，所有的事、所有的人都出现在一种伪装之下：古老的波希米亚城布满了俄国名字；捷克人拍摄入侵时的照片，实际上在为俄国的秘密警察卖力；那个送她去死的男人脸上戴着托马斯的面具；警察把自己说成是一个工程师，而工程师想扮演彼得山上那个男人的角色。他房子里的那本象征性的书，是摆在那儿迷惑她的一个假象。

此时，想到她曾经拿在手里的那本书，她脑海里闪过一个念头，双颊顿时涨得通红：事情到底是怎样发生的？工程师说他去煮咖啡。她走近书架，抽出索福克勒斯的《俄狄浦斯》。接着，工程师回来了。但是没有拿咖啡呀！

她反反复复地回想着当时的情形：他是什么时候借口准备咖啡走开的？他走开了多长时间？至少一分钟，毋庸置疑。或者两分钟，甚或三分钟。他待在那个小门厅里那么长时间干什么？他

① Nikolai Rimsky-Korsakov (1844—1908)，俄罗斯作曲家。

② Alexander Vasilievitch Souvorov (1730—1800)，俄罗斯军事家。

是上厕所了？特蕾莎拼命回忆自己是否听见了门的砰嗒声或者冲水的哗啦声。没有，她肯定没有听见水的声音，不然她会想起来的。而且，她差不多也可以肯定，她没有听见门的砰嗒声。那么，他在门厅里到底干什么呢？

突然间，事情再也清楚不过了。要让她入陷阱，仅有工程师的证词是不够的。他们需要无可辩驳的证据。工程师在走开那么久的可疑的时间里，他是在门厅里装了台摄像机。或者，更说得通的是，他领进了一个带照相机的家伙，藏在帘子后面，把他们的一切全都拍了下来。

就在几个星期之前，她还为普罗恰兹卡不知自己生活在不能有任何私人空间的集中营里感到惊讶。可是她自己呢？从母亲家搬出来后，她就天真地以为自己从此成了个人生活的主宰。然而，母亲的家布及全世界，随时随地会抓住她。特蕾莎无处可逃。

他们下了花园间的一段台阶，朝他们停车的广场走去。

“你怎么了？”托马斯问道。

她正要回答，这时，有人向托马斯问好。

27

是一个五十来岁的男人，有着一张饱经风霜的脸，是个农民，托马斯以前给他做过手术。手术后，医院每年送他来这座温泉小城市进行一次治疗。他邀请托马斯和特蕾莎去喝一杯。公共场所不允许带狗，于是特蕾莎去把卡列宁安顿到车里，两个男人坐在咖啡馆等她。她回来时，农民正在说："我们那儿，很平静。两年前，我还被选为合作社的主席。"

"恭喜恭喜。"托马斯说。

"您知道，那边是乡下。大家都走了。上面可能很高兴有人愿意留下来。他们总不能赶我们走，不让干活吧。"

"那对我们倒是个理想的角落。"特蕾莎说。

"待在那儿，你们会厌烦的，我的太太。那边，什么也没有。一无所有。"

特蕾莎看着他那张饱经风霜的脸。她觉得这农民很亲切。经过多少岁月，她终于找到一个可亲的人！一幅乡村画面浮现在她眼前：村庄、教堂钟楼、田野、树林、在田间奔跑的野兔、还有戴着绿毡帽的猎场看守。她从来没有在乡下住过。这是她道听途说形成的印象，或者是从书上看到的。或者是老祖宗记在她的潜意识里的。然而，这种印象刻在她脑中，清晰，分明，宛若家庭影集中曾祖母的照片，或像一幅古老的版画。

“您还有病痛吗？”托马斯问。

农民指了指脖子后面头和脊柱连接的地方说：“这儿有时会痛。”

托马斯从椅子上起身，摸了摸农民指的部位，又问了以前这位病人几个问题，然后说：“我已经无权再开药方了。不过，您回去后，和您的医生说您跟我讲过，我建议您用这个。”他说着从里面口袋里掏出记事本，撕下一页，在上面写下了药名，写的是大写字母。

28

他们开车回布拉格。

特蕾莎总想着自己赤身裸体在工程师怀里的照片。她想方设法，要让自己安下心来：即使那张照片存在，托马斯也永远不会看到。对那些家伙来说，那张照片的唯一用场，就是要逼特蕾莎就范。一旦寄给了托马斯，它就立刻失去了所有价值。

但是，如果那些警察发现特蕾莎对他们没有任何用处，事情会怎么样呢？那样的话，那张照片对他们来讲就是个上好的玩笑。万一有人心血来潮，那谁也阻止不了他把照片装进信封，寄给托马斯。开个玩笑而已。

托马斯收到那样一张照片会怎么样呢？他会拿出来吗？可能不会。很可能不会。但是，他们脆弱的爱情大厦会彻底坍塌，因为这座大厦仅仅建立在她的忠贞这唯一一根柱子之上。爱情就像是帝国：它们建立在信念之上，信念一旦消失，帝国也随之灭亡。

她眼前出现了一幅画面：在田间奔跑的野兔，戴着绿毡帽的猎场看守，还有树林上方教堂的钟楼。

她想对托马斯说他们应该离开布拉格。离开活埋乌鸦的儿童，离开警察，离开把雨伞当作武器的姑娘，全离得远远的。她想对他说他们应该到乡下去住。对他说这是他们唯一的生路。

她朝他转过头。但是托马斯没吭声，眼睛直盯着前方的碎石路面。她无法超越他们之间耸立的这道沉默的屏障。她失去了开口的勇气。她完全处于那天从彼得山上下来时所处的状态之中。她的胃在痉挛，她想吐。托马斯让她害怕。对她来说，他太强，而她太弱。他下达的总是些她不明白的命令。她虽然尽力去执行，却不知道该怎么下手。

她想回到彼得山，想求那个持枪的男人允许她蒙上自己的眼睛，背靠栗树。她真想死。

29

她醒过来，发现自己一个人在屋子里。

她出了门，朝河堤走去。她想看看伏尔塔瓦河。她想站在河岸上，久久地望着河水，因为看着流动的河水，可以让人心静，可以消除人的痛苦。河水一个世纪一个世纪在不断流淌，人间的故事就在河边发生。它们发生，第二天就被遗忘，而河水依旧在不停地流淌。

倚着栏杆，她朝下望去。这儿是布拉格郊外，伏尔塔瓦河已经穿过市区，将辉煌的赫拉得茨堡和一座座教堂留在身后，犹如一位刚下台的女演员，疲惫不堪，神思恍惚。河水沿着筑了栅栏和护墙的肮脏的河岸流淌，在栅栏和护墙后面，是被废弃的工厂和游乐场。

她久久地望着河水，这儿的河水看上去更忧伤，更晦暗。突然，她发现河中央有一样奇怪的东西，一样红色的东西，对，是一张长椅。一张金属脚的木头长椅，是布拉格公园常见的那种。长椅在伏尔塔瓦河中央慢慢地漂浮。接着后面又浮来了一张。然后又是一张，一张接着一张。特蕾莎终于明白了，她看到的是布拉格公园里的长椅，它们随着河水漂离城市，一张张长椅，越漂越多。河水将它们冲向远方，就像秋天的落叶被水远远地冲离树林，漂浮在水面上，有红的，有黄的，还有蓝的。

她转过身，想问问人们到底是怎么回事。为什么布拉格公园里的长椅会漂在河水里？可是，人们从她身旁经过，一副无动于衷的表情。在这座短命的城市里，一条河一个世纪复一个世纪地流淌而过，他们根本就无所谓。

她重又凝望着河水。她感到无尽的悲哀。她明白她所看到的，是永别。永别生活，生活正带着所有的色彩逝去。

长椅从她的视野中一一消失了。后来她又看到了几张，是最后漂来的几张，接着又漂来一张，是黄色的，然后又是一张，蓝色的，这是最后一张。

第五部

轻与重

1

当初特蕾莎心血来潮来到布拉格托马斯家，我在本书第一部已经说过，当天当时，他便和她做爱，之后她发烧了。她躺在床上，而他则守在她的床头，深信这个孩子是被人放在篮子里，顺水漂来，送给他的。

从那时起，托马斯就很珍惜被遗弃的孩子的形象。他还常常想到同样出现这一形象的古老传说。也许应该看到，促使他去寻找索福克勒斯《俄狄浦斯》的意义的动机，正是隐藏在其间。

俄狄浦斯的故事是家喻户晓的：一位牧羊人发现了被遗弃的婴儿，将他交给波里布斯王，把孩子抚养成人。俄狄浦斯长大之后，一次在山中小路上遇到一辆马车，车上坐着的那位陌生君王正在巡游。后来他们发生争执，俄狄浦斯杀掉了君王。之后，他又娶了王后伊俄卡斯达为妻，并成为底比斯国王。但他万万没能料到，被他杀死在山中的那个君王正是他的父亲，而现在与他同床共枕的就是他的母亲。其间，命运迁怒于其臣民，让他们备受病魔折磨。俄狄浦斯明白了他是造成民众苦难的罪魁祸首，于是用针戳瞎双眼，离开底比斯，终身不见光明。

2

凡认为中欧共产主义制度是专门制造罪人的，那他们至少没有看清一个根本性的事实：罪恶的制度并非由罪人建立，而恰恰由那些确信已经找到了通往天堂的唯一道路的积极分子所建立。他们大无畏地捍卫这条道路，并因此而夺去了许多人的生命。但若干时间以后，事情变得无比清晰明了，原来天堂并不存在，而那些积极分子也就成了杀人凶手。

于是人们纷纷指责共产党人：你们要为祖国的灾难负责（如今她贫穷，破败），要为祖国丧失独立负责（她已被俄国人所控制），要为那些以合法的名义杀人的行为负责！

而被控诉的人这样回答：都不知道啊！都被欺骗了！当时都以为是呢！其实在心灵深处，都是无辜的！

于是争论归结到了一个问题：他们当时是不是真的不知道呢？还是现在他们装出一副当初一无所知的样子？

托马斯也关注着这场舌战（正如同上千万的其他捷克人一样），他认为在这些共产党人中间，肯定还是有一部分人，他们当时并非一无所知（在后革命时代的俄国曾经发生并一直在不断发生的各种惨事，他们至少应该听说过吧）。不过，大部分人可能是真的什么都不清楚。

托马斯心里想，根本问题并不是：他们当初到底是知道还是不知道？而是：是不是只要他们不知道就算是无辜？如果王位上坐的是个蠢蛋，那么是否只因为他是个蠢蛋就可推卸自己的一切责任？

在五十年代初，一个人明明清白，可检察官却强烈要求判处他死刑，姑且承认这个检察官当初是被俄国秘密警察和他自己国家的政府欺骗了。那么现在路人皆知当初的指控是完全荒谬的，被处死的人也都是无辜的，难道这位检察官还可以强调他的灵魂之纯洁，拍着胸脯说："我的良心是清白的，我不知道，我当时以为是呢！"难道不正是在"我不知道！我当时以为是呢！"的表白中铸成了永远不可弥补的错误吗？

于是托马斯又想起了俄狄浦斯的故事：俄狄浦斯并不知道跟自己同床的女人是自己的母亲，然而当他明白所发生的一切之后，他绝没有感到自己是无辜的。他无法面对因自己的不知而造成的不幸，戳瞎了自己的双眼，黯然离开底比斯！

托马斯常常听到人们声嘶力竭地为自己灵魂的纯洁性进行辩护，他心里想：由于你们的不知，这个国家丧失了自由，也许将丧失几个世纪，你们还说什么你们觉得是无辜的吗？你们难道还能正视周围的一切？你们难道不会感到恐惧？也许你们没有长眼睛去看！要是长了眼睛，你们该把它戳瞎，离开底比斯！

托马斯很乐意作这种比较，在与朋友的谈话中常常提起，而且表达的方式越来越尖锐，越来越明了。

那个时期，托马斯和其他知识分子一样都读一份由捷克作家联盟发行的周刊，其发行量大约为三十万，在所处的制度下，拥有相当大的自主权，常发表一些其他杂志不能公开发表的言论。这份作家杂志甚至还刊登了一些有关党执政初期发生的政治案件的文章，追究谁是真正的罪魁祸首，以及在何种情况下以合法的名义杀人的。

在所有这些讨论中，反复涉及同一问题：那些人他们当初到底是知道呢，还是不知道？托马斯一直认为这样的问题是次要的，有一天他终于写下了关于俄狄浦斯的思考，并寄到杂志编辑部。一个月以后他收到了回复。信上请他到编辑部去一趟。接待他的是一位矮小的编辑，身材直挺挺的，像个法文字母i，他建议托马斯把文中的某句话的结构稍作改动。其后不久，此文便刊登在了杂志倒数第二页的“读者来信”栏目中。

但托马斯非常不满。当初他们把他叫到编辑部，说是要求改一个句子的结构，可是之后根本没跟他商量，就对文章大加删削，弄得他的整个思考差不多只剩下个简单化的基本论点（且过于简要，过于激烈），托马斯一点也不高兴。

这是发生在一九六八年春季的事。亚历山大·杜布切克正当权，在他周围结集着那些自觉有罪并准备着做些什么来弥补错误的人。但另外一些还高叫着自己无辜的人，他们害怕愤怒的群众会将自己推上法庭，每天都要去俄国大使面前抱怨以企求他的支持。正好这时，托马斯的信发表了，这些人立即叫嚷起来：如今到了这个份上！有人竟敢公开写信要求剜去我们的眼睛！

两三个月之后，俄国人决定在他们的地盘不得有言论自由，他们的军队于一夜之间占领了托马斯的祖国。

3

从苏黎世回到布拉格后，托马斯仍在以前的那家医院任职。可是没过多久，他就被主任找了去。

“说到底，亲爱的同事，”他对托马斯说道，“您既不是作家，又不是记者，更不是什么人民的救星，您是一位医生，是个科学家。我可不愿意失去您，我会尽一切可能把您留下。不过，您必须收回您写的那篇关于俄狄浦斯的文章。您真的那么看重那篇东西吗？”

托马斯想起那篇被人砍掉了几乎三分之一内容的文章，说：“老板，那篇东西，我是最不当回事了。”

“您知道它造成的后果吗？”主任问。

托马斯很明白：天平的两边是两种东西：一边是他的名誉（这就要求他不能反悔以前写下的东西），一边是他已经习惯于称作自己生活的意义的东西（即他作为医生和科学家的这份工作）。

主任继续说道：“非叫人收回已经写下的东西，这种做法差不多是中世纪的手段。什么叫‘收回’？在现代，根本不可能收回某种想法，最多只能驳斥它。我亲爱的同事，因为收回一个想法是不可能做到的，这只是说法而已，是形式上的，是虚的，我不明白您为什么就不能按他们的要求去做。在一个由恐怖力量统治的社会里，声明根本不承担任何实际责任，因为都是在暴力威胁下作出的声明。所以，一个正直的人也完全有必要不把它放在心上，压根别去理会它们。我跟您说，我亲爱的同事，不管是为了我还是为了您的病人好，您都得留在您这个位置上。”

“老板，您说得肯定在理。”托马斯一脸不幸地说。

“可是？”主任追问道，一边努力猜测托马斯在想什么。

“我担心自己会感到羞愧。”

“对谁感到羞愧？难道您这么看重身边的人，会担心他们说三道四？”

“不，”托马斯说，“我并不看重他们。”

“再说了，”主任又补充道，“他们向我保证您的声明不会被公开。那些人是官僚。他们不过是希望能有点什么材料，来证明您并不反对当局，这样万一有人指责他们让您继续留任，他们就有话可说了。他们向我许诺，您的声明将只有您和当局知道，他们不打算公开发表。”

“给我一个星期考虑一下吧。”托马斯用这句话结束了谈话。

4

托马斯是医院公认的最好的外科医生。私下有人已经传言，主任已经快到退休年龄，他不久就会把位置让给托马斯。所以当有传闻说当局要求他写份自我批评的声明时，谁都不怀疑他会从命。

让托马斯吃惊的，首先是他虽然从没做什么事让人有理由这样看他，但谁都打赌，说他肯定会缺德，而不是正直为人。

另外令他吃惊的，是人们认为他会缺德之后对他的反应。总的说来，我可以把他们的这种反应分成两类：

第一类反应出自于（本人或者亲朋）曾经收回过什么东西的人（本人或亲朋），他们曾经被迫公开表示支持占领当局，或者准备这么做（当然是违心的，谁也不会打心底里乐意做这种事）。

这些人朝托马斯投来他以前从未遇到过的古怪的微笑：那是一种秘密同谋之间不好意思的笑。就好像两个男人碰巧在妓院相遇，微微一笑，双方都有点难为情，但同时也暗暗感到一丝快慰，因为这种不好意思是双方的。于是在他们之间就建立起了一种友好的关系。

又因为托马斯从来不被认为是个因循守旧的人，所以他们就更乐意对他笑。人们以为托马斯定会接受主任的恩赐，这种猜测于是又成了一个证据，证明懦弱将慢慢地、必然地成为其行为准则，且懦弱的含义也将不再同于从前。这些人从来就不是托马斯的朋友。他心里明白，也很恐惧，一旦按要求真的发表了声明，这些人就会邀请他去他们家做客，并想方设法，从此频繁往来。

第二类反应来自受到过迫害的那些人（本人或者亲朋），他们曾经拒绝向占领当局做任何妥协，或者虽然还没有人要求他们妥协或是发表声明（比如也许因为他们还太年轻，没有任何危险举动），但他们信念坚定，即使发生这样的事，也决不会让步。

S大夫就是后一类中的一员，他年轻且天赋极高。一天，他问托马斯："喂，你给他们写那玩意儿了？"

"抱歉，你想说的是什么？"

"反悔的声明呀。"S答道。他的语气中没有恶意，甚至还面带微笑。在托马斯所遇到的形形色色的微笑中，他的这一个是十分特别的：微笑中带着洋洋得意的精神优越感。

"你可听好了，"托马斯回答，"关于我的声明，你都知道什么？你读过了吗？"

"没有。"S答道。

"那你还乱说些什么。"托马斯说。

S还是带着他那洋洋得意的微笑说："哎哟，谁都知道事情是怎么发生的。这种声明通常都以信的形式写给局长、部长或是别的什么人，他们承诺不将信的内容公开，以免声明者感到羞辱。是这样吧，对吗？”

托马斯耸耸肩，等着他继续往下说。

“接着，这份声明会被小心地归档，不过声明者很清楚它随时可能公开登出。在这种情况下，他就再也不能说什么，再也不能去批判、去抗议什么了，否则声明被公开，他的名誉也就毁了。不过话说回来，这种手段还算是客气的。还有更糟糕的呢。”

“的确，这是很客气的手段，”托马斯说，“我倒是很好奇，想知道谁跟你说我写了的。”

这位同事耸耸肩，脸上仍挂着那微笑。

托马斯明白了一件不可思议的事情。所有人都对他微笑，所有人都希望他写反悔声明，而他一旦写了，就会让所有人都乐意！第一种人高兴，是因为一旦懦弱成风，他们曾经有过的行为便再也普通不过，因此也就给他们挽回了名誉。第二种人则把自己的荣耀看作一种特权，决不愿放弃。为此，他们对懦弱者心存一份喜爱，要是没有这些懦弱者，他们的勇敢将会立即变成一种徒劳之举，谁也不欣赏。

托马斯简直不能再忍受这些笑脸，觉得到处都是，甚至觉得连街头的陌生人的脸上也都挂着同样的笑容。他开始睡不着。什么？他竟然会如此在乎这帮人？才不是呢。他可不在乎他们，而是自己居然因为那些人的看法而不得安宁。这太不合逻辑了。像他这样的人，对别人的看法向来都不当一回事，怎么会被别人的说三道四牵制到这种份上?

对他人的不信任，在托马斯身上是根深蒂固的(他总怀疑别人怎么可能有权利决定他的命运、有权对他说三道四)，这在当初选择职业时也许就已经起了作用，它对在公众面前抛头露面的职业是排斥的。一个人一旦选择投身政界，必然十分乐意把公众视作自己的判官，并一厢情愿而又天真地认为可以以此获得人心。而民众要是抱有敌对情绪，那反而会刺激他们更加投入，要求自己做得更好。托马斯也一样，疑难杂症，常给他类似的刺激。

一个医生(完全不同于一位政治家或是一位演员)，只受他的病人和他身边的同事评价，所处的是一个封闭的个人之间的天地。一旦遇到评价他的目光，他可以马上作出反应，进行一番解释，或者为自己辩护。可是托马斯现在(这是他这一生头一次)发现自己陷入困境，仿佛怎么也抓不住那些对他紧逼的目光，他既不能还之以自己的目光，也不能用言语解释。竟然完全被他们控制了。在医院里有人议论他，在医院外也有人议论(在布拉格这个地方，大家都极其敏感，那些关于某人告密啊、揭发啊、勾结啊什么的新闻，传得比咚咚直敲的非洲鼓都快)，他对这些心里完全有数，但却无能为力。甚至连自己也感到吃惊，这些事情对他来说原来是这样的不可忍受，而且将他带入如此这般的惊恐之中！大家都对他这么感兴趣，这叫他十分不舒服，那感觉就好像面对人群的挤压，又像是在噩梦中遇到一帮家伙要剥我们的衣衫。

他终于去找了主任，告诉主任他一个字也不会写。

主任跟他握了握手，握得比平时用劲多了，说他早料到了这一决定。

托马斯说:“老板，我想即使我不写声明，您也能把我留下的吧。”他是想借此暗示，万一非逼他走，只要全体同事以辞职相威胁，事情也就可以解决了。

可是，谁也没想到拿自己的辞职来抗议，于是不久后，托马斯丢了位置，不得不离开医院（这一次主任跟他握手比上次还更用劲，握得他手上青一块紫一块的）。

5

托马斯先是在布拉格八十公里外的一家乡村诊所找了份工作。每天乘火车来回赶，下班回到家，都快累瘫了。一年以后，他好不容易又在郊区一家诊所找到了个差使，虽说省了点劲，但位置很低。他再不能专攻外科，只能做点普通内科大夫的事。候诊室里总是挤满了人，三五分钟，就得处理一个病人，给他们开点阿司匹林，开张病假条，再不就是打发他们去专业诊所。在他看来，自己简直已经成了办公室的小职员，再也不是什么医生。

一天，门诊结束后，他接待了一位五十岁左右男人的来访，此人体态肥胖，一副一本正经的样子，他自我介绍，说是国家内务部某办公室主任，请托马斯到对面咖啡馆里坐一坐。

他要了一瓶葡萄酒，托马斯不肯喝："我还要开车，如果被警察抓住，就要扣驾照了。"这位内务部官员微微一笑，说："如果您遇到麻烦，就跟他们提我的名字。"说着递给托马斯一张名片，上面有他的名字（肯定是假名）和部里的电话号码。

接着，他开始向托马斯细加解释说他一直非常敬重他，说像托马斯这样一位能干的外科大夫却委屈在乡下诊所开阿司匹林，部里的人都感到惋惜。他甚至，尽管没敢大声说出来，委婉地向托马斯暗示，把一些专家无情地从他们的职位上赶走，连警察部门也表示遗憾。

托马斯已经很久没有听到有人这样夸他了，于是非常专心地听着这位大腹便便的矮个子说话，很吃惊地发现矮个子对他外科方面的成就了如指掌，连细节都清清楚楚。面对奉承，谁也挡不住！托马斯也一样，禁不住把内务部的人所说的也当真了。

当然这并不仅仅是出于虚荣心，而是因为他太没经验。面对一位友善、礼貌又对自己十分恭敬的人，很难时刻提醒自己对方的话没有一句是真的，没有一句是诚的。要想做到不去相信（而且是持续地、执拗地、毫不犹豫地），不仅要作巨大的努力，还得经过特别训练，比如经常接受警察审讯什么的。但托马斯正缺这样的训练。

内务部的人接着说："大夫，我们都知道，您在苏黎世情况很好，但您回国来，我们非常欣赏，您这可是做对了，因为您知道您的位置是在这里。"然后他又好像责怪托马斯似的说了句："可是您的位置应该是在手术室啊！"

"我很同意您的观点。"托马斯说。

一阵短暂的沉默。内务部的人又继续以一种难过的声调说道："不过请您告诉我，您真的认为应该戳瞎共产党人的眼睛吗？难道您不觉得这话出自您的嘴巴很奇怪吗？您可是给众多患者带去健康的!”

“我那没什么别的意思,”托马斯反驳,“您好好读读我的文章吧。”

“我读过。”内务部的人说,那声音想显出悲哀来。

“那我是不是说要戳瞎共产党人的眼睛呢?”

“大家都是这么认为的。”内务部人回答道,声调越来越悲哀了。

“如果您读过我当初写的全文,您就根本不会这样想的。我那篇文章被砍掉了一些。”

“什么?”内务部的人竖直了耳朵,“他们登出的文章不是您原来的那样?”

“他们把它砍了。”

“多吗?”

“差不多三分之一。”

内务部人看上去真的愤怒了:“他们这样做实在太不道德了!”

托马斯耸耸肩。

“您得站出来为自己说话啊!应该立即要求他们更正!”

“那又能怎么样呢?文章发表后不久俄国人就到了,谁都有别的事要烦。”托马斯回答说。

“但是为什么要给人造成这种印象,一位像您这样的大夫会希望别人变成瞎子?”

“算了吧！我那篇文章也就是杂志后面读者来信中的一篇。没人会在意的。当然除了苏联大使馆，因为这篇东西显然对他们有用处。”

“您可别这样说，大夫！我本人和很多人讨论过您的文章，他们对您会这样写都感到吃惊。不过现在听了您的解释，我就明白多了，登出来的，并非完全是您写的那篇文章。那么是不是有人暗示您写的呢？”

“没有，”托马斯说，“是我主动寄去的。”

“您认识那些人吗？”

“哪些？”

“那些登出您文章的人。”

“不认识。”

“您从没跟他们说过话？”

“我只见过他们一次。他们要我去编辑部一趟。”

“为什么事？”

“就为这篇文章。”

“那么您当时是跟谁谈的？”

“一个记者。”

“他叫什么名字？”

托马斯这才明白他是在接受盘问。他于是知道自己的每一句话都可能给别人造成危险。当然他很清楚那个记者的名字，但是他说:“我不知道。”

“您看您看,大夫!”那人觉得托马斯缺乏真诚,极为不满地说,“他当时总作了自我介绍吧!”

滑稽又可悲的是,在这种时候我们所接受过的良好教育恰恰成了警察的帮凶。因为我们不懂得怎么扯谎。从小爸爸妈妈就喝令我们“说实话”,结果弄得我们一撒谎就自觉耻辱,即使是在审问我们的警察面前也一样。跟警察吵甚至当面骂(虽然这毫无意义)倒比撒谎(而这才是唯一该做的)要容易得多。

听到内务部的人责备自己没有诚意,托马斯几乎感到是个罪过;他好不容易克服了某种道德障碍,才得以继续往下乱说:“他恐怕作过自我介绍,但是那个名字没有什么特别的,我听过就忘掉了。”

“那他长什么样子?”

当初找托马斯的记者是个小个子,金黄色的头发,剪得短短的,像把板刷。托马斯于是就专挑相反的特征描述:“他个子挺高,黑头发,很长。”

“是吗?”内务部的人说,“是不是长着又长又尖的下巴?”

“对。”托马斯附和着。

“那家伙背有点驼。”

“对。”托马斯重复道。他开始明白内务部的人已经确定了某个人。这下托马斯不仅出卖了另一个倒霉的记者,而且他的揭发还是个纯粹的谎言。

“那么他让您去做什么呢？你们谈了些什么？”

“他们想把文中一句话的结构改一改。”

这样的回答着实让人觉得是个可笑的遁词。内务部的人又再一次对托马斯不肯说真话而表示不满：“您看，大夫！您刚跟我说过他们把您的文章砍去了三分之一，现在又说他们要您去只是探讨句子结构！这总不符合逻辑吧！”

这下，托马斯回答就容易多了，因为他所说的完全是实话。“是不合逻辑，但事情就是这样的，”他笑着回答说，“他们问我是否允许他们把一句话的结构改一改，但是后来他们砍了文章的三分之一。”

内务部的人再次摇了摇头，好像不敢相信这样不道德的行为。他说：“这些人对您太不像话了。”

他喝掉杯里的酒，一锤定音：“大夫，您是某些人操纵下的牺牲品，让您和您的病人来为此付出代价，那真太遗憾了。我们非常了解您的人品，大夫。看看能为您做些什么。”

他向托马斯伸出手，友好地告退。两人一起走出咖啡馆，然后各自上了自己的车。

6

这次碰头弄得托马斯情绪低落。他责怪自己竟然上当，被谈话的轻松语气给骗了。他竟然没有拒绝和那警察说话（对当时的情况，他毫无准备，也不知道什么是法律允许的，什么是被禁止的），他至少应该拒绝跟那人去咖啡馆，像跟老朋友似的一起去喝一杯吧！万一要是有人看见他们在一起，万一要是有人认得那家伙，那他一定会认为托马斯是警方的耳目！为什么要跟这警察说他的文章被砍了呢！根本没有道理嘛，为什么要告诉他这一情况？他对自己深为不满。

大约过了半个月，那个内务部的人又来了。像上次一样，他提出到对面咖啡馆去，可托马斯表示还是在他的诊室为好。

“我很理解您，大夫。”那人笑着说。

但这句话刺激了托马斯。内务部的人刚才的口气，就像一个棋手指出对方刚刚下了一着错招。

他们面对面地，各自坐在一张椅子上，中间隔着托马斯的桌子。开始十分钟，他们只聊流感的事，说到处都在闹流感，然后，那人换了话题，说：“我们已经研究了您的情况，大夫，如果不是您，那么事情就简单多了。不过我们必须考虑到公众舆论。无论是您有意还是无意，您那篇文章正好为反共的歇斯底里助了力。我就不相瞒了，已经有人向我们提出，因为您那篇文章，要把您送上法庭，法律中就有那么一条，叫公开煽动暴力罪。”

内务部的人说完停了一下，盯着托马斯的眼睛。托马斯耸耸肩。那人又以安慰的口吻说：“当然我们没有接受这个主意。无论您的责任有多大，社会都需要您待在能让您发挥才能的位置上。您以前的那个主任非常器重您。我们还找您的病人做了调查，您是位非常了不起的专家，大夫！谁也不能非要求医生懂政治，您是被人愚弄了，大夫。必须想个办法弥补。所以我们给您草拟了个声明，我们觉得您应该把它交给媒体。然后，我们会尽可能让它在适当的时候刊登。”说着，他将一张纸递给了托马斯。

托马斯看了上面写的，猛吃一惊。这比两年前主任要他写的那份东西糟糕得多！纸上所写的，再不只是关于收回关于俄狄浦斯一文的声明，还有热爱苏联以及忠于共产党等等句子，上面还有对某些知识分子的谴责，说他们一心想将国家引入内战，尤其是对作家周刊编辑部和那个背有点驼的记者（托马斯从没跟他说过话，只是见过他的名字和照片）的揭发，说他有意欺骗作者，篡改作者文章的意思，把文章改成一篇反革命宣言；上面还写道，那些人都太怯懦，不敢自己站出来写那样的文章，于是就存心把一个天真幼稚的大夫当挡箭牌。

内务部的人看出了托马斯眼中的惊恐。他向前探了探身子，很友善地拍了拍桌子下面托马斯的膝盖，说道："大夫，这不过是草稿！您可以考虑一下，如果想换个方式什么的，也未尝不可，完全可以再商量。说到底，这是您的文字！"

托马斯立刻把纸片递给警察，好像害怕多留在手中一秒钟似的。他几乎已经想象着人们会在纸上发现他的指纹。

内务部的人没有伸手去接，而是张开双臂，装作很吃惊的样子（就像教皇站在阳台上为子民祝福时一般），说："可是，大夫，为什么要把它还给我呢？得留下。回家去再好好考虑一下。"

托马斯摇摇头，仍然耐着性子伸着手，手里捏着那张纸片。内务部的人终于不再做出一副教皇祝福子民的模样，作了让步，接过纸片。

托马斯想跟他斩钉截铁，把话挑明，绝不会写一个字，也绝不会在纸上签名。不过话临出口前，他还是改了语气，平静地说："我又不是文盲。为什么非要在不是我写的东西上签名？"

"很好，大夫，那么也可以换个方式。您先自己写，然后我们再一起看看。您刚才看到的东西，至少可以给您做个样本。"

警察的提议，为什么托马斯没有立刻断然拒绝呢？

他很快作出了推断：这样的声明除了用来灭整个民族的志气（这也正是俄国人的基本战略发展方向），警察在他的这个案子上恐怕还有更明确的目的：也许他们正准备对托马斯寄去文章的那家周刊的记者提起公诉。在这种情况下，托马斯的声明便成了他们的一项证据，他们可以用来发动新闻媒体的攻势来整那些记者。如果托马斯当场就断然拒绝，他就面临危险，警方就有可能把他们早就准备好的声明加上托马斯的假签名刊登出来。到时不会有报纸再刊登他的否认声明！再也不会有人相信托马斯没有写过那篇文章，没有在声明上签过字！他已经很清楚人们的心理，他们从别人的精神耻辱中得到无比的快乐，根本不愿意有什么解释来糟蹋这份快乐。

于是托马斯给警方一丝希望，表示自己去写声明，以此争取时间。第二天，他就开始着手写辞职信。他设想（设想得很正确）自己一旦自愿沦落到社会最底层（那时已有别的学科成千上万的知识分子都降到了社会最底层），警察就再也不会抓着他不放，不会再对他有什么兴趣。那样的话，他们便不会去发表所谓由他自己签名的声明，也绝对不会有人相信。谁发表这种无耻的公开声明只会高升，而不是沦落。

在波希米亚，医生是国家公务员，国家可以剥夺其职位，但并不一定非这样做不可。跟托马斯谈辞职事宜的那位官员了解他的声望，也很赏识他，试图说服托马斯不要走。托马斯这时突然发现，自己还拿不准所做的选择是否正确。但他已经感觉到，他已通过某种忠诚的誓言和他的这一决定联系在一起，于是他坚持了自己的选择。就这样，他成了一名玻璃窗擦洗工。

7

几年前，在托马斯驱车离开苏黎世回布拉格的路上，他一面想着对特蕾莎的爱，一面柔声重复着："Es muss sein!"可是一越过国界，他就开始怀疑自己是否真的非如此不可：他明白了将自己推向特蕾莎的只是七年前的一系列可笑的偶然（由主任的坐骨神经痛开始），它们把他带入了牢笼，使得他再也无法脱身。

那么是否由此可以得出结论，在托马斯的生命中并没有什么"es muss sein"，并非如此不可？在我看来，还是有非如此不可的一个因素。但不是爱情，而是职业。托马斯成为医生并非偶然，也不是出于合理的筹划，而是出于他内心深处的渴望。

要是能有什么方法把人分成不同类别的话，那么最佳的分类尺度莫过于个人内心深处的渴望，将人们引入不同的职业并终身从事。每个法国人都不同。但全世界的演员都是类似的——无论在巴黎、布拉格或是乡下最不起眼的小剧院。演员就是从小便自愿在不相识的公众面前展示自己的人。这根本性的自愿与天赋无涉，是比天赋更深刻的东西，少了它，就不可能成为演员。同样，医生就是那些无论发生什么，都愿意终身照料人类身体的人。正是这根本的自愿（而不是天赋或灵巧性）使得托马斯进入解剖室开始了第一年的医科学习，并于六年后成为一名医生。

外科又将医生这一职业的深刻内心需要发挥到了极限，让人类几乎触到神性。要是用木棍对着某人的脑袋一阵猛击，那人会立刻倒下并永远停止呼吸。不过呢，即使没有这事儿发生，他也迟早会停止呼吸。所以杀人不过是稍稍提前完成了上帝将亲自动手完成的事。也许可以假设上帝对杀人早有所料，但对外科则不然。上帝亲手创造了人体，又在其外小心地包上一层皮肤，再封好，不让人类的肉眼看到其内部，但他万万没料到，外科医生竟然敢把手伸进这人体的内部。当初，托马斯面对上了麻醉的病人，第一次以麻利的动作切开皮肤，割出一条又直又精确的口子（就像剪一块没有生命的布料、裁一件上衣、一条裙子或是窗帘什么的），他就体会到一阵强烈但短暂的亵渎神灵的感觉。吸引着他的肯定是这东西！是这种必然性，是深深扎根于托马斯的“es muss sein”而不是什么偶然，或是主任的坐骨神经痛或是任何外因外力推动着托马斯。

可是，这如此深入的东西，为什么托马斯会如此突然、如此坚决且如此简单地割舍掉呢？

他会解释之所以这样做是为了摆脱警察的纠缠。说句实话，就算理论上是可能的（的确有这类事情发生），但实际上，警方发表一篇有他签名的假声明的可能性并不是很大。

人们显然有权利担心危险，即使危险并不太可能发生。姑且先接受这一解释。我们还可以假设，也许托马斯是在生自己气，气自己太笨，假设是他想避免再与警察接触，因为那只会加剧他感到自己无能的痛苦。还可以假设其实他已经失去了工作，因为他在小诊所开开阿司匹林的机械工作，与他想象中的医生职业天差地别。但即便有如此多的假设，我仍对他的决定之突然感到奇怪。是不是在这决定的背后，还藏着什么更深刻的、超出了他理性思考范围的东西？

8

托马斯为了让特蕾莎高兴，也开始喜欢上贝多芬。不过他不太醉心于音乐，我甚至怀疑他是否知道贝多芬的著名动机“muss es sein？ es muss sein！”的真实故事。

事情的经过是这样的：有个叫登普金的先生欠贝多芬五十个弗罗林金币，于是手头总是缺钱的贝多芬找上门来要钱。可怜的登普金叹气道：“Muss es sein？（非如此不可？）”贝多芬乐了，笑着回答：“Es muss sein！（非如此不可！）”后来，他在笔记本上记下了这几个字及其音调，并根据这个很真实的动机谱了个四重唱的短曲：其中三个人唱“es muss sein，ja，ja，ja（非如此不可，是的，是的，是的）”，第四个人接着唱：“Heraus mit dem Beutel！（掏出你的钱袋！）”

一年之后，在他编号为一三五的最后一部四重奏的第四章里，这一动机成为了核心动机。这时，贝多芬想的不再是登普金的钱袋。“es muss sein”这几个字对他来说已经具备越来越庄严的调子，仿佛是命运之神的亲口召唤。一句话，若出自于康德，哪怕是一声“早安”，要是说得到位，听起来也可能像是一个形而上学的命题。德语是一种词语沉重的语言。“es muss sein”根本已不再是一个玩笑，而是“der schwer gefasste Entschluss”，细加掂量的决断。

贝多芬就这样将诙谐的灵感谱成了严肃的四重奏，将一句玩笑变成了形而上学的真理。这是一个很有趣的由轻到重（也就是巴门尼德的正负变化之说）的例子。奇怪的是，我们似乎并没对这样的转变表示出惊讶。如果倒过来，贝多芬将严肃的四重奏变成关于登普金还钱的无聊笑话的四重唱，想必定会引起我们的愤怒。然而这却是符合巴门尼德精神的，因为他把重变成了轻，把负变成了正！最初（作为一支没完成的短曲）表现了伟大的形而上学的真理，而最终（作为完成了的作品）却只是再无聊不过的玩笑？！我们已经再也不会像巴门尼德那样思考了。

我相信，托马斯在自己内心深处，早已十分恼火这一庄重、严肃、逼人的“es muss sein”，于是在他身上产生了一种对改变的深切渴望，渴望按照巴门尼德的精神，把重变为轻。我们还记得当初他片刻内就作了决断，永世不见第一任妻子和他的儿子，而且当他得知父母与他断绝关系，反倒松了口气。要推开那试图压到他身上的沉重责任，推开那“es muss sein”，除了采取这突然且不合常理的举动，还会有什么呢？

显然，这是一种外在的，由社会习俗强加到他身上的“es muss sein”，而他对于医学的热爱这一“es muss sein”则是内在的必然。而恰恰这样更糟糕。因为内心的必然总是更强烈，总是更强力地刺激着我们走向反叛。

当外科医生，即是切开事物的表面去看看藏在里面的东西。也许正是这样的渴望推动着托马斯去看看在“es muss sein”之外到底还有什么。换句话说，要去看一看当一个人抛弃了所有他一直都以为是使命的东西时，生命中还能剩下些什么。

然而，当托马斯去报到，面对和善的布拉格玻璃窗及橱窗清洗店女老板的时候，他的那个决断的后果便突然向他展现了其全部的现实，他几乎惊惶失措。在惊恐中，托马斯度过了打工的头几天。而一旦克服了（大约一周以后）新生活令人惊恐的陌生感，托马斯猛然意识到自己等于是在放长假。

做的是自己完全不在乎的事，真美。从事的不是内心的“es muss sein”逼着去做的职业，一下班，就可把工作丢在脑后，托马斯终于体会到了这些人的幸福（而从前他总是对他们心存怜悯）。在这之前，他还从来没有感受过不在乎带来的快乐。以往每当手术没有如他所愿，出了问题，他就会绝望，会睡不着觉，甚至对女人都提不起兴致。职业的“es muss sein”就像吸血鬼一样吸他的血。

如今，他整天扛着长杆穿过布拉格的街巷去擦洗橱窗玻璃，吃惊地发觉自己感觉年轻了十岁。大商场的女售货员还管他叫“大夫”（布拉格的达姆达姆鼓敲得还是尽善尽美），并常常跟他咨询些感冒、背痛和经期不正常等毛病。每当看到托马斯往橱窗玻璃上喷水、用绑在长杆上的刷子开始清洗玻璃，女售货员总感到不好意思。要是能扔下店里的顾客不管，她们肯定会接过托马斯手中的长杆，替他擦洗。

托马斯主要是擦大百货店的玻璃，不过有时也会被老板派到别人家里。在那个时期，捷克人还是比较团结的，群情激奋，反对迫害知识分子。于是当托马斯以前的病人听说他当了玻璃擦洗工，纷纷打电话到清洗公司指名要求他擦玻璃。而托马斯一到，他们就以香槟或是烈酒招待，先在工作单上签好字，说他擦了多少多少扇窗户，然后便喝喝聊聊度过两个小时。所以托马斯无论是去私人家里还是去商场，都会感到心情舒畅。那时俄国军官的家庭已经开始在这个国家安家，内务部的官员代替了电台被解职的播音员，收音机里整日是些吓唬人的讲话，而托马斯摇摇晃晃地穿过布拉格城的街巷，由一家喝到另一家，像过不完的节，很开心。真是给他放了大假。

他又回到了过单身汉的日子时代。特蕾莎几乎突然消失了，托马斯只有每天夜里才能见到她，当她从酒吧回到家，托马斯已经睡眼朦胧，而早晨，特蕾莎还沉睡时，托马斯又得早起赶去干活。所以每天他有十六个小时是自己的，简直是意外地给他送上了一片自由空间。而对托马斯来说，从他还很年轻的时候起，自由空间就意味着女人。

9

朋友问他有过多少女人时，他闪烁其词，如果他们追问，他就说:“该有两百个左右吧。”几个心怀嫉妒的家伙断定他在吹嘘，他辩解道:“这不算多。我和女人大概打了二十五年的交道。用两百除以二十五，你们瞧瞧，每年差不多才八个新的女人。这不算多。”

然而，和特蕾莎共同生活之后，他的性活动因时间安排而遇上了麻烦；他仅剩下一小段时间（从手术室到家）可以利用，紧张至极（就像山里农民勤劳地耕作自家的小块土地）。跟他突然间意外获得的十六个小时相比，这段时间简直不值一提。（我说十六个小时，因为甚至在擦洗玻璃的八个小时期间，他还有成千个机会结识新的女售货员、女职员或家庭主妇，跟她们约会。）

他在所有女性身上找寻什么？她们身上什么在吸引他？肉体之爱难道不是同一过程的无限重复？

绝非如此。总有百分之几是难以想象的。看到一个穿戴整齐的女人，他显然能多多少少想象出她裸体的模样（在这里，医生的经历和情人的经验相得益彰），但是在大致的意念和精确的现实之间，还存在一个无法想象的小小空白，正是这一空白令他不得安宁。然而，对于难以想象部分的追寻不会因为肉体的袒露而结束，它将走得更远：她脱衣服的时候是什么表情？跟他做爱时，她会说些什么？她的叹息是什么声调？高潮来临那一刻，她的脸会怎样扭曲？

“我”的独特性恰恰隐藏在人类无法想象的那一部分。我们能够想象的，仅仅是众人身上一致、相同之处。个别的“我”，区别于普遍，因此预先猜不出，估不了，需要在他者身上揭示它，发掘它，征服它。

在最近十年的行医活动中，托马斯专门和人类的大脑打交道，他知道没有比抓住这“我”更难的事了。希特勒和爱因斯坦，勃列日涅夫和索尔仁尼琴，他们之间的相似远远多于不同。如果能用数据来表示，他们之间有百万分之一的不同，百万分之九十九万九千九百九十九的相同。

发现那百万分之一，并征服它，托马斯执迷于这一欲念。在他看来，迷恋女性的意义即在于此。他迷恋的不是女人，而是每个女人身上无法想象的部分，换句话说，就是使一个女人有别于他者的百万分之一的不同之处。

（或许，在这里，他对外科的激情和对女色的激情是一致的。即便和情妇在一起时，他也没有松开想象这一解剖刀。他渴望征服深藏在她们体内的某一东西，为此要撕开她们外面的包裹物。）

人们当然有权利追问为什么他只在性方面寻找那百万分之一的不同之处。他难道不能，比如说，从她们的步态、烹调口味或对美的偏好等方面去寻求?

当然，这百万分之一的不同体现在人类生活的各个方面，尤其是公诸于世的，用不着去探究，也用不上解剖刀。一个女人喜欢奶酪胜于蛋糕，另外一个忍受不了花椰菜，这的确是表现其独特性的信号，然而，我们很快就看到，这种独特性完全没有意义，对其感兴趣并在其中找寻某种价值简直是在浪费时间。

只有在性上，那百万分之一的不同才显珍贵，因为不是公开就能了解的，而需要去征服。还在半个世纪以前，这种征服需要更多的时间(几个星期，有时甚至是几个月！)。被征服对象的价值与征服她们的时间成正比。甚至在今天，尽管征服的时间大大缩短，性仍旧像一个保险箱，女性之“我”的所有奥秘都藏在里头。

所以，促使托马斯追逐女性的不是感官享受(感官享受像是额外所得的一笔奖赏)，而是征服世界的这一欲念(用解剖刀划开世界这横陈的躯体)。

10

追逐众多女性的男人很容易被归为两类。一类人在所有女人身上寻找他们自己的梦，他们对于女性的主观意念。另一类人则被欲念所驱使，想占有客观女性世界的无尽的多样性。

前者的迷恋是浪漫型的迷恋：他们在女人身上寻找的是他们自己，是他们的理想。他们总是不断地失望，因为，正如我们所知，理想从来都是不可能找到的。失望把他们从一个女人推向另一个女人，赋予他们的善变一种感伤的借口，因此，许多多愁善感的女人为他们顽强的纠缠所感动。

后者的迷恋是放荡型的迷恋，女人在其中看不到丝毫感人之处：由于男人没有在女性身上寄托一个主观的理想，他们对所有女人都感兴趣，没有谁会令他们失望。的确，就是这从不失望本身带有某种可耻的成分。在世人眼中，放浪之徒的迷恋是不可宽恕的（因为从不为失望而补赎）。

由于浪漫型的情场老手总是追求同一类型女子，人们甚至觉察不到他们又换了情人；朋友们看不出这些女子之间的区别，总是用一个名字来称呼所有情人，从而不断地引起误会。

在寻欢过程中，放荡型的好色之徒（托马斯显然应归于此类）离约定俗成的女性美（他们很快就厌倦了这种美）愈来愈远，最终不可避免地成为猎奇者。他们知道这一点，也有点儿不好意思，为了不让朋友尴尬，他们从不和情妇一起出现在公众场合。

差不多做了将近两年的玻璃擦洗工，有一次又有新主顾雇他，是个女的。第一次在公寓门口见到她，一见就被她的怪异给迷住了。那是一种不声张，有所保留的怪诞，在普通人可以接受的范围之内，还算讨人喜欢（托马斯猎奇的品位与费里尼对怪物的兴致完全不同）：她出奇的高，比他还高。鼻子线条精美，但太长了。那张脸如此的奇特，无法说她是个美人（所有人都会抗议），也不能说她没有丝毫美妙之处（至少在托马斯看来）。她下穿长裤，上着白色罩衫，那样子，像是个由细高的男孩、长颈鹿和鹤构成的奇特的混合体。

她以专注、探究的目光久久地看着他，眼中还闪过讥讽的智慧光芒。

“请进，大夫。”她说道。

他明白这女人知道他的过去。他不露声色，问：“什么地方可以接水？”

她打开浴室的门。眼前出现了盥洗盆、浴缸和抽水马桶；浴缸、盥洗盆和抽水马桶前面铺着小块红色地毯。

像长颈鹿又像鹤的女人笑眯眯的，边眨着眼睛，她说的每句话好像都别有用意，藏着讥讽。

“浴室就归您了，大夫，”她说，“想干什么就干什么。”

“在这儿洗个澡也行？”

“您喜欢洗澡？”她问。

他接满一桶热水，回到客厅。“您想要我从哪儿开始？”

“由您了。”她耸了耸肩，说。

“能看看其他房间的窗户吗？”

“您想参观一下我的公寓？”她微笑着，仿佛擦洗窗户只是托马斯一时兴起，她对这种心血来潮丝毫不感兴趣。

他走进隔壁房间。那是间卧室，有一扇大窗户，两张床紧挨在一起，墙上挂着一幅秋景图，落日映照着桦树林。

他出来时，桌上已摆了一瓶开塞的葡萄酒和两只杯子。“辛苦之前，愿不愿提提劲儿？”她问道。

“非常乐意。”托马斯坐下来，说。

“像您这样走进别人的家里该很有意思吧？”她说。

“是不算太糟。”托马斯回答。

“到处遇到丈夫正在上班的女人。”

“更多的是奶奶和姥姥。”托马斯说。

“您不怀念过去的职业？”

“还是告诉我，您是怎么知道我过去干哪一行的？”

“您的老板很为您骄傲。”鹤女人说。

“现在还是？”托马斯惊讶地问。

“我打电话叫人来擦玻璃时，他们问我要的是不是您。听说您是个有名的外科大夫，被医院赶了出来。我对您就产生了兴趣。”

“您的好奇心真是非同寻常啊。”他说。

“看得出来？”

“是啊，从您看东西的模样。”

“我是怎么看的？”

“眯着眼睛。还不停地提问。”

“您不喜欢回答？”

多亏了她，对话一上来就变成了打趣。她说的每一句话都和外界无关。所有的话语都只涉及他们自己。对话立即以他们二人为主题，没有比用触摸来补充词汇更简单的事了。托马斯说到她眯眼时，手也摸到了眼上。他摸一下，她反过来也碰一下。她这样做并非是本能的反应，更像是有意识地坚持，仿佛在玩“你一下，我一下”的游戏。他们相对而坐，手放在对方的身体上。

当托马斯试图把手伸向她的私处时，她终于开始挡了一下。他实在弄不清她是不是真挡，但时间已过去了很多，十分钟之后，另一个主顾还等着他呢。

他站起身，解释说自己该走了。她的面颊红得像着了火。

“我还得在您那张工单上签字呢。”她说。

“可我什么也没做啊。”他不同意。

“是我的错，”她说，接着以一种温柔、无邪的声音缓缓补充道：“我得再叫您来，好让您做完因为我都没开始做的活儿。”

由于托马斯拒绝把工单交给她签，她以一种乞求帮助的语调柔声说道：“求您了，给我吧。”她眯着眼又说：“付账的不是我，是我丈夫。拿钱的不是您，是国有公司。这场交易与你我都无关。”

11

这个像长颈鹿又像鹤的女人身上很不协调，令人称奇，只要一想到它，就给他以刺激：笨拙以风骚为伴；天真直白的性渴望与讥讽的微笑相随；住宅平庸俗气，女主人却奇特不凡。做爱时，她会是什么模样？他试图去想象，但不容易。接连几天，他脑子里尽想着她。

她第二次请他去，一瓶葡萄酒、两个杯子早已摆在桌上等着。然而，这次一切都很快。他们很快就来到卧室（画中，夕阳洒落在白桦林上），面面相对，拥在一起。他习惯性地命令道："把衣服脱了！"然而，她没有服从，而是反过来命令他："不，您先脱。"

他对这种反应很不习惯，一时有点儿慌张。她开始解他裤子的纽扣。"把衣服脱了！"他又下达了命令，一连几次（很可笑，不奏效），于是，他只有妥协。根据上次她强制的游戏规则（"你一下，我一下"），她为他脱裤子，他为她脱裙子。接着，她脱去他的衬衫，他脱掉她的罩衫，一直到两人赤身相对。他的手放在她潮湿的私处，手指滑向肛门，女人身上的这个地方是他的最爱。她的肛门极其突出，让人明确地联想到长长的消化管道在此处以一个微微的隆节结束。他触摸着这紧闭完整的环形，这最美的圆戒，在医学术语中被称为括约肌。突然，他在臀部同样的位置上感受到了女人的指触。她镜子般精确地重复着他的每个动作。

我已经说过，他经历过约莫两百个女人（当玻璃擦洗工之后还要多得多），即便如此，他还从未遇到一个比他高的女子，神气活现地站在面前，眯着眼，抚摸他的肛门。为了摆脱尴尬，他猛地把她推倒在床上。

这突如其来的举动令她措手不及。细高的身躯仰面倒下，布满红色雀斑的脸闪现出失去平衡的惶恐神情。他站在她面前，抓住她的膝盖，把她微微叉开的双腿举得高高的。这下子，那两条腿就像惊惶的士兵面对挥舞的武器投降时高举的双臂。

笨拙伴着激情，激情伴着笨拙，托马斯感受到绝妙的刺激。他们久久地做爱。他细细察看她长满红色雀斑的脸，在上面寻找女人被绊倒在地时的惊惶神情，那无法模仿的表情刚刚将一股亢奋传入他的大脑。

完事之后，他要去浴室冲洗。她跟着进去，细加解释，告诉他肥皂在哪儿，浴用毛巾手套在哪儿，怎样放热水。事情这么简单，她却不厌其详，令他好奇。他说，他都明白了，想单独待在浴室里。

“您不想让我看着您洗吗？”她以乞求的腔调说。

他好不容易把她支出门外。他洗了澡，在盥洗盆里撒了尿

（捷克医生的惯常做法）。他感觉她在浴室前不耐烦地来回走动，寻找进门的借口。关上水龙头时，他注意到屋子里一片沉寂，他认为她在偷窥。他几乎可以肯定，门上有个洞，她的一只美丽的眼睛正眯着贴在洞上。

离开她时，他的心情极佳。他努力回忆重要情节，将记忆压缩成一个化学公式，以定义这个女人的独一无二（百万分之一的不同之处）。他终于得到由三个要素构成的公式：

一、笨拙伴着热情；

二、失去平衡而跌倒的人的惶恐的脸；

三、两腿高举，恰如士兵面对挥舞的武器举起投降的双臂。

念叨着这个公式，他体验到一阵灿烂的快意，仿佛又征服了世界的一角；仿佛用想象的解剖刀，从宇宙无尽的天幕上切下细薄的一条。

12

差不多就在那个时期，他还有过这样的事：跟一个年轻女子多次幽会，地点就在老朋友借给他的公寓里，那房子他每天可以一直使用到半夜。一两个月之后，她跟他提起他们有过的一次幽会：他们就在窗前的地毯上做爱，她说，外面电光闪闪，雷声隆隆。他们在狂风暴雨中做爱，她说，真美，令人难忘啊！

听着听着，托马斯很吃惊：没错，他记得他们是在地毯上做爱（朋友的单间公寓里只有一张狭窄的长沙发，躺在上面他感觉不舒服），然而他把暴风雨给彻底忘了！真奇怪：他想起跟她的几次幽会，甚至清楚地记得他们做爱的方式（她拒绝从后面进入），记得做爱时她常说的几句话（她总是要他搂紧她的髋，如果他看她，她会抗议），他甚至记得她内衣的式样——然而，他完全记不得那场暴风雨了。

对于有过的风流韵事，他的回忆只记录下性征服这条崎岖而狭窄的道路：第一声挑逗，第一次触摸，他告诉她与她告诉他的第一件淫事，以及所有那些他慢慢强迫对方接受、直至遭受拒绝的反常的小小性把戏。剩下的全部被他排斥（几乎以学究般的细心）在记忆之外。他甚至记不得第一次遇上这个或那个女人是在什么地方，因为相遇的一刻还发生在纯粹意义上的性征服之前。

年轻女子在讲述着暴风雨，脸上挂着梦幻般的微笑。他惊讶地看着她，几乎有些羞愧：她经历了某种美妙的东西，而他却没有和她一起经历。他们的记忆对那天夜里暴风雨的反应，是截然不同的，可从中看到爱与不爱的巨大区别。

不爱，并不意味着托马斯对那个年轻女人厚颜无耻，像人们说的那样，只把她看作性工具。相反，他像爱女友一般爱她，欣赏她的个性和智慧，只要她有需要，他随时会帮她。待她不好的不是他，而是他的记忆，他无能为力，是记忆将她从爱情区域排除出来。

看来，大脑中有一个专门的区域，我们可称之为诗化记忆，它记录的，是让我们陶醉，令我们感动，赋予我们的生活以美丽的一切。自从托马斯认识特蕾莎之后，没有任何女人能够在他头脑的这个区域留下印记，哪怕是最短暂的印记。

特蕾莎像暴君般独霸他的诗化记忆，将其他女人留下的痕迹一扫而光。这不公平，因为，比如说，在暴风雨中，跟他在地毯上做爱的年轻女子并不比特蕾莎缺乏诗意。她对他嘶喊："闭上眼，搂紧我的髋，抱紧我！"她不能忍受托马斯做爱时睁着眼，以专注、探究的目光看她，她无法忍受他的身体稍稍抬起，在她的上方，而不贴紧她的肌肤。她不想让他研究她。她想领他进入狂喜的波涛，只有闭着眼睛才能潜入其中。她拒绝趴下身体，因为这种体位令他们的身体难于接触，而他就能从差不多五十厘米之外观察她。她厌恶这段距离，想和他融为一体。她盯着他，硬是跟他说自己没有得到享受，尽管地毯已被她的爱液浸透:“我寻求的不是快感，而是幸福。没有幸福的快感，那算不上快感。”换句话说，她敲打着他的诗化记忆之门。然而，门紧闭着。托马斯的诗化记忆中，没有她的位置。她的位置只在地毯上。

托马斯和其他女人的艳遇结束之处，恰恰正是他和特蕾莎的艳遇开始之端。与特蕾莎的艳遇并非源自促使他追逐女性的迫切欲望。他不想在特蕾莎身上揭示什么。在他眼里，她已经毫无遮掩了。在用想象的解剖刀划开世界这横陈之躯以前，他就已经迫不及待地与她做了爱。在耗费心思揣摩她做爱时是什么模样以前，他就已经爱上了她。

爱情故事只发生在做爱之后：她发烧了，他不能像对其他女人那样送她回家。他跪在床头边，冒出一个念头：她是被别人放在篮子里，顺水漂流送到他身边的。我已经说过，隐喻是危险的。爱由隐喻而起。换言之：爱开始于一个女人以某句话印在我们诗化记忆中的那一刻。

13

她很快又留下新的印记：像每天早上一样，她去拿牛奶。他开了门，她怀里搂着一只裹在她红围巾里的乌鸦，就像吉卜赛女人搂着他们的孩子。他永远也忘不了，就在她的脸旁边，乌鸦那张巨大的嘴仿佛在控诉。

她发现了这只被活埋半截的乌鸦。从前，哥萨克人就是这么对待俘虏的。“是孩子们干的。”她说。这话不仅仅是简单的陈述，还表达了对于人类突然的厌恶。他记得她最近对他说过：“你从不想要孩子，我开始为这个感谢你了。”

就在前一天，她还向他抱怨，有个家伙在她工作的酒吧侮辱她。他扯着她廉价的项链，一口咬定那是她卖淫赚来的。她像变了个人似的，托马斯思忖着，比事情本身要严重得多。想到两年来见她的时候如此少，他甚至不再有机会紧握她的双手让它们停止颤抖，他突然难受起来。

早上，他满脑子里都是那些念头，来到公司办公室，一个职员在那儿给清洗工安排一天的活儿，一个私人主顾特别要求他们派托马斯去洗窗户。他心境恶劣，前往指定的地点，害怕叫他的又是个女人。他只想着特蕾莎，艳遇对他已经没有诱惑。

门开了，他松了一口气。面前是一个微微驼背的高个子男人。男人长着又长又尖的翘下巴，让他想起某个人。

“请进，大夫。”他微笑着说，并领他进了客厅。

一个年轻人在那里等着他。他站着，满脸通红，看着托马斯，试图挤出笑容。

“你们二位，我想就没有必要再做介绍了吧。”男人说。

“是的。”托马斯板着脸说。他把手伸向年轻人，那是他儿子。

翘下巴男人终于介绍了自己。

“明白了，您让我想起了某个人！”托马斯说，“肯定的！我当然知道您！知道您的名字。”

他们坐在扶手椅上，中间隔着一张矮桌子。托马斯想，坐在对面的两个男人都是他的创造物，尽管并非出自他的意愿。妻子逼他生了这个儿子，警察审讯他，逼他描绘出这个驼背高个子男人的外貌。

为了扫除这些念头，他说：“好吧！从哪扇窗户开始呢？”

对面两个男人开怀大笑起来。

是的，很明显，这跟窗户完全没有关系。请他来，不是叫他洗窗户，他被请入了一个圈套。他从没跟儿子说过话，握手也是头一回。他只清楚他的长相，也不想了解他别的方面。关于儿子的事情，他什么都不想知道，并希望儿子对他也抱有这种想法。

“漂亮的招贴画，不是吗？”记者指着一张大幅镶框画说。那画就挂在托马斯对面的墙上。

进门后，托马斯第一次抬起头。墙上挂满了有趣的画，有不少照片和招贴画。记者指的那张刊登在周刊一九六九年年末的某期上，那时杂志还没被俄国人查禁。它模仿一九一八年俄国内战时号召群众加入红军的一张著名宣传画：一个头戴红五星军帽、目光极其严峻的战士直逼着你的眼睛，一手的食指指着你。俄文原文写着：“公民，你还没有参加红军？”这话被替换成下面的捷克文字：“公民，你在《两千字书》上签名了吗？”

这是个绝妙的玩笑！《两千字书》是布拉格之春的第一个重大宣言，要求共产党制度彻底民主化。一批知识分子在上面签了名，接着是普通民众，签名如此之多，数都数不清。当红军入侵波希米亚，政治清洗开始时，摆在公民面前的一个问题便是：“你呢，你在《两千字书》上签名了吗？”凡承认签过名的，当场被解雇。

“漂亮的画。我还记得。”托马斯说。

记者微微一笑：“希望红军战士没在听我们说话。”

他以严肃的口吻补充道：“要清楚，大夫，这里不是我家。这公寓是朋友的。说不准警察这时候正在听我们说话。这完全有可能。如果您到我家里，就大可放心了。”

接着，他的口气又轻松下来：“可我认为我们也没什么要藏着掖着的。此外，想想吧，未来的捷克历史学家从中还可以得到好处！他们能在警察的档案里找到所有知识分子的生平，那全都被录在磁带上了！您知道，一个文学史家为重构伏尔泰、巴尔扎克或托尔斯泰的性生活要费多大的力气？而捷克作家却丝毫不用担心，一切都记录下来了。哪怕是最轻微的一声叹息。”

接着，他转向想象中藏匿在墙里的麦克风，提高声音说道：“先生们，在这样的场合，我一如既往地支持你们的工作，并谨以我个人以及所有未来历史学家的名义感谢你们。”

三个人都笑了，接着，记者开始长时间地谈论他的周刊被禁的始末，谈起当初构思这幅漫画的画家如今在干什么，谈起捷克其他画家、哲学家、作家如今在干什么。俄国入侵之后，他们无一例外地被剥夺了工作，成了擦洗玻璃的、看停车场的、门房守夜的、给公共建筑烧锅炉的，最好的是开出租车的，因为这还需要门路。

记者说的一切并非没有意思。然而托马斯的注意力怎么也集中不到他的话上。他在想他的儿子。他想起近几个月来，他常在路上遇到他。显然，那不是偶然的。让他吃惊的是，儿子愿跟受迫害的记者在一起。托马斯的前妻是个坚定的共产党员，他自然而然地推断儿子一定是受了她的影响。他对他一无所知。当然，他可以问问他跟母亲的关系怎么样，但当着陌生人的面提这个问题似乎不合时宜。

记者终于切入问题的关键。他说越来越多的人仅仅因为捍卫自己的观点而被捕。他以下面的话结束了陈述："说到底，我们心想该做点什么了。"

"你们想干什么？"托马斯问。

儿子这当儿插了进来。这是他第一次听儿子说话。他惊奇地发现儿子说话结巴。

"根据我们的了解，"他说，"政治犯受尽了折磨。有几个人的情况极其危急。于是，我们想起草一份请愿书，由捷克最知名的、目前说话还有一定分量的知识分子签名，这或许是件好事情。"

不，这不是结巴，更像是在打嗝，说得很慢，一字一顿无意中像是在强调。他自己也显然觉察到了，因为两颊刚恢复到正常颜色，顷刻间又变得通红。

"你们是希望我向你们指出几个我行当里的人选，你们好去找？"托马斯问。

"不，"记者笑了，"我们要的不是您出主意，而是您的签名！"

他再次觉得荣幸！他再次感到幸福，人们还没忘记他是个外科大夫！他谦逊地推辞道："听着！他们把我赶了出来，这并不就代表我是个有名的大夫啊！"

"我们不会忘记您发表在我们周刊上的文章。"记者微笑着对托马斯说。

儿子低声说："没错！"话中含着热情，托马斯可能没有觉察。

"我不认为，"托马斯说，"我的名字出现在请愿书上能帮助政治犯。应该让那些还没失宠的，对当权者或多或少还有些影响的人来签名。您不这样看吗？”

“他们当然应该签名！”记者说，说罢一笑。

托马斯的儿子也笑了，那是已经相当明察事理者的笑：“只是，这些人绝不会签名！”

记者紧接着说：“这并不意味着我们不去找他们！不让他们出丑，我们还没有这么好的心肠，”他说，“我想让您听听他们的理由，真是妙极了！”

儿子笑了，以示赞同。

记者接着说：“显而易见，他们会声称赞同我们的所有行为，只是，他们说，要采用别的方式：采用一种更理智、更谨慎的策略。他们害怕签名，如果不签，又怕我们觉得他们不好。”

儿子和记者一起笑了。

记者递给托马斯一张纸，上面文字简短，以相当谦恭的口吻请求共和国总统赦免政治犯。

托马斯试图很快理出个思绪：赦免政治犯？很好。难道某些被当局抛弃的人（潜在的政治犯）向共和国总统请愿，政治犯就能获得赦免？这类请愿书造成的后果只有一个，那就是政治犯不会被赦免，即便当局碰巧打算释放他们。

思路被儿子打断了：“主要目的是要让人明白，这个国家里还有一帮男女无所畏惧，要表明谁跟谁站在一起，要好麦与毒麦分清楚。”

托马斯在思索：是的，没错，但这和政治犯有何干系？要求大赦和分清好麦与毒麦，这根本不是一回事。

“您在犹豫，大夫？”记者问。

是的，他在犹豫。但他害怕说出来。战士在对面墙上用指头威胁他，说：“你还在为加入红军而犹豫？”或是说：“你还没在《两千字书》上签名？”或者：“你呢，你在《两千字书》上签名了吗？”或者还有：“你不愿在大赦请愿书上签名？”无论说的是什么，都是在威胁。

对于那些认为应该赦免政治犯，却寻求千般借口不愿签名的人，记者刚刚表明了自己的态度。在他看来，这些理由只是托辞，后面潜藏着怯懦。那么，托马斯能说什么呢？

沉寂许久，这回是托马斯笑着打破了沉默。他指着墙上的画，说：“瞧这家伙，他在威胁我，问我要不要签名。在他的目光下很难思考！”

三个人笑了一阵。

托马斯接着说：“很好。我要考虑考虑。咱们过几天再见面？”

“我很乐意见您，”记者说，“但请愿书剩下的时间不多了。我们想明天把它递交给总统。”

“明天？”

托马斯想起胖警察，他曾递给他一纸文书，要他告发的恰正是个翘下巴的男人。大家都逼迫他签名，在不是他自己写的东西上签名。

儿子说:“既然如此，没有必要再考虑了!”

言词逼人，语调却近乎恳求。这一次，他们相互对视，托马斯注意到，当儿子专注地看东西时，上唇左角会微微翘起。这一翘，他很熟悉，当他对着镜子，仔细检查胡子有没有刮干净时，在自己的脸上常见这种表情。看到它出现在别人的脸上，一种不快的感觉油然而生，他难以抑止。

一个人要是一直和孩子在一起生活，彼此的相似之处，早已习以为常，有时注意到了，也会觉得很正常甚至会觉得有趣。但，这是托马斯生平第一次和儿子说话!在坐在对面的人嘴上见到这一翘，他还真的不习惯!

假设您的一只手被截下来，移植给别人。一天，某人在您对面坐下，用这只手对着您的鼻子指指划划，您大概会觉得那东西很可怖。尽管您很熟悉它，尽管那是您自己的手，您还是怕它碰到您。

儿子紧接着说:“我希望，你站在受迫害者一边。”

整个谈话过程中，托马斯一直在琢磨儿子会用“您”还是用“你”来称呼他。儿子也一直字斟句酌，避免选择。这次，他终于作出了选择。他用的是“你”，托马斯突然间确信，整个这场戏，跟赦免政治犯毫无关系，儿子是个赌注：如果他签了名，二者的命运就此联系在一起，托马斯多多少少不得不和他接近。如果他不签，他们的关系将不复存在，就像从前一样，但，这次并非出自他的意愿，而是儿子的意思，由于父亲怯懦而不再认他。

他仿佛一个棋手，无法挽回败局，唯有放弃。不管怎样，签还是不签，结局都完全一样。这不会使他的命运有丝毫改变，政治犯的命运也不会有丝毫改变。

“把它给我。”他说，说着拿过了那张纸。

14

仿佛是为了回报他的决定，记者说："您那篇关于于俄狄浦斯的文章棒极了。"

儿子递给他一支笔，又说："有的思想像杀人。"

记者的赞美之词他很是受用，但儿子的比喻他觉得不妥，有些夸张。他说："很不幸，这一刀，只有一个牺牲品，就是我。因为这篇文章，我再不能为病人做手术了。"

这些话听起来冷冰冰的，几乎含有敌意。

为了抹去这小小的不谐之音，记者说（以致歉的神情）："但您的文章帮了很多人。"

对托马斯而言，从他孩提时起，"帮人"这个词儿仅和一项行为相联系：行医。一篇报上的文章曾帮过什么人？这两个人想让他相信什么？他们把他的整个一生归结为对于俄狄浦斯的微不足道的思考，甚至还要少：归结为对当局发出的一个简单的"不"字。

他说（声音依旧冷冰冰的，而他自己却未意识到）："我不知道这篇文章是否帮过什么人。但是，当医生的时候，我倒是救过不少人的命。”

又静了下来。他儿子打破了沉默:“思想同样可以拯救生命。”

托马斯在儿子脸上看到了自己的嘴，思忖着：看见自己的嘴巴说话结结巴巴，倒真滑稽。

儿子继续说，可以感觉到他说话很费力:“你的文章里有种了不起的东西：拒绝妥协。而我们却正在丧失这种明辨善恶的能力。我们不再知道负罪感是个什么东西。人们找到了托辞：斯大林欺骗了他们。谋杀犯竟以母亲不爱他而感到失望为借口。突然，你道出了一切：没有任何借口。没有人在灵魂和良知上比俄狄浦斯更无辜。然而，看清了自己的所为之后，他惩罚了自己。”

托马斯看着儿子脸上自己的嘴唇，努力将目光从那张嘴唇上移开，试图把注意力集中在记者身上。他感到不快，想反驳他们。他说:“你们要知道，这一切只是个误会。善与恶的界限极其模糊。我不要任何人受到惩罚，这不是我的初衷。惩罚一个不知道自己做了什么的人，是野蛮的行径。俄狄浦斯神话是很美。然而，以这种方式运用它……”他还想再说些什么，但，他想起他的话有可能正被录下来。他没有丝毫野心被几个世纪之后的历史学家援引。他倒是害怕被警察援引。因为警察要求他的，恰恰是对这篇文章的谴责。他不乐意警察听到他亲口说出来。他知道，在这个国家里说出的每一句话，都可能于某一天被拿去广播。他闭上了嘴巴。

“是什么令您改变主意？”记者问。

“我倒是在想，究竟是什么让我写了这篇文章。”托马斯说。他立刻回想了起来：她就像一个被弃在篮子中的孩子，顺流漂到他的床榻之岸。是的，就因为这个，他找来了那本书，重温了罗慕洛斯、摩西和俄狄浦斯的故事。突然，她出现了，他看到她在他面前，怀里搂着被红围巾包住的乌鸦。这个形象令他为之一振。这个形象的出现，是来告诉他：特蕾莎还活着，此时此刻和他在同一个城市里，除此以外，其他什么都不重要。

记者打破了沉默：“我理解您，大夫。我同样不喜欢惩罚别人。但是，我们要的不是惩罚，而是免除惩罚。”

“我明白。”托马斯说。他知道，几秒钟之后，他可能会做出一项举动，这一举动或许称得上慷慨，但可以肯定毫无用处（因为它根本帮不了政治犯），这一举动就个人而言，还令他不快（因为他是在被迫的情况下做的）。

儿子还说（几乎以恳求的语调）：“你有责任签名！”

责任？儿子向他提起责任？这是他听到的最糟糕的字眼。特蕾莎双臂搂着乌鸦的形象再次出现在他眼前。他想起来，她告诉他，昨天晚上一个警察来酒吧纠缠她，她的手又开始颤抖。她也老了。他什么都不在乎，只在乎她。她，六次偶然的结果；她，是主任坐骨神经痛生成的花朵；她，是所有“es muss sein”的对立面；她，是他唯一真正在乎的东西。

为何还考虑要不要签名？他的所有决定仅依据一个标准：不做任何可能伤害特蕾莎的事情。托马斯不能拯救政治犯，但他可以令特蕾莎幸福。不，就连这个，他也做不到。但是，如果在请愿书上签了名，他几乎能肯定，警察骚扰她的次数还会更多，她的手会抖得更厉害。

他说:“挖出被活埋的乌鸦比向总统递交请愿书要重要得多。”

他知道这话令人费解，但自己深感满足。他感到一阵醉意向他袭来，突如其来，出乎意料。在向妻子宣布自己不想再看到她和儿子的那一天，他体验到同样的黑色的醉意。在往信箱里投下那封宣布放弃行医的信件的时候，他也体会到同样的黑色的醉意。他完全不能肯定自己做的是对的，但可以肯定做了自己想做的。

“很抱歉，”他说，“我不签名。”

15

几天之后，所有的报纸都在谈论请愿书。

自然，没有一处指出这只是一个谦恭的请求，呼吁释放政治犯。没有一张报纸引用这篇短文里的片言只语。然而，见诸报端的都是些长篇大论，用含糊吓人的字眼，谈论一份为新的反社会主义斗争提供了跳板的颠覆性宣言。签名人被指名道姓，一一点出，伴着他们名字的，是让人脊背冷飕飕的恶意中伤和人身攻击。

当然，这都是可以料到的。所有的公众行动（集会、请愿、街头示威）除非由党组织，均属非法，参与者都会置身于危险的境地。人人皆知。大概就因为这个，托马斯为没在请愿书上签名更感到内疚。说到底，他为何没有签名？他甚至不再清楚是什么促使他作出这个决定。

我再次看到他出现在小说开端的形象。他站在窗边，看着院子对面楼房的墙。

他就产生于这一形象。就像我曾说过的，小说人物不像生物那样诞生自母体，而是产生于一种情境，一个语句，一个隐喻。隐喻中包含了一种处于萌芽状态的人生的基本可能性，在作家的想象中，它只是还未被发现，或人们还未论及它的实质。

然而，是否可以断言一个作家只能谈论他自己？

无能为力地朝院子里张望，怎么也无法做出决定；在爱的激奋时刻听到自己的肚子一个劲地咕咕作响；背叛，且不知该如何在那条如此美丽的背叛之路上止步；在伟大的进军行列中举起拳头；在警察藏匿的麦克风前卖弄自己的幽默感等等。我知道这一切的情形，自己也都经历过。然而，小说人物并非产生于我的履历表中的任何一种情景。我小说中的主人公是我自己未曾实现的可能性。我爱所有的主人公，并且所有主人公都令我同样地恐惧，原因就在于此。他们，这些人物或那些人物，跨越了界限，而我只是绕了过去。这条被跨越的界限（我的“我”终结于界限的那一边）吸引着我。小说要探寻的奥秘仅在另外一边开始。小说不是作家的忏悔，而是对于陷入尘世陷阱的人生的探索。说得够多了。让我们回到托马斯身上。

他站在窗边，望着院子对面楼房那脏兮兮的墙。他有些想念那个长着翘下巴的大个子，想念他的朋友，这些人他并不熟，自己也并未加入他们的行动。就像是在火车站台上与一个陌生的美人交臂而过，还没来得及上前搭讪，她就上了开往里斯本或伊斯坦布尔的列车的卧铺车厢。

他又开始思考：他当时到底应该怎么做？即便抛开个人情感（对记者的钦佩，儿子惹起的恼怒），他仍旧不知道是否应该在给他看的那篇文字上签名。

当有人逼迫你沉默时，提高嗓门对不对？对。

但是，从另一个方面看：为何各种报纸运用如此多的篇幅来报道这次请愿？新闻界（完全由国家操纵）本可以对整个事件不置一词，没有人会知道。它们说了，因为那是由国家的统治者一手安排的！在他们看来，这是天赐良机，为发动一个新的迫害高潮提供了借口。

那么，他该怎么做？签还是不签？

对这个问题也能以如下方式提出：是大声疾呼，加速自己的死亡好？还是缄口不言，以换取苟延残喘好？

这些问题是否只有一个答案？

他再次冒出那个我们已经知晓的念头：人只能活一回，我们无法验证决定的对错，因为，在任何情况下，我们只能做一个决定。上天不会赋予我们第二次、第三次、第四次生命以供比较不同的决定。

历史如同个人生命。捷克人仅有一部历史，它和托马斯的生命一样，将终结于某一天，无法上演第二回。

一六一八年，波希米亚贵族鼓起勇气，决定捍卫自己的宗教自由。出于对坐在维也纳御座上的皇帝的激愤，他们把皇帝的两个代表阁下从赫拉得兹城堡的窗户扔了出去。三十年战争由此而开始，它几乎令整个捷克民族毁灭。较之勇气，捷克人是否需要更多的谨慎？答案看似简单，却并不简单。

三百二十年过去了，到一九三八年，即慕尼黑会议之后，整个世界决定将捷克人的国家牺牲给希特勒。他们是否该奋起反抗，和数量是他们八倍的敌人孤身奋战？与一六一八年的所作所为相反，较之勇气，他们表现出更多的谨慎。他们的投降标志着第二次世界大战的开始，结果是彻底丧失了作为一个民族的自由，几十年甚至几百年。较之谨慎，他们是否更需要勇气？到底该怎么做？

假如捷克历史可以重演，每一回都尝试另一种可能性，比较不同的结果，这肯定是有益的。缺了这样的经验，所有的推测都只是假设的游戏。

Einmal ist keinmal. 一次不算数。一次就是从来没有。波希米亚的历史不会重演，欧洲的历史也不会重演。波希米亚和欧洲的历史是两张草图，出自命中注定无法拥有生死经验的人类之笔。历史和个人生命一样轻，不能承受地轻，轻若鸿毛，轻若飞扬的尘埃，轻若明日即将消失的东西。

托马斯再次以怀恋的心情想起驼背的高个子记者，几乎带着爱恋。此人在行动，仿佛历史不是一张草图，而是一幅完成的画。他在行动，仿佛他的所作所为可以无限重复，永恒轮回。他很笃定，从不怀疑自己的作为。他坚信自己是在理的，在他看来，那不是精神狭隘的表现，而是美德的标志。他生活在和托马斯不同的历史之中：活在不是一张草图（或者还未意识到是）的一部历史中。

16

过了不久，他又在思考，为进一步说明上一章的问题，我在此照录：假设在宇宙中存在着这样一个星球，在那里人第二次来到世上，同时还清清楚楚地记得以前在地球上的人生和在尘世间获得的所有经历。

也许还存在着另一个星球，在那里人可以第三次来到世上，带着前两次活过的人生经验。

也许还有许许多多其他的星球，在那里人类可以不断地重生，每一次重生都会提高一个层次（也就是多一次人生经验），日臻成熟。

这就是托马斯心目中的永恒轮回。

我们这些在地球（也就是一号星球，尚无前世经验的星球）上的人，对于其他星球上人类有可能发生的一切当然只能有个十分模糊的想法。人会更聪明一些吗？成熟之境对人来说是不是唾手可得呢？人能通过不断重生得此境界吗？

只有在这种乌托邦式的前景中，悲观和乐观的概念才具有一定意义：凡认为人类历史在五号星球上会变得不那么血腥的，为乐观主义者。凡不这样认为的，则为悲观主义者。

17

当托马斯还是个孩子的时候，他很喜欢儒勒·凡尔纳[1]的一本很有名的小说，叫作《两年假期》。的确，两年是假期的极限。而他都快擦了三年的玻璃了。

这几个星期里，他（有些难过，却也暗自好笑）感到开始有些体力不支（他每天都要投入到一场或两场性爱大战中去），还发现性欲丝毫没有丧失，只需发挥力量的极限，就可以占有女人。（我要说明的是：这和他的性能力毫无关系，而是指他的体力；在性方面他没有困难，只是喘不过气来，这也正是让他觉得有些滑稽的地方。）

一天，他想给下午安排一个幽会，但像有时会发生的那样，没有一个女朋友给他回电话，这个下午有可能要独自一人度过了。他对此深为失望。于是，他打了十来个电话给一个年轻姑娘，一个很迷人的学戏剧艺术的女大学生，南斯拉夫某处裸体海滩的日光浴，给她的皮肤镀上了引以为傲的褐色，颜色均匀得就好像她被串在铁扦上，在精密的机动烧烤装置上慢慢地旋转烤过。

每到一个商场干活，他都给她打一个电话，但纯属徒劳。快四点的时候，他刚干完了一圈活儿要回办公室交回签过的工单，忽然听到一个陌生女人在布拉格市中心的一条街上喊他。她朝他笑着说:“大夫，您都藏到哪里去了？我连您的影子都看不到了！”

托马斯竭力回想在哪儿跟她见过面。是他以前的一个病人吗？看她的样子，好像他们曾是很亲密的朋友。他支吾着跟她搭话，不让她看出他没有认出她来。可脑子里已经开始打主意，怎么才能说服她陪他到朋友的寓所去，房子的钥匙可一直都在他口袋里。突然，对方的一句话让他终于想起了这个女人是谁：就是那个有着出众的褐色皮肤、学戏剧艺术的女大学生，那个他找了一整天的女人。

这件不如意的事让他觉得有趣也让他害怕：他累了，不仅仅是身体上，也是精神上；两年的假期，不能再无限延长了。

① Jules Verne（1828—1905），法国幻想小说家。

18

没有手术台的假期也是没有特蕾莎的假期：他们整日都不见面，到了星期天总算在一起了，充满了性欲却彼此疏远，比如托马斯从苏黎世回来的那个晚上，他们像走了好长一段路才摸索着开始互相抚摸接吻。性爱带给他们快乐，却丝毫不能给他们带来安慰。特蕾莎不再像以前那样叫喊，高潮的时候，她脸部的扭曲仿佛在表达着她的痛苦和一种奇怪的失神。他们只有在晚上沉沉入睡的时候才温柔地融为一体。他们的手一直牵在一起，这时她忘记了把他们隔开的鸿沟（白日的阳光所构筑的鸿沟）。但这些夜晚既没有给托马斯保护关心她的时间，也没有给他保护关心她的方法。早晨，当他看到特蕾莎的时候，他的心常常一阵紧缩，为她而颤栗：她的脸上带着愁容和病态。

一个星期天，特蕾莎提出开车到乡下的一个地方去。他们到了一个温泉小城，发现那里的街道都改成了俄国的名字。在那里，他们碰到了托马斯以前的一个病人。这次碰面给了他很大震动。突然又有人像和医生谈话一样和他说话，一瞬间他觉得又回到了过去的生活，那很有规律，又给人慰藉，有规定的门诊时间，还有病人信任的眼神，这一点他以前好像没怎么注意过，但事实上给他带来了他所需要的满足感。

在回家的路上，托马斯一边开着车，一边不停地在想，他们从苏黎世回到布拉格是个灾难性的错误。他两眼目不转睛地直盯着路面，好不去看特蕾莎。他心里在埋怨她。在他看来，她来到他身边，纯属偶然，不能承受。为什么她会在他旁边？是谁把她放在篮子里让她顺流而下的？为什么她会停在托马斯的床榻之岸？为什么是她而不是别人？

他们就这样开着车，一路上，谁也没有开口。

一到家，他们又在沉默中吃了晚饭。

沉默如不幸一般横在他们中间，一分钟一分钟地在加重。为了摆脱尴尬，他们很快就上床睡觉了。夜里，他把特蕾莎从啜泣声中叫醒。

她对他说："我被活埋了，埋了很长时间了。你每个星期来看我一次。你敲一敲墓穴，我就出来。我满眼都是土。

"你说：'你什么也看不见'，然后你就帮我擦掉眼里的土。

"我回答你说：'不管怎么样，我都看不见了。我的眼睛变成了两个洞。'

"然后你就离开了，很久，我知道你和另一个女人在一起。很多个星期过去了，你一直都没有回来。我一点都睡不着，因为我害怕错过你回来的时候。一天，你终于回来了，你敲了敲墓穴，可是我等了整整一个月，都没有睡觉，筋疲力尽，连爬出来的力气都快没有了。当我终于爬出地面。你一副很失望的样子。你说我的脸色很不好。我知道我让你扫兴，我的两颊凹陷，动作又生硬又不连贯。

“为了请求你的原谅，我对你说：‘原谅我吧，我这段时间一直都没睡觉。’

“你用一种让人宽心的声音说：‘瞧，你应该休息。你应该休一个月的假。’但听起来却不那么真实。

“我知道你说到假期意味着什么！我知道你想要整整一个月不见我，因为你要和别的女人在一起。你走了，我又掉进坟墓的底层，我知道为了不要错过你，我还是会一个月不睡，一个月后你回来的时候，我会变得更丑，你会更加地失望。”

他再没有听过比这更令人心碎的话了。他把特蕾莎紧紧地拥在怀里，感到她的身体在颤抖，他觉得自己再没有力量来承担对她的爱了。

地球可能因炸弹的爆炸而晃动，祖国每天都可能被新的入侵者洗劫，小区的居民都可能被一个个给行刑队带走。要他承受这一切，也许还更容易，只是他自己不敢承认罢了。但仅仅是特蕾莎的一个梦所带来的悲哀，他就已经难以忍受了。

他回到了她刚才向他讲述的梦境里去。他看到自己在她的面前：他抚摸着她的面颊，小心翼翼的，她几乎都没有觉察到，他为她拂去眼眶里的泥土。然后他听到她说出这句最让人心碎的话："不管怎么样，我都看不见了。我的眼睛变成了两个洞。"

他的心一阵紧缩；他觉得自己简直要心肌梗死了。

特蕾莎又睡着了，可他却难以入眠。他想象着她已经死了。她死了，在做着可怕的梦，可因为她死了，他不能把她叫醒。是的，这就是死亡：特蕾莎睡着了，她做着残酷的梦，他却不能叫醒她。

19

自俄军占领托马斯的国家五年来，布拉格发生了很大的变化：托马斯在街上遇到的再也不是原来的那些人了。他一半的朋友都移民走了，留下的人当中也有一半都死了。这个事实是任何一个历史学家都不会记录下来的：俄军占领后的几年是葬礼的年代，死亡从未如此频繁过。我不仅仅是指像扬·普罗恰兹卡那样被追逼而死的人(这种情况的总数是很少的)。广播每天都在播放扬·普罗恰兹卡的私人谈话录音，十五天后他就住了院。在他身体里无疑已小心潜伏了一段时间的癌细胞，像玫瑰开放一样地扩散了开来。手术在警方的监视下进行，当他们确认这个小说家已经没救了，也就对他失去了兴趣，让他死在了妻子的怀里。但死亡也降临到了那些没有直接受到迫害的人身上。绝望攫住了整个国家，控制并压垮了一个个肉体，一直渗透到了灵魂。一些人拼命地在逃避当权者的宠幸，当权者想以荣誉困住他们，强迫他们在公开场合露面，不离新当权者的左右。诗人弗朗齐歇克·赫鲁宾就是这样，为了逃避党的关爱而死的。他竭尽全力一直在躲避的文化部部长，还是在他的棺材里抓住了他。他在墓地上发表了关于诗人如何热爱苏联的一番演讲。也许他这样大放厥词是为了唤醒诗人。然而世界是如此丑陋，没有人会愿意起死回生。

托马斯到火化馆去参加一个被逐出大学和科学院的著名生物学家的葬礼。为了防止葬礼变成集会，讣告上禁止写明时间。直到最后一分钟，亲属才被告知死者将在早晨六点半火化。

进入火化馆，托马斯简直不能理解所看到的事情：大厅被照得好像电影拍摄场一样。他惊奇地看了看周围，发现大厅的三个角都装上了摄像机。不，这不是电视台在录像，而是警方在拍葬礼的情况，以确认参加葬礼的都是什么人。过世的学者的一个老同事，现在还是科学院的院士，斗胆在棺木前讲了几句话。但他万万没有想到，他就这样成了电影明星。

仪式结束后，大家与死者家属一一握手，托马斯看到在大厅的一角有一小队人，其中他认出了那个体形高大的驼背记者。这些人个个无所畏惧，当然，他们之间被一种伟大的友情相互维系着，对他们，他不禁又感到了一股思念之情。他走近那个记者，对他微微一笑，想向他问个好，可是这个高大的驼背男人对他说："小心，大夫，最好不要靠过来。"

这句话很奇怪。他可以从中体会到这是个真诚而友善的警告（"当心，都被拍下来了，要是您跟我们说话，肯定会受到又一次审讯。"）。但还有一层讽刺的意味是不能抹去的（"您没有勇气在请愿书上签名，理智点吧，不要和我们沾上边！"）。不管是什么样的解释，托马斯都认，于是悄悄走开了。他感觉像是在火车站台上遇到了一个陌生的美人，她正要登上一辆快车的卧铺车厢，当他想要对她表达爱慕之情的时候，那个美人伸出一个手指，放在嘴唇上，不让他说话。

20

下午，他又有一次有趣的相遇。他正在擦一个鞋店的橱窗玻璃，一个还算年轻的人在他两步远的地方停了下来。这个男人侧下身子去看橱窗里的价格标签。

“全都涨价。”托马斯说，手里仍然拿海绵擦着滴水的玻璃。

这个男人转过头来。原来是托马斯在医院的一个同事，我称之为S，一想到托马斯曾写过自我批评，他就感到气愤，但却始终带着微笑。碰到他让托马斯很高兴（不期而遇的事情给我们带来的是天真的快乐），但他在他同事的眼神中抓住了（在第一秒的时候，这时S还没来得及控制自己的反应）一种不舒服的惊诧表情。

“最近怎么样？”S问道。

还没有想好怎样回答，托马斯就意识到S对自己的提问很难为情。一个仍在从事原来职业的医生却去问一个如今在擦玻璃的医生“最近怎么样”，这显然是愚蠢的。

“好得不能再好了。”托马斯用世上最开心的语气回答说，以减轻S的尴尬，但他马上意识到虽然他这样说（恰是因为他强作轻松），可这句“好得不能再好了”，却可能被解释为一种苦涩的讽刺。

因此，他又马上补了一句："医院里有什么新鲜事吗？"

"什么也没有，一切正常。"S回答说。

即使这个尽量想做到完全中性的回答，也极不恰当。每个人都知道，也都知道别人也知道：当两个医生中的一个去擦玻璃了，一切又怎么可能正常呢？

"主任怎么样了？"托马斯询问道。

"你没有看到他吗？"S问道。

"没。"托马斯说。

这是真的。自从他离开医院以后，他再也没有见过主任，尽管他们以前曾是优秀的合作伙伴，几乎都把对方当作朋友看待。不管他怎么说，刚才他那个"没"字都有着几许悲哀。托马斯猜想S一定怪他不该提这个问题，因为S自己就像主任一样，从未打探过托马斯的消息，关心他需要些什么。

这两个旧同事之间的谈话变得无法进行下去，即使这两个人，尤其是托马斯，对此感到很懊恼。他并没有因为他的同事们忘记了他而心存怨恨。他原本很想马上向这位年轻的医生解释清楚。他想对他说："不要一副尴尬的样子。你们没有设法和我联系，这很正常，完全在理！不要把这放在心上！我很高兴见到你！"但即使是这些话，他也不敢说出来，因为到此为止，他说的话没有一句反映了他本来的意思，如果他说出来了，他的老同事也可能怀疑这句原本真诚的话后面隐藏着讥讽。

“不好意思，”S终于开口了，“我有急事，”他向托马斯伸出手，“我会给你打电话的。”

以前，他的同事因猜想他是个懦夫而瞧不起他，那时，一个个反倒对着他微笑。如今他们不能再瞧不起他，他们甚至不得不尊敬他，可一个个却躲着他。

他以前的病人也不再请他一起畅饮香槟酒了。失去地位的知识分子的境况无一例外，情况永远都是这样，让人看了不舒服。

21

他回到家，上床睡觉，比平常睡着得要快。大约过了一个小时，他因为一阵胃疼醒了。这是他的老毛病，在心情抑郁的时候就会发作。他打开药柜找药，骂了一句。药没了。他忘买了。他想靠自己的意志来止住疼痛，多少也有点效，但他还是不能入睡。快凌晨一点半的时候，特蕾莎回来了，他想和她聊聊天。他和她讲了葬礼的事，记者不让他说话的事，还有他碰到了同事S。

“布拉格变得很丑陋。”特蕾莎说。

“确实如此。”托马斯说。

过了一小会儿，特蕾莎压低声音说：“最好的办法是离开这里。”

“没错，”托马斯说，“可我们哪儿也去不了。”

他坐在床上，穿着睡衣，她过来坐在他身边，一只膀子围住了他。

“去乡下吧。”特蕾莎说。

“去乡下？”托马斯有些吃惊。

“在那儿，就我们俩。你既碰不到记者，也碰不到老同事。那里，有别样的人，还有保持着原样的大自然。”

这时，托马斯又感到胃里一阵隐隐的疼痛。他感到自己老了，觉得除了一点清净和安宁之外，别无所求。

“也许你说得对。”他说话有些费力，每当胃疼发作，呼吸都很困难。

特蕾莎接着说:“我们会有一个简陋的小屋和一小块花园，卡列宁一定会开心死的。”

“对。”托马斯说。

他试着想象将要发生的事，想象他们会不会真的到乡下去生活。在村子里，很难每周就找到一个新的女人。这将是他艳史的终结。

“只不过，在乡下你一个人和我在一起会感到厌烦的。”特蕾莎猜测着他的想法，说道。

疼痛加剧了。他说不出话来。他想他对女人的追逐也是一种“es muss sein”，一种使他沦为奴隶的势所必然。他想要休假，摆脱一切的势所必然，摆脱所有的“es muss sein”。然而，如果他可以永远告别医院手术台，他为什么就不能告别这个世界的手术台呢？在这个世界里，他用想象的解剖刀打开女性之“我”的宝囊，去探求那百万分之一的虚幻的不同。

“你胃疼？”特蕾莎最终发现了。

他点点头。

“你打针了吗？”

他摇摇头：“我忘了买药。”

她怪他太粗心，抚摸着他满是汗的额头。

“好一些了。”他说。

“躺下。”她说着给他盖好了被子。她去了浴室，过了一会儿回来躺在他旁边。

他从枕头上把脑袋转向特蕾莎，他惊讶极了：特蕾莎眼里流出一股让人不可承受的悲哀神色。

他说：“特蕾莎，你听着！你怎么了？你这阵子很奇怪。我感觉得到。我看得出来。”

她摇了摇头：“没什么，什么都没有。”

“不要否认！”

“和以前一样。”她说。

“和以前一样”，这意思是说她一直在嫉妒，而他一直都不忠实。

但托马斯追问道：“不，特蕾莎。这次不一样。我从没看见你这样过。”

特蕾莎回了一句：“好吧！既然你想让我告诉你，那么去把你的头洗干净！”

他不明白。

她带着悲哀，却没有攻击的意思，几乎是温柔地说：“好几个月来你头发的味道特别重，是一种难闻的下体味。我本不想跟你说的。我真不知道你的一个情妇的下体味让我闻了多少个夜晚。”

听到这番话，他又开始胃痉挛了。这真令人绝望。他洗得那么仔细！为了不留下一丝陌生女人味道的痕迹，他细心地擦遍了手、脸和整个身体。在别的女人的浴室里，他从不用她们的香皂。他总带着他自己的马赛香皂。可他却忘了头发。不，头发，他从未想到过！

他记起了那个骑在他脸上，要他用脸和头顶跟她做爱的女人。此刻，他是多么厌恶那个女人！多蠢的主意！他知道没有办法否认，能做的只有傻笑，然后去浴室洗头。

她又开始抚摸他的前额。“躺在床上别动。不碍事了。我现在已经习惯了。”

他的胃疼了起来，他渴望的，仅仅是平静和安宁。

他说：“我马上给我们在温泉小城碰到的以前的那个病人写信。你知道他那个村子在什么地区？”

“不知道。”特蕾莎回答。

托马斯说话非常吃力。好不容易挤出了几个字：“森林……山丘……”

“对，是这样的。让我们离开这里吧。不过现在不要谈了。”她一直抚摸着他的前额。他们就这样靠在一起躺着，什么也没有再说。疼痛慢慢退去。不一会儿，他们两人都睡着了。

22

他半夜醒来，惊奇地发现自己做了好几个春梦。他只能清楚地记得最后一个梦了：一个身材高大的女人赤身裸体在游泳池里游泳，比他足足高大五倍。她的小腹上长满了厚密的毛，从腿间一直到肚脐。他在岸边观察着她，非常兴奋。

他因胃痉挛而虚弱的身体怎么会兴奋起来呢？他怎么会因为看到这样一个女人就兴奋呢？如果他醒着，这个女人只会叫他倒胃口。

他心里想：大脑的时钟结构应该有两个转向相反的齿轮。一个负责视觉，另一个负责身体反映。一个齿轮上刻着裸体女人的影像，卡在相反的那个齿轮上，而这个齿轮上记录着勃起的命令。如果一个齿轮因为这样或那样的原因跳了一个槽口，让负责兴奋的那个齿和记着正在飞翔的燕子的影像的齿发生了关系，这样在看到燕子的时候，阴茎就会勃起。

另外，他对睡眠这门学科也有所了解，他的一个同事是这方面的专家，这个同事证实说，一个男人在做梦时，总是处于勃起状态，不管做的是怎样的梦。勃起和裸体女人的联系只不过是造物主在千万种可能性中选择的一种调节方式，以校正人的大脑的时钟结构。

所有这一切与爱情有什么共同点吗？没有。如果托马斯脑子里的一个齿轮跳了一个槽口，如果他只会在看到燕子的时候兴奋，那么这就一点都没有改变他对特蕾莎的爱情。

如果兴奋是造物主用以取乐的一种机制，相反，爱情则是只属于我们的，我们凭借着它逃脱造物主的控制。爱情，就是我们的自由。爱情超越了“es muss sein”。

但也不是这样，这也不全是真的。即使爱情不是产生性欲的时钟结构，不是造物主想象的用来消遣的东西，它仍然和它们两者有着联系，正如巨钟的钟摆上坐着个赤身裸体的娇嫩的女人。

托马斯想：把爱和性联系在一起，这真是造物主一个奇怪极了的主意。

他又想：把爱情从愚蠢的性欲中解救出来的唯一方法，应该是用另一种方式来调节我们大脑里的时钟，让我们在看到燕子的时候兴奋。

带着这一美妙的想法，他昏昏入睡。在入睡的边缘，在因模糊的视觉而变得魔幻的空间里，他突然肯定自己刚刚揭开了所有的谜底，发现了奥秘所在，找到了新的乌托邦，找到了天堂：一个人们在看到燕子时才会勃起的世界，在那里他可以爱着特蕾莎而不被性欲的愚蠢冲动所纠缠。

他又睡着了。

23

他置身于一群半裸的女人中间，她们围着他旋转，他感到很疲倦。为了躲开她们，他打开了通向隔壁房间的门。他看到面前有一个年轻姑娘躺在长沙发上。她也是半裸着，只穿了条三角裤；她侧躺着，上身由臂肘撑着。她微笑着看着他，就好像知道他会来。

他走过去。一种巨大的幸福感在他身上蔓延开来，因为他终于找到了她，他终于可以和她在一起了。他在她旁边坐下，和她说了些话，她也和他说了些话。她的身上透出一种娴静。她手部的动作舒缓柔软。他一生都在渴望这样恬静的姿势。他一生都在寻找的，就是这份女性的娴静。

但就在这时，他从熟睡中滑落到半清醒的状态。他进入了这个*no man's land*①，睡不着却仍没清醒过来。他绝望地发现这个女人消失了，心里想：天哪！我不能失去她！他竭尽全力去回想是在何处碰到她的，和她一起经历过什么。既然这么熟悉，怎么会想不起来呢？他暗暗决定，一定要在第一时间给她打电话。但他马上颤抖了起来，他不能给她打电话，因为他想不起她的名字了。

他怎么会把一个他如此熟悉的人的名字给忘了呢？紧接着，他差不多全醒了过来，睁开了双眼，心里想：我在哪儿？对了，我在布拉格，这个女人是布拉格的吗？难道不是我在别的地方遇到的？也许是在瑞士认识她的？过了一段时间，他才明白他并不认识这个女人，她既不是苏黎世的也不是布拉格的，她只在梦中，而不在任何别的地方。

他迷惑不解，起身坐到了床边。特蕾莎在他身旁深深地呼吸着。他想，梦中的那个年轻女人不像他生活里认识的任何一个女人。这个年轻女人对他来说是那么熟悉，但实际上却完全不认识。但她正是他一直所渴望的。如果有一天他找到了他个人的天堂，假设这个天堂存在的话，他要和这个女人一起在那儿生活。他梦中的那个年轻女人，是他爱情的“es muss sein”。

他想起了柏拉图《会饮篇》中那个著名传说：以前人类是两性同体的，上帝把他们分成了两半，从那时起，这两半就开始在世界上游荡，相互寻找。爱情，是对我们自己失去的另一半的渴望。

假定事情是这样的，我们每个人在世界的某个地方都有着另一半，以前它和我们组成的是同一个身体。托马斯的另一半，就是他梦见的那个年轻女人。但没有人会找到自己的另一半。代替

① 英文，无人之境。

这一半的，是别人放在篮子里，顺流漂送给他的特蕾莎。可如果以后他真遇到了命中注定的那个女人，遇到了他自己的另一半呢？他会选谁呢？是在篮子里捡到的女人，还是柏拉图传说中的女人呢？

他想象着他和梦中的女人生活在一个理想世界。特蕾莎在他们别墅打开的窗子下路过。她孤独一人，停在人行道上，远远地，向他投去无限悲哀的目光。而他，则不能承受这样的目光。又一次，他在自己的内心感到了特蕾莎的痛苦！又一次，他成了同情的俘虏，堕入了特蕾莎的灵魂。他从窗口跳下去。但特蕾莎苦涩地对他说，他只需待在他觉得幸福的地方，她的一举一动又生硬又不连贯，总是让他讨厌，总让他扫兴。他一把抓住她紧张的双手，紧紧地握在他的手里，让它们平静下来。他知道自己已经准备随时离开他幸福的家，准备随时离开与他梦中的年轻姑娘一起生活的天堂，他要背叛爱情的“es muss sein”跟着特蕾莎，跟着这个缘于六次滑稽的偶然的女人走。

坐在床上，他看着睡在他身旁的这个女人，她在睡梦中还紧握着他的手。他感到对她怀有一种难以表达的爱。这时候，她可能睡得很浅，因为她睁开眼睛，目光落到了他身上，一脸惊恐。

“你在看什么？”她问。

他知道不应该把她惊醒，而应该引她继续睡。他试图跟她说一些中听的话，以使她脑子里闪现出新的梦境。

“我在看星星。”他说。

“别骗人，你没在看星星，你在看地下。”

“因为我们在飞机上，星星在我们下面。”

“哦，对。”特蕾莎说。她把托马斯的手抓得更紧了，又睡着了。托马斯知道，此时，特蕾莎正在一架飞得高高的、飞在星星上面的飞机里，透过舷窗往外看。

第六部

伟大的进军

1

直至一九八〇年，登在《星期日泰晤士报》上的一篇文章，才将斯大林儿子雅科夫的死因公诸于众。第二次世界大战期间，雅科夫被德军俘获，与一些英国军官被关押在同一战俘营。营内是公用厕所。斯大林儿子总把厕所弄得脏乱不堪，英国人不喜欢厕所里粪便横流，哪怕是当时世界上最强权人物的儿子的粪便也不行。于是他们责备雅科夫，雅科夫面有愠色；后来，他们又不断告诫雅科夫，逼他将厕所打扫干净，雅科夫勃然大怒，与对方争吵并动起手来。最终，雅科夫要求见战俘营长官，请他裁决自己跟英国人的冲突。可德国军官认为谈论粪便太有损自己的尊严，对此未加理会。斯大林儿子不堪侮辱，用粗俗的俄语仰天怒骂，旋即扑向战俘营周围带高压电的铁丝网。雅科夫的躯体悬挂在铁丝网上，从此，他永远不会再弄脏英国人的厕所了。

2

斯大林儿子的生活并不容易。他父亲与一个女人生下他，种种迹象表明，后来他父亲又把这个女人枪杀了。所以一方面小斯大林是上帝之子（因其父被尊奉为上帝），另一方面，又被上帝打入地狱。周围的人都双重地惧怕他：一是他可以用手中的权力伤害他们（他毕竟是斯大林的儿子），二是可能恰恰是因与他的友谊（而成为斯大林责难儿子的替罪羊）。

被打入地狱与享有特权，幸福与苦难，任何人都不会像雅科夫体会得如此真切：截然相反的事物竟然能互相转换，人类生存的两个极端状态之间的距离竟如此狭小。

战争初期，雅科夫被德军俘虏。他对某国人难以理解的谨小慎微一直有着出于本能的反感，可他恰恰却与这个国家的俘虏关押在一起，而这些人竟然骂他肮脏。他双肩承载的，是人们所能想象的最为高级的戏剧（他既是上帝之子又是堕落天使），他怎能容忍自己因粪便，而非因高贵的（与上帝、天使相关的）事情而遭人责难呢？最高雅的戏剧与最粗俗的遭遇竟如此令人头晕目眩地接近吗？

令人头晕目眩地接近？是过于接近而使人头晕目眩吗？

是的，当北极靠近南极，当两极几乎相触及时，地球就会消失，人类就会跌入真空，令人晕头转向，经不住堕落的诱惑而倒下。

如果打入地狱与享有特权是唯一且同一的，如果高贵和粗俗之间没有丝毫区分，如果上帝之子可以因粪便而遭人指责，那么人类存在就会失去其整个维度，成为不能承受之轻。于是，斯大林之子扑向带电的铁丝网，好像把自己的身体扔到天平上，被失去维度的世界的无限之轻所举起，可怜巴巴地向上飘去。

斯大林之子因粪便而献出了自己的生命，但是为粪便而死并不是一种毫无意义的死。德国人不惜牺牲生命向东方拼命扩张帝国的领土，俄国人则为向西方扩张自己的势力范围而丧生，是的，这些人为愚蠢的事情而死，他们的死才毫无意义，才没有任何价值。相反，斯大林儿子之死是在战争的普遍愚蠢之中唯一的具有形而上学意义的死。

3

孩提时代，我常翻阅儿童版《旧约》。上面的插图是古斯塔夫·多雷[①]的版画。在书里，我看见上帝高居云端。那是一位长着两只眼睛、一只鼻子还拖着长长的白胡子的老人。我常想，既然长着一张嘴，那么他也应该吃东西。既然吃东西，那么他也必然会有肠子。可我马上又被自己的想法吓坏了，因为我虽说出身于一个可以说不信神的家庭，但琢磨上帝是否有肠子岂不是亵渎神明。

小时候没有受过任何神学的启蒙教育，但那时我已本能地懂得粪便和上帝之间不可能掺和在一起，所以，基督教人类学关于人类是按照上帝的形象创造的这一基本理论是脆弱不可信的。要是人是按照上帝的形象创造的，那么上帝就有肠子；要是上帝没有肠子，人就不像上帝。这两种说法只有一种是成立的。

古老的诺斯替教派信徒和五岁时的我都清楚地感觉到这一点。二世纪，诺斯替派大师瓦朗坦为了断这该死的问题，断言基督“吃，喝，就是不排泄”。

粪便是比罪恶还尖锐的一个神学问题。上帝给人类以自由，因此可以断言上帝不该对人类的种种罪行负有责任。但是粪便的责任，得由人类的创造者独自来完全承担。

① Gustave Doré(1832—1883)，法国文学插图画家。

4

四世纪时，圣哲罗姆[①]断然否定亚当和夏娃会在伊甸园做爱。九世纪著名的神学家约翰·司各特·埃里金纳[②]却提出截然相反的观点。他认为，亚当可以像常人伸出胳膊和大腿一样，能随时地、如意地让阴茎勃起。千万不要通过这个观点来追寻备受无能折磨的人类那永恒的梦想。司各特·埃里金纳的观点有着另一种意义。如果阴茎能根据大脑的一个简单的指令而勃起，那么阴茎的勃起就可以无须经过兴奋这一过程。阴茎并不是因兴奋而勃起，而是按照指令而勃起的。伟大的神学家认为与伊甸园不相容的并不是性交和性交快感，而是兴奋。谨记，伊甸园里存在快感却无兴奋。

我们可以借助司各特·埃里金纳的推断，从神学的角度（换言之，即神正论）为粪便辩护。只要允许人居住在伊甸园里，按照瓦朗坦的理论，上帝也一样，那么，人要么根本就不排泄，要么粪便并不被视为令人作呕之物，这一说法看来比较可信。上帝把人类驱逐出伊甸园时也把人类的肮脏本性和厌恶暴露出来。人开始隐藏会令其耻辱的东西。而一旦揭开面罩，人即被强烈的光芒照得头昏眼花。就这样，人在发现肮脏之后，很快就发现了兴奋。没有（本义的及引申意义上的）粪便，性爱就非我们所理解的那样：伴随着心脏的剧烈跳动和意识的迷失。

在这本小说的第三部，我谈到萨比娜半裸着身子、头戴圆顶礼帽站在衣冠楚楚的托马斯身旁。但是我隐瞒了一件事。当他们在镜中互相注视时，萨比娜因此境的滑稽可笑而兴奋，她想象托马斯会让她头戴着圆顶礼帽，坐到厕所抽水马桶上，当着托马斯的面排泄。她的心开始像打鼓似的怦怦直跳，意识逐渐模糊，突然她将托马斯扑倒在地毯上；片刻后，传来她快乐的嚎叫声。

---

① Saint Jerome (Eusebius Hieronymus，约347—420)，早期教会教父，重要的圣经研究 者。

② Jean Scot Erigene(810—877)，爱尔兰哲学家和神学 家。

5

对上帝造物还是宇宙原本是自然形成的争论，所涉及的问题超出了我们的理解力和经验所及。不过怀疑生命是否如初（至于是谁，是如何给予人类生命的都无关紧要）以及完全赞同生命原本如此之争，却极有其实际意义。

在欧洲人的各种信仰背后，无论是宗教信仰还是政治信仰，都有《创世记》第一章为基础。其中讲的是世界的创造是必然的，生命是美好的，所以生育也是一件美好的事情，我们把这种基本的信仰称为对生命的绝对认同。

如果说在当今的图书中，粪便一词被虚线所取代，那并不是出于道德方面的考虑，总不至于说粪便是不道德的吧！对粪便的避讳是形而上学的。排便的那一刻，是创世说无法接受之特性的日常证明。两者必居其一：要么粪便是可以接受的（那就不要把自己关在卫生间里！），要么创造我们人类的方式是无法接受的。

因此，对生命的绝对认同，把粪便被否定、每个人都视粪便为不存在的世界称为美学的理想，这一美学理想被称之为*kitsch*。

kitsch是个德语词，产生于伤感的十九世纪中期，随后传到各种语言中。但是该词的频繁使用已经抹去了它原来的形而上学的价值，也就是说：就其根本而言，媚俗是对粪便的绝对否定；无论是从字面意义还是引申意义讲，媚俗是把人类生存中根本不予接受的一切都排除在视野之外。

6

萨比娜内心对共产主义的最初反叛不是伦理性的，而是美学性的。令她反感的，远不是世界的丑陋（城堡被改造成马厩），而是这个世界所戴的漂亮面具，换句话说，也就是媚俗。五一节，就是这种媚俗的典型。

她见过五一节的游行队伍，那个时代，人们表现都还很积极或尽可能有积极的表现。女人们穿着红、白或蓝色的衬衫，从阳台和窗户望去，她们组成了形形色色的图案，有五角星、心形、字母等。在各个游行小方队前，一支支小型乐队敲击着行进的节奏。游行队伍走近主席台的那一刻，即使是最愁苦的人都马上露出灿烂的笑容，好像要证明那是他们应有的喜悦，或者更确切地说，是要表达他们应有的赞同。这并非是一种简单的对共产主义的政治认同，而是对生命应有的认同。五一节汲取的是对生命的绝对认同这一深深的源泉，游行队伍中人们发出的心照不宣的口号，并不是“共产党万岁”而是“生命万岁”。共产党政治之所以有力量，有计谋，就在于夺取了这个口号。恰恰是这一愚蠢的同义反复（“生命万岁”）驱动了游行队伍中对共产主义思想仍旧完全无动于衷的人们。

7

十来年以后（萨比娜已生活在美国），她的朋友中有一个是美国参议员，一次，这个参议员带她乘着一辆宽敞的汽车兜风，四个男孩子挤坐在车后座上。参议员把车一停，孩子们马上跳下车，踏过大草坪，朝体育场跑去，因为那儿有一个人工溜冰场。参议员仍然手握方向盘，以一种做梦似的神态看着正在奔跑的四个小小的身影；他转头对萨比娜说："看看他们！"他手一挥，画了一个圈，圈进了体育场、草坪和孩子们，一边说："我说这就是幸福。"

这几个字，并不仅仅是参议员面对奔跑的孩子和生长的青草而发出的快乐的感慨，同时也是对一个来自共产主义国家的女人所表示的理解，因为参议员认定，在她的国家里草不长，孩子们也不奔跑。

但在这一刻，萨比娜仿佛看到参议员站在布拉格一个广场的主席台上。他脸上挂着微笑，与共产党国家领导人站在高高的主席台上对脚下游行队伍中同样微笑着的民众发出的微笑一模一样。

8

这位参议员怎么能知道孩子就意味幸福呢？他能读懂孩子们的灵魂深处吗？要是刚一摆脱他的视线，那三个孩子便扑向另一个孩子，动手揍他呢，该如何解释呢？

参议员做出这样的结论只有一个依据，那就是他自己的感觉。当心灵在说话，理智出来高声反对，是不恰当的。在媚俗的王国，实施的是心灵的专制。

显然，由媚俗而激起的情感必须能让最大多数人来分享。因此，媚俗与出格无涉，它召唤的，是靠深深印在人们头脑中的关键形象：薄情的女孩、遭遗弃的父亲、草坪上奔跑的孩子、遭背叛的祖国、初恋的回忆等等。

媚俗让人接连产生两滴感动的泪滴，第一滴眼泪说：瞧这草坪上奔跑的孩子们，真美啊！

第二滴眼泪说：看到孩子们在草坪上奔跑，跟全人类一起被感动，真美啊！

只有第二滴眼泪才使媚俗成其为媚俗。

人类的博爱都只能是建立在媚俗的基础之上。

9

没有人比政治家更深谙这一点。只要附近有一架照相机，一见到孩子，他们就会跑过去把他抱在怀中，亲他的脸蛋儿。媚俗，就是所有政治家，所有政治运动的美学理想。

在一个多种流派并存、多种势力互相抵消、互相制约的社会里，多少还可以摆脱媚俗的专横；个人可以维护自己的个性，艺术家可以创造出不同凡响的作品。但是在某个政治运动独霸整个权力的地方，人们便一下置身于*极权*的媚俗之王国。

我说"极权"，那是因为有损于媚俗的一切，必被清除出生活：任何个人主义的表现（因为任何的不协调，就是啐在笑吟吟的、博爱之脸面上的一口痰）、任何怀疑（因为一个人往往从怀疑一个最小的细节开始，最终会怀疑生活本身）、任何嘲讽（因为在媚俗之王国，一切都要严肃对待），甚至是抛弃家庭的母亲，爱男人胜于爱女人的男人，都是有损媚俗的行为，因为这就威胁着那句神圣不可侵犯的口号："多生多育。"

从这一观点来看，所谓的古拉格，可以被视为极权的媚俗乱倒垃圾的化粪坑。

10

第二次世界大战后的头十年，是最可怕的斯大林恐怖时期。特蕾莎的父亲就是在这个时期为一点小事而被捕的，年仅十岁的特蕾莎被赶出家门。萨比娜时年二十，在美术学院学习。讲授马克思主义课的老师对她和同学们就社会主义艺术的前提作了一番解释：苏联社会已相当发达，社会的基本冲突已不是善与恶的冲突，而是善与最善的冲突。粪便（也就是说根本不能接受的东西）只能在“另一边”（比方说美国）存在，鉴于此，只有从外部，只有像某种异体（比方说像间谍），粪便才能渗透进这个只有“善与最善”的世界。

的确，在那个可怕的年代里，苏联的电影充斥了共产主义国家的各大影院，这些影片里处处表现出令人难以置信的纯朴。两个俄罗斯人之间所能产生的最严重的冲突，不过是爱情的误会：他想象她已不再爱他，她也想他不爱她了。末了，他们相互拥抱，幸福的泪水夺眶而出。

对这些影片的习惯解释如今是这样的：他们在描绘一种共产主义理想，而当时，共产主义的现实要远远灰暗得多。

这种阐释令萨比娜很反感，一想到苏联的媚俗世界会成为现实，而她又不得不生活其中，让她直起鸡皮疙瘩。她宁愿生活在现实的制度下，哪怕有种种迫害，哪怕要在肉店门口排长队。在现实的世界里，是可以生存的。理想世界一旦实现，在那个到处是愚蠢的笑脸的世界里，她恐怕连一句话都说不出口，过不了一周，她就会因恐惧而死。

在我看来，苏联的媚俗在萨比娜心中激起的情绪很像特蕾莎在梦中感觉到的恐惧，在梦中，特蕾莎看见自己跟一群赤身裸体的女人围着游泳池在走，被迫唱着欢快的歌曲。水面上漂浮着一具具尸体。特蕾莎不能同任何一个女人讲一句话或提一个问题，如果能，那么她所能听到的答复，只是歌曲的下一段；她不能朝任何一个女人偷偷地看一眼，否则其他的女人会立即向那个站在游泳池上方篮子里的男人揭发她，让他开枪毙了她。

特蕾莎的梦揭露了媚俗的真正作用：媚俗是遮盖死亡的一道屏风。

11

在极权的媚俗之王国，总是先有答案并排除一切新问题。所以极权的媚俗的真正对手就是爱发问的人。问题就像裁开装饰画布的刀让人看到隐藏其后的东西。萨比娜就是这样向特蕾莎解释那些油画的意义的：前面是明明白白的谎言，后面则隐现出让人无法理解的真相。

只是，那些反对所谓的极权体制的人几乎不能用疑问与怀疑作为斗争的武器，因为他们也要拥有一份坚信和简单化的真理来得到最大多数人的理解并感化他们的整个集体。

一天，某一政治运动在德国举办了萨比娜油画展。萨比娜拿过目录，只见她的照片上被画上了铁丝网状物。翻开展览目录，是她的履历，就像是烈士与圣人的小传，美化过分：她经历过苦难，与不公抗争，最后不得不放弃苦难重重的祖国，但继续斗争。最后一句写道："她用自己的画为自由而战。"

她提出抗议，但谁也不理解她。

怎么，共产主义迫害现代艺术难道不是事实吗？

她愤怒地回答道："我的敌人，并不是共产主义，而是媚俗！"

在这之后，她给自己的生平蒙上了神秘的色彩。后来，等她到了美国，她想方设法，几乎不让人再知道她是捷克人。人们总想以自己的生活制造媚俗，要摆脱它，得付出多少艰辛，令人绝望。

12

她站在画架前，画架上的画还没完成。一位老者坐在她身后的椅子上，注视着她所画出的每一笔。

随后，他看了一眼手表，说："我想该吃饭了。"

她放下调色板，到洗手间稍微梳洗一下。老人站起身来，弯腰拿起靠在桌子旁的手杖。画室的门正对着一个草坪。夜幕降临了，画室对面二十米处是幢白色的木房，一楼的窗子里亮着灯光。萨比娜看到夕阳中亮闪闪的那两扇窗子，不禁心生感动。

她说过，媚俗是自己一生的敌人，但是在她的内心深处难道就不媚俗吗？她的媚俗，就是看到宁静、温馨、和谐的家，家中母亲慈祥温柔，父亲充满智慧。父母去世后，她头脑中就生发了这一形象。由于她的生活经历与这一美丽的梦想相去甚远，于是对这一形象的魅力倍加敏感。每当在电视中，在感伤的影片中，看到薄情的少女紧紧地搂着遭遗弃的父亲，看到暮色苍茫中幸福人家的闪亮的窗户时，她不止一次地感到双眼被泪水打湿。

她在纽约结识了这位老者。他富有，喜欢画，与同龄的妻子生活在一间乡间别墅。别墅的对面是一个旧马棚。他把它改成画室，邀请萨比娜来作画。此后，他整天待在画室看萨比娜一笔笔地作画。

此刻，三人正在一起用晚餐，老妇人称萨比娜为“我可爱的女儿”，但从表面看来，情况却恰恰相反：萨比娜坐在那里好似一个在与膝上两个孩子玩耍的母亲，他们崇拜她，只要她想要什么，他们时刻准备听从她的吩咐。

在步入老龄之际，她难道终于又找回了年幼时就被夺去生命的父母吗？要不，虽终生未育，但此时她却拥有了自己的孩子？

她清醒地知道，那不过是一种幻觉而已。这只不过是她在这对可爱的老人家中的一次短暂停留。老先生重病在身，如果他不在了，老妇人就会去加拿大的儿子家中。萨比娜又会重新踏上背叛之路，在她心灵最深处，在不能承受的生命之轻中，不时奏响那首荒谬但感伤的歌曲，向人诉说，在两扇闪亮的窗户后，生活着一个幸福的人家。

这首歌令她感动，但她对自己的这份感动并不当真。她十分清楚，这首歌只不过是一个美丽的谎言。在媚俗被当作谎言的情况下，媚俗必定处于非媚俗的境地。媚俗一旦失去其专横的权力，它就像人类的任何一个弱点一样令人心动。因为我们中没有一个是超人，不可能完全摆脱媚俗。不管我们心中对它如何蔑视，媚俗总是人类境况的组成部分。

13

媚俗的根源就是对生命的绝对认同。

但是这种生命的基础是什么？上帝？人类？斗争？爱情？男人？女人？

对此有形形色色的观点，于是便有形形色色的媚俗：有天主教的、新教的、犹太教的、共产主义的、法西斯主义的、民主主义者的、女权主义者的、欧洲人的、美国人的、民族的、国际的等等。

自法国大革命时代以来，欧洲的一半人被称为*左*，另一半则接受了*右*的称谓。若以它们所依据的理论原则来对左或右的概念进行界定，基本上是行不通的。这根本就不足为怪：任何政治运动并非建立在理性的态度之上，而是以表演、形象、词语、老套等为基础，其总体构成了这种或那种的*政治媚俗*。

弗兰茨喜欢陶醉其中的*伟大进军*之思想，便是把各个时代、各种倾向的左的人们团结在一起的政治媚俗。*伟大进军*，尽管障碍重重，但它是一种壮观的前行，是通向博爱、平等、正义、幸福乃至更远的征程，因为只有征途上多险阻，进军才能堪称伟大的进军。

无产阶级专政还是民主制？拒绝消费社会还是提高生产？要断头台还是废除死刑？这无关紧要。将一个左的人造就为左的人的，并不是这种或那种理论，而是将任何一种理论都纳入所谓伟大的进军这一媚俗之中的能力。

14

我不想就此而论，说弗兰茨是一个媚俗的人。伟大进军之思想在他的生命中所起的作用，与萨比娜生命中那首诉说两扇闪亮的窗户的伤感的歌曲所起的作用，几乎是同样的。弗兰茨投哪一政治派别的票呢？我想他恐怕根本就不投票，也许在大选之日，他宁愿到山里去游玩。但这并不意味着伟大进军已不再令他激动。想象着自己是跨世纪前行的队伍中的一员，是美好的。而弗兰茨从未忘记这一美丽的梦想。

一天，有朋友从巴黎给他打来电话，他们在组织向柬埔寨的一次进军活动，邀请他参加。

当时，柬埔寨内战刚刚结束，美国人的轰炸、当地人犯下的种种暴行使得这个小国的人口减少了五分之一，最终又被沦为俄罗斯工具的邻国越南占领。在柬埔寨，闹起了饥荒，多少人得不到救治而死去。国际医生组织曾多次要求允许其进入该国实施援助，均遭越南当局拒绝。于是，西方的一些伟大的知识分子决定组织向柬埔寨边境进军，他们想通过这一世人瞩目的伟大壮举，迫使对方同意医生进入这个被占领的国家。

给弗兰茨打电话的朋友，以前曾与他在巴黎的大街上一起游过行。起初弗兰茨对朋友的建议感到振奋，但是随后，他的目光落在了女大学生身上。她正坐在对面的一把椅子上，时髦的大眼镜后面是显得更大的眼睛。弗兰茨觉得那双眼睛正在哀求他不要离开，于是他为不能参加向朋友表示歉意。

可一挂上电话，他马上就后悔了。他满足了尘世间情人的愿望，却忽略了天堂之爱。难道柬埔寨和萨比娜的祖国不是有着相似的遭遇吗？一个被邻国占领的国家！一个被俄罗斯重拳击倒的国家！突然他认为，那个几近忘却的朋友是根据萨比娜的一个秘密信号，给他打电话的。

上天的创造物是全知、全觉的。如果他参加这次进军，萨比娜一定会看到的，会因此而高兴。她会因此而明白，他对她忠诚依旧。

“如果我坚持去柬埔寨，你会怪我吗？”他问戴眼镜的女友。要是他一天不在她身边，女友都感到伤心，但他的要求，女友从不会拒绝。

几天之后，他出现在巴黎机场的一架大飞机上。乘客中有二十来名医生，五十来名知识分子（教授、作家、议员、歌手、演员和市长）及随行的四百名记者和摄影师。

15

飞机降落在曼谷。医生、知识分子及记者一行四百七十人前往某一国际酒店，早已等候在酒店的一个大会议厅里的有另外一批医生、演员、歌手、文献学家及配备着笔记本、录音机、照相机和摄像机的另外几百名记者。大厅尽头，有一个讲坛、一张长条桌，二十来名美国人端坐在上面，已开始主持会议。

包括弗兰茨在内的法国知识分子觉得受到了冷落和侮辱。向柬埔寨进军，原本是他们的主意，可眼下美国人竟然当仁不让把事情抓在自己手中，真让人钦佩。更糟糕的，是这些讲英语的美国人根本就不在乎在场的法国人或丹麦人是否能听懂他们的语言。当然，长期以来丹麦人早已忘记了他们过去曾是一个独立的民族，所以在所有的欧洲人中，只有法国人想到抗议。法国人是有原则性的，他们拒绝用英语进行抗议，而是用母语向占据讲坛的美国人发话。美国人听不懂他们说的一个字，报之以友好和赞许的微笑。最后，法国人实在没有别的办法，只好用英语表达自己的抗议:“为什么在本次大会上只讲英语？这里还有法国人呢！”

美国人对如此奇怪的抗议异常惊讶，但他们还是微笑着，同意所有讲话都加以翻译。费尽周折好不容易才找到一个译员，大会才得以进行下去。接下来的问题是，由于在听完用英语讲出的每一句话后，还要听译员的法语翻译，这使会议延长了一倍时间，确切地说还不止一倍的时间，因为与会的所有法国人其实都懂英语，他们不断地打断译员的翻译，给他纠正错误，并就每个词与译员争论不休。

一个美国女明星走上讲坛，她的出现将会议推向了高潮。又有一批摄影及摄像师闯入会议厅为她拍照，她所发出的每个音都伴着照相摄像器材那清脆的机械声响。女明星谈到受苦受难的儿童，谈到种种野蛮行径，从人权讲到安全，又讲到文明社会中传统价值遭受的种种威胁，个人的自由，还谈到卡特总统，说他对在柬埔寨所发生的一切痛心不已，说到最后，已经泣不成声。

这时，一个蓄着红棕色小胡子的法国年轻医生站起身来，大声发难："我们是来拯救生命垂危的病人的！不是来为卡特总统歌颂功德的！本次活动不应变为美国人进行宣传的马戏场！我们不是来抗议共产主义，而是来救治病人的！"

其他法国人纷纷声援小胡子医生。译员害怕了，不敢翻译他们的话。主席台上的二十个美国人像先前一样友好地微笑着，其中好几个还赞许地点着头。还有一个人竟然想到举起拳头，因为他知道欧洲人在众人欢乐的时刻，总是乐意做这个动作。

16

迄今为止，共产主义均为左派的组成部分，可这些左派知识分子（因为小胡子医生就属于左派），怎么会同意游行，反对一个共产主义国家的利益呢？

当名叫苏联的国家所犯的种种罪行变得过于骇人听闻时，左派的人便面临一种抉择：要么唾弃自己的过去，放弃游行，要么（多少有些为难）把苏联看成伟大进军中遇到的种种障碍之一，继续留在游行队伍当中。

我已经说过，使左成其为左的，是伟大进军这一媚俗。对媚俗的认同并不取决于某一政治策略，而是通过形象、暗喻及词汇来决定的。所以违背原有习惯，进行反共产主义国家利益的游行，完全是可能的。但是用其他的词语来替换原来的词语，却是不可能的，他们可以用拳头威胁越南军队，却不能朝他们高呼："打倒共产主义！"因为"打倒共产主义"，是反对伟大进军的敌人的口号，那些不想丢面子的人还要为他们自身的媚俗的纯洁性保留一份忠诚。

我讲这些只是为了解释法国医生和美国女明星之间的误会，

美国女明星从自我中心主义出发，自以为成了厌恶女人的家伙的靶子，成了嫉妒狂的牺牲品。事实上，法国医生表现出对美的很强的敏感性：诸如“卡特总统”“我们的传统价值”“共产主义的野蛮行径”等词语均属美国式媚俗词汇，与伟大进军之媚俗完全是两码事。

17

第二天早晨，所有的人都登上大客车，穿越泰国境内朝柬埔寨边境进发。傍晚，他们来到了一个小村落，早已有人在这里为他们事先安排好了几座吊脚楼。这里，河水常常泛滥，很危险，只得楼上住人，楼下圈猪。弗兰茨与另外四位大学教授住一间。睡梦中，只听见吊脚楼下传来猪叫声，身旁，一位著名数学家鼾声大作。

早晨，大家又登上汽车。距边境两公里处，车辆禁止通行，只有一条狭窄的路通往由军人把守的前哨阵地。汽车只得停下。法国人走下车来，却发现美国人又一次捷足先登，已站在队伍最前方等待他们的到来。当时的气氛十分微妙。译员不得不又介入，好一番争吵。最后，双方达成妥协：一个美国人、一个法国人和一个柬埔寨女翻译走在行军队伍的最前列，紧跟其后的是医生，医生后面是其他人员，美国女明星排在队尾。

道路狭窄，路边布满了地雷。每行走两分钟，队伍就会遇到路障：两堵上方布满铁蒺藜的水泥墙，中间只留下窄窄的一条通道。他们不得不一个一个地穿过去。

走在弗兰茨前面五米左右的，是一个德国著名诗人兼流行歌手，写过九百三十首维护和平、反对战争的歌曲。他手持长杆，杆上的白旗与他那部又黑又厚的胡须十分搭配，在人群中煞是醒目。

摄影师、摄像师们一路小跑，围着这长长的队伍忙前忙后。他们一会跑在前面，一会停下来，一会又后退，蹲下身子，一会又跑到前面，不断按动快门，开动摄像机。他们不时地叫喊着某个著名的男士或有名的女人的名字，谁听到叫自己的名字，都不由自主地朝他们的方向转过身去，于是他们抓住时机，按动快门。

18

看样子，好像发生了什么事情。大家放慢脚步，转过身来。

原来是那个被安排在队尾的美国女明星再也忍受不住侮辱，决定展开反击。她开始奔跑，好像一名在五千米长跑中为保存体力而落在后面的运动员，突然冲刺要超过所有对手。

男人们尴尬地微微一笑，随即闪开身，把胜利让给著名的女明星，可女人们却开始嚷嚷起来："回到队伍里去！又不是电影明星巡游！"

女演员并没有被吓倒，继续朝前跑，后面跟着五名摄影师和两名摄像师。

一个法国语言学女教授一把抓住女演员的手腕，(用吓人的英语)对她说："这是医生们为拯救死亡边缘的柬埔寨病人而组织的进军。不是为明星作秀！"

女演员的手腕被语言学教授的手像铁钳般箍得紧紧的，无力挣脱。

女演员(用上佳的英语)喊道："你给我滚开！我参加过几百次游行！哪儿都离不开我们这些明星！这是我们的工作！这是我们

的道德义务！”

“臭屎！”语言学教授（用上佳的法语）回敬道。

美国女明星明白了她的话，泪水哗地流了出来。

“保持这个姿势别动！”一个摄像师跪在她面前大声道。

女演员久久地盯着摄像头，泪水顺着她的双颊往下流。

19

语言学女教授终于松开了美国女明星的手腕。这时留着黑胡须、打着白旗的德国歌手喊了一声女演员的名字。

女明星从未听说过他，但在受尽侮辱之际，听到别人友善的表示，比平时更易感动。于是她朝德国人的方向扑了过去。诗人兼歌手把手中的旗杆换到左手，用右臂搂住女演员的臂膀。

摄影师、摄像师们在女演员和歌手身旁忙着。一个美国著名的摄影师想把两人的脸和白旗都摄在镜头内。由于旗杆很高，做到这一点不太容易，他便倒退着朝一片稻田跑去，就这样他一脚踩在地雷上。一声爆炸，他被炸得粉碎，飞溅的鲜血像雨点般洒落在各国的知识分子身上。

歌手和女演员被吓坏了，定在原地一动不动。二人抬头向头顶的旗子望去。白旗上溅满了鲜血。见到这情景，他们更是恐惧。后来，他们怯怯地抬起眼睛，看了几次之后，渐渐露出了微笑。一想到他们手中高举着用鲜血染红的神圣的旗帜，他们感到一种奇特的，甚至莫名的骄傲。他们又继续前进。

20

一条小河构成了国界线，但这条河却看不见，因为沿河这一边修起了一堵一米半高的墙，墙上垒着专为泰国狙击手准备的沙袋。墙只有一处缺口，那里，有一座拱桥横跨小河，谁都不得再往前一步。有几股越南部队驻扎在河的另一边，但同样也看不见。他们的阵地伪装得很完美。毫无疑问，一旦有人胆敢试图越过桥的话，看不见的越南人就会马上向其开火。

队伍里的几个人靠近围墙，踮着脚尖攀上墙头。弗兰茨倚在两个沙包间的枪眼位置，试着向外张望。他什么也没看见，因为一名声称有权占有他所在位置的摄影师将他推了下来。

他转过身去。一棵孤零零的大树的枝桠上坐着七名摄影师，眼睛都盯着对岸，就像一群大个的乌鸦。

此时，走在队伍最前头的翻译将嘴唇贴在了一个漏斗形的大喇叭上，开始用高棉语向对岸喊话：这里有一些医生，要求能进入柬埔寨领土，提供一些医疗援助。他们的行动没有任何政治渗透意图，纯粹是为了人命着想。

对岸报之以一阵难以置信的沉寂。这死一般的沉寂，令大家不禁焦虑起来。只有照相机的咔嚓咔嚓声在这片死寂中回响，就像一只异国昆虫在鸣叫。

弗兰茨蓦然意识到伟大的进军到此为止了。死寂的疆界紧逼着欧洲，伟大的进军的空间只不过圈在了这个星球中间的一个小小的舞台上。那些以前拼命挤在舞台下的观众早就扭过头去，伟大的进军在孤寂中继续着，没有一名观众。是的，弗兰茨想，尽管世界冷漠，伟大的进军仍在继续，它变得激奋、变得狂热起来：昨日反对美军占领越南，今日反对越军占领柬埔寨；昨日支持以色列，今日支持巴勒斯坦；昨日支持古巴，明日又反对古巴；对美国总是反对的。但每一次反对的是一方的屠杀，每一次支持的是另一方的屠杀。欧洲在列队行进，为了紧跟所有事件的节奏而不落下任何一桩，步子越来越快。因此，伟大的进军最后变成了一支急匆匆飞步向前的队伍，舞台变得越来越小，直至有一天，将变成一个没有任何空间维度的小点。

21

翻译对着喇叭又把刚才的话喊了一遍。同第一次一样，回答的仍然是一片无尽冷漠的沉寂。

弗兰茨在观察。对岸的沉寂像一记耳光打在每个人脸上。甚至连打着白旗的歌手和那位美国女演员也不自在起来，不知如何是好。

弗兰茨突然感到，所有人也包括他自己，是多么可笑，但这种意识的觉醒并未令他离开大家，也没能在他身上激起一丝讽刺的意味。相反，他的心底涌起了一份对他们的无尽的爱，就像是对患上了不治之症的病人产生的那种爱。是的，伟大进军就要到尽头了，但这难道就足以成为弗兰茨背叛它的理由吗？他自己的生命不也是走到了尽头了吗？面对这群陪着勇敢的医生们来到边境线的人，难道他该嘲笑他们的表现癖吗？除了表演以外，所有这些人还能做些别的什么呢？他们还能有什么更好的选择呢？

弗兰茨是对的。我想起了那位在布拉格组织签名请愿运动、要求赦免政治犯的记者。他很清楚这种请愿运动帮不了犯人，其真正的目的不是为了真的就能释放那些犯人，而是为了明白仍然有人无所畏惧。他所做的也近乎是在演戏，但他没有别的可能。在行动和演戏之间，他别无选择。他唯有一种选择：要么演戏，要么什么也不干。在某些情况下，人注定要演戏。他们与沉默势力的抗争（反对河对岸的沉默势力，反对变成无声的窃听器藏在墙中的警察），是一个剧团向一支军队发起的战斗。

弗兰茨看见自己那位来自索邦大学的朋友举起拳头，在威胁对岸的沉寂。

22

翻译对着喇叭第三次喊话。

回答他的还是沉寂，可这次把弗兰茨的焦虑突然激成了狂怒。他离那座隔开泰国和柬埔寨的桥就几步远，他的心中忽地充满了奔向桥的强烈欲望，要去痛骂上天，去死在机枪狂扫之下。

弗兰茨的这种突然的欲望使我们想起了什么；是的，他让我们想起了斯大林的儿子，他跃身触电死在铁丝网上，看见人类生存的两极近到了几乎相触的程度，以致贵贱之间，天使与苍蝇之间，上帝与粪便之间再无区别，他实在受不了。

弗兰茨不能接受伟大进军的光荣最终归结于行进者可笑的虚荣，不能接受欧洲历史的伟大喧嚣消失在一片无尽的沉寂当中，因而不再有历史与沉寂的差别。他恨不得将自己的生命投到那架天平上去，去证明伟大进军比粪便更重。

但无法作出任何类似的证明。天平的一头放上了粪便，斯大林的儿子将整个身躯投到另一个托盘之中，天平却纹丝不动。

弗兰茨没有去找死，而是垂下头，与别人一道一个跟着一个离开原地，登上汽车。

23

我们全都需要有人注视我们。根据我们生活所追求的不同的目光类型，可以将我们分成四类。

第一类追求那种被无数不知名的人注视的目光，换句话说，就是公众的目光。德国歌手和美国女明星属此列，那位下巴又长又尖的记者亦如此。他已习惯了自己的读者，在俄国人查禁了他那家周刊之时，他有一种置身于稀薄了一百倍的空气中的感觉。对他而言，谁也替代不了那种不知名的目光，他感觉要窒息了。而后的某一天，他终于明白，有人寸步不离地在跟踪他，窃听他的电话，甚至在街上偷拍他的照片。蓦然间，不知名的目光无处不在地伴随着他，他重又可以呼吸了！他是幸福的！他用戏剧化的口吻质问藏在墙中的窃听器。他从警察中重新找回了失去的公众。

第二类是那种离开了众多双熟悉的眼睛注视的目光就活不下去的人。那些不知疲倦地在组织鸡尾酒会和宴会的，就属此类。他们比第一类人更快活，因为第一类人若失去了公众，就会想象着自己生命殿堂的灯火全都熄灭了，而这种事在每个人身上迟早都会发生的。而第二类人却相反，他们最终总是能得到某种目光。玛丽-克洛德和她女儿就是这种人。

接下来是第三类，这类人必须活在所爱之人的目光下，他们的境况与第一类人同样危险。一旦所爱的人闭上眼睛，其生命殿堂也将陷入黑暗之中。特蕾莎和托马斯应归于此类。

最后是第四类，也是最少见的一类，他们生活在纯属想象、不在身边的人的目光下。这类人是梦想家。比如，弗兰茨就是。他来到柬埔寨边境，仅仅是因为萨比娜。汽车在泰国公路上颠簸，可他感到萨比娜久久地凝望着他。

托马斯的儿子也属于同一类。我就叫他西蒙吧。(能像他父亲一样，得到一个圣经中的名字，他准会高兴。)他所期望的是父亲托马斯的目光。因为卷入了签名请愿运动，他被大学开除了。经常与他来往的那个年轻女子，是一名乡村神甫的侄女。他娶了她，成了农业合作社的一名拖拉机手、一名天主教徒和一名父亲。他后来得知托马斯也住在乡下，这很让他高兴。命运使他们父子的生命变得相互对称！因此，他鼓起勇气给托马斯写了封信。他并不要求有回音。他只想要一样东西：那就是托马斯将目光投向他的生命。

24

弗兰茨和西蒙是这部小说的梦想家。与弗兰茨不同的是，西蒙不爱自己的母亲。从很小的时候起，他就在找爸爸。他差不多已经相信，父亲受到屈辱在先，而后才对他不公。他从不怨恨父亲，并且拒绝当母亲的帮凶，整天去恶意中伤托马斯。

他和母亲一起生活到十八岁。中学会考以后，他离家去布拉格求学。此时，托马斯已成了玻璃擦洗工。西蒙一次又一次地守候，就为了在街上能偶然与父亲相遇。但他父亲却从未停下脚步。

他之所以跟那位长着尖下巴的记者结交，只是因为这位记者使他想起了父亲的命运。记者没听说过托马斯这个名字。关于俄狄浦斯的那篇文章早就忘了，还是西蒙求他跟自己一起去见托马斯，劝托马斯在请愿书上签名，他才知道有托马斯这个人的存在。记者很喜欢这个年轻人，为了让他高兴，也才同意陪他一起去。

每当西蒙想起这次碰面，都为自己的怯懦而羞愧。他当时肯定让父亲不高兴了。相反，父亲让他很高兴。他清楚地记得父亲的每句话，且越来越觉得父亲在理。有一句话尤其深刻地印在了他的记忆中："惩罚一个不知道自己做了什么的人，是野蛮的行径。”女朋友的叔叔曾亲手把一本圣经放到他手上，耶稣的话给了他强烈的震动：“原谅他们吧，因为他们不知道自己在做什么。”他知道父亲是不信神的，但这两句话的相似对他而言是一个隐秘的征兆：父亲赞同他选择的路。

收到托马斯请他到家里去的信时，他在乡下已经住了两年多。父子相见是亲切的，西蒙感到很自在，一点也不结巴了。他也许没有发觉他们彼此还没有多少了解。大约在四个月以后，他收到一份电报。托马斯跟他妻子一起被轧死在一辆卡车下。

这时，他才听说有个女人曾是父亲的情人，住在法国。他弄到了她的地址。绝望中，他多么需要有一只想象中的眼睛继续关注他的生命，因此，他时不时地给她写一封长信。

25

直到生命的最后一段日子里，萨比娜还一直不断收到那个伤心的乡下人写来的信。其中很多封从未曾开启过，因为她对故土的兴趣越来越淡漠了。

老先生去世了，萨比娜也就离开，到了加利福尼亚住下。越是往西，离波希米亚就越远了。

她的画卖得很好，她也很喜欢美国。但这仅仅是停留在表面。表面以下，是一个对她而言完全陌生的世界。这地下，没有她的爷爷和叔叔。她害怕自己被关进棺材，埋在美国的土地下。

于是，她立下了一份遗嘱，要求死后遗体火化，并抛撒骨灰。特蕾莎和托马斯死于重之征兆。而她却想死于轻之征兆。她会比空气还轻。据巴门尼德，这正是由负变为正。

26

汽车在曼谷的一家旅店前停了下来。没人再想组织召开什么会议，大家各自散成一伙伙，在这座城市里到处逛，有的去参观庙宇，有的去逛妓寨。索邦大学的那位朋友建议弗兰茨晚上跟他一起过，但弗兰茨更愿意一个人呆着。

夜幕降临，弗兰茨出了门。他一直想着萨比娜，感到她投在自己身上的目光。在这种目光的注视下，他开始怀疑起自己，因为他不知道萨比娜真正的想法是什么。这一次，这种目光使他陷入混乱之中。她不是在嘲笑他吧？她是不是觉得他对她的崇拜很愚蠢？她是不是想对他说，他也该像个大人一样行事了，既然她把自己的女友亲手交给了他，他该一心一意好好待她才是？

他试着想象那张戴着副又大又圆的眼镜的脸。他体会到自己与女大学生在一起是多么幸福。柬埔寨之行对他而言，突然间显得既可笑又毫无意义。说到底，他究竟为何而来？现在，他终于知道了。他这次出行，就是让他最终明白自己真正的生活，唯一真实的生活，既不是列队游行，也不是萨比娜，而是那个戴着眼镜的女大学生！他这次出行，是为了使自己确信，现实大于梦想，远甚于梦想。

突然，从暗处闪出一条身影，用一种陌生的语言冲他说了几个字。弗兰茨看着眼前的来人，目光中既有惊讶之色，也夹杂着同情。陌生人躬下身来，微笑着，不停地用一种很坚决的语气咕哝着。他在跟他说什么？他想这人是在请求他跟他走。那人一把拽着他的手，拖他走。弗兰茨心里想，准是有人需要他的帮助。他来到这里，也许是不为什么？可也许是被叫到这里救助某人的？

忽然，在那个咕哝的人身旁，又出现了两个家伙，其中一个操着英语，令他把钱交给他们。

此时，戴眼镜的女孩子从他的意识范围消失了。萨比娜重又盯着他。那个命运伟大、而又不真实的萨比娜，那个使自己在她面前感到无比渺小的萨比娜。她的目光落在他身上，带着愤怒，也表示着不满：他还要被欺骗一次吗？又有人想再次利用他的善心吗？

他猛地甩开那个紧抓着自己袖子的人的手，抽出身来。他知道，萨比娜一直欣赏他的力量。他一把抓住第二个家伙向他挥来的胳膊。他紧紧攥住这条胳膊，用一个完美的柔道动作，将那人从自己头顶上摔了过去。

现在，他对自己满意了。萨比娜的目光没有离开过他的身上。她再也不会看见他被羞辱了！她再也看不到他后退了！弗兰茨再也不是软弱和多愁善感的了！

看着这几个想玩耍他的天真的人，他感到一种快意的仇视。他立在那里，稍稍弓着腰，目光紧紧地盯着这几个家伙。可突然，一个重重的东西砸在他的头上，他旋即瘫倒在地。他模模糊糊地意识到，有人把他抬到了什么地方。然后他陷入了虚空之中。又感到重重的一击，他顿时失去了知觉。

过了很久以后，他才苏醒过来，躺在日内瓦的一家医院里。玛丽-克洛德正俯身在他床头。他想告诉她，自己不要她待在这里。他想找人立即通知那个戴眼镜的女大学生。他只想着她一个人，不想别人。他想大声呼喊，自己不想要别的人待在他床边。但是他惊恐地发觉自己不能说出话来。他怀着无穷的仇恨盯着玛丽-克洛德，想转过身面对着墙，不要见到她。可他的身子动弹不得。他试着至少转过头去。但连他的头也无法再动一动。于是，他闭上双眼，不要再看见她。

27

死去的弗兰茨终于属于他合法的妻子，而他生前从来没有属于过她。一切事情都由玛丽-克洛德做主，她负责料理他的葬礼，送出讣告，定制花圈，叫人给她自己做了一袭黑衣，可实际上这是一件婚纱。是啊，对妻子而言，丈夫的下葬，终于成为了她真正的婚礼；这是她生命中的皇冠；是对她所有痛苦的补偿。

再说，牧师对此很理解。在坟墓前，他说到他们夫妻之间永存不灭的爱情，这份爱情经历了重重考验，一直延续到故人生前的最后一段日子，成了他得以在最后一刻回归的牢固的避风港。玛丽-克洛德请弗兰茨的那位同事在葬礼上也说几句话，他也不例外，对已故之人这位勇敢的妻子表示了特别的敬意。

人群后面的某个角落里，蜷缩着那位戴眼镜的女孩子，一位女友搀扶着她。她强忍着夺眶欲出的泪水，再加上服用了大量的药片，致使她在葬礼结束前突然全身抽搐。她弯下腰，捂住腹部，她朋友只得扶着她，离开了墓地。

28

一接到合作社主席的电报，他马上跨上摩托车上了路。他安排了葬礼。在墓碑上，他叫人在父亲的名字上方，刻下了这样一句碑文：*他要尘世间的上帝之国*。

他很清楚，父亲决不会用这种词句。但他确信，这句碑文恰正表达了父亲想要的东西。上帝之国指的是正义。托马斯渴望一个由正义主持的世界。难道说西蒙无权用自己的话，来表达父亲的一生吗？难道这不是自古以来所有的子孙后代都享有的权利吗？

迷途漫漫，终有一归。人们可以在弗兰茨的墓碑上读到这句话。这句碑文可以理解成一种宗教象征：尘世间生活的迷途之后，最终归于上帝的怀抱。而知情人都知道，这句话还有一种纯粹世俗的意义。再说，玛丽-克洛德每天都在唠叨：

弗兰茨，亲爱正直的弗兰茨啊，年过半百的危机他实在受不了，他掉进了一个可怜的女孩的爪子里！她甚至都算不上好看（瞧瞧她那副大眼镜，遮得几乎看不见脸）。可是，一个五十来岁的人了（我们都知道是讲他），竟然为了一块嫩肉出卖自己的灵魂。只有他自己的妻子才知道他为此吃了多大的苦头啊！对他来说，真是一场道德的折磨啊！因为在灵魂深处，弗兰茨还是一个诚实善良的人。竟然跑到了亚洲一个被遗忘了的角落，对这次荒唐、绝望的出行，又能做何种解释呢？他是到那里去找死。是的，玛丽-克洛德确信：弗兰茨是有意去找死。在他最后的日子里，他已经生命垂危，用不着再撒谎了，他想要见的只是她。他说不了话，但他至少用目光对她表示感激。他的眼睛在请求她的宽恕。于是，她就宽恕了他。

29

那些垂死的柬埔寨人留下了什么?

一张大幅照片，照片上那位美国女明星怀里抱着一个黄皮肤的孩子。

托马斯留下了什么?

一句碑文：他要尘世间的上帝之国。

贝多芬留下了什么?

一个披着一头乱蓬蓬的长发的忧郁的男人，用一种阴郁的声音说:“Es muss sein!”

弗兰茨留下了什么?

一句碑文：迷途漫漫，终有一归。

等等，如此等等。在被遗忘以前，我们会变为媚俗。媚俗，是存在与遗忘之间的中转站。

第七部

卡列宁的微笑

1

窗户朝向一个山坡，坡上长满树干弯曲的苹果树。山坡的上方，果树林环抱着天际，只见山丘蜿蜒伸向远方。傍晚，灰白的天空现出一轮明月，特蕾莎总是在这个时候出门。天色还灰蒙蒙的，月亮挂在上面，就像是死人房间的一盏灯，早上忘了熄灭整天都在亮着。

七歪八扭的苹果树生长在这片山坡上，没有一棵能离开它们扎根的地方，同样，特蕾莎和托马斯，他们也永远离不开这个村庄。他们卖了汽车、电视、收音机，用这笔钱买下了一幢带花园的小房子，房子原来的主人是一位农民，去城里定居了。

去乡下生活，这是他们唯一能逃避现实的途径，因为乡下虽然始终缺乏劳力却不缺房子。谁要是甘愿来这儿种地或到果树林干活，当地人决不会对他们从前的政治生涯感兴趣，也不会嫉妒他们。

特蕾莎感到幸福，她终于离开了城市，远离了尽是喝得醉醺醺的酒鬼的酒吧，远离了将她们的下体味留在托马斯头发里的那些陌生女人。警方已不再找他俩的麻烦，而且，在特蕾莎的记忆中，工程师的事与发生在彼得山上的场面已经混合在一起，她已经难以分清什么是梦，什么是现实。（另外，工程师是否真的为秘密警察效力？也许是，也许不是。倒是总有那么些男人，借别人的房子私下幽会，而且还不喜欢跟同一个女人上两次床。）

因此，特蕾莎确实感到幸福，认为已经达到了目的：如今托马斯跟她在一起，而且只有他俩。只他俩？我应说得更确切一些：离群索居，我的意思是他们与老朋友和熟人断绝了一切往来。他们与过去的生活一刀两断，就像用剪子把一根饰带一刀剪成两截。不过，与农民相处，他们倒是觉得很愉快，他俩和农民一起劳动，不时去拜访他们，也邀请他们来家里做客。

一天，特蕾莎结识了温泉小城的合作社主席，这座小城的街道全被改成了俄国的地名。就在那天，特蕾莎在自己脑海中突然发现了从书里看到或从前辈那儿听说的一幅乡村图景：这是一个和谐的世界，所有成员有着共同的利益，一致的习俗，组成了一个大家庭。每个星期六，乡村客栈的大厅里都有一支乐队演奏，全村的人都来这里跳舞；每个星期天，人们去教堂望弥撒，然后男人到客栈聚会，谁也不带妻子。

但是，共产主义制度下的这个村庄与那幅古老的景象完全不同。教堂在邻近的一个公社，谁也不去；客栈改成了办公室，男人们不知哪里有地方聚会喝啤酒，年轻人不知该去哪儿跳舞。宗教节日不能庆祝，官方节日又引不起任何人的兴趣。最近的电影院在城里，离开二十公里路。白天劳动时大伙儿只是互相打个招呼，等到间歇时才能说说话，放工后就回到小屋里，闭门不出；家具倒是现代的，可散发着难闻的气味；他们的双眼紧盯着闪亮的电视荧屏。大家互不往来，难得有人晚饭前去同邻居聊上几句。人人都梦想去城里定居。农村的生活太乏味了，很少有能给他们带来兴趣的东西。

也许正是谁也不愿在农村呆下去，国家才丧失了对农村的管制权。当农民不再是土地的主人，而只是一名被雇来种地的职工时，他就不再依恋这片家园和自己所从事的工作，他一无所有，因而也不惧怕会失去什么。这种漠然的态度倒使得农村保持了相当大的自主权和自由的空间。合作社主席不是外人强行指派的（同城里的领导不同），而是农民选举的，和农民是一伙人。

由于这里的人都想走，特蕾莎和托马斯便拥有了特殊的地位，他们是自愿来的。别人都不失时机地去附近的小镇过上一天，特蕾莎和托马斯却巴不得待在村子里，所以很快，他们就同全村人混熟了，比原来的村民之间还熟。

合作社主席成了他们的真正的朋友。主席已结婚，有四个孩子，还有一头猪，却被当作狗来养着。猪的名字叫梅菲斯突，是全村的骄傲和开心宝。它很听话，爱清洁，一身粉红色，迈着小步，活像那些穿着高跟鞋走路的大腿肚女人。

卡列宁第一次见到梅菲斯突时，有些不知所措，在它身边转了很久，不停地嗅它。但它很快就与梅菲斯突建立起了友谊，喜欢它胜于村里所有的狗，卡列宁看不起那些狗，因为它们一直被拴在窝旁，还无缘无故傻呵呵地叫个不停。卡列宁欣赏与众不同的东西，可以说它非常珍惜与梅菲斯突的这份友谊。

合作社主席很高兴能助这位前外科医生一臂之力，但同时又为自己帮不上更大的忙感到不安。托马斯当了卡车司机，他的任务是开车把农民送到田里，或者运货。

合作社有四座大饲养楼，外加一个有四十头母牛的小牛栏。这些母牛由特蕾莎照料，每天放牧两次。牧场就在附近，去很容易，可这些牧场是专门用来收割草料的，特蕾莎只好把牛带到附近的山冈上。牛吃着草，越走越远，特蕾莎跟着它们，一年内便跑遍了小村周围的地区。就像从前在小城里一样，她手里总拿着一本书，一到牧场，她就打开书，看起来。

卡列宁总是陪着她。每当小母牛淘气，想离队时，它就汪汪叫着追赶它们；它显然是乐在其中。他们三个当中，卡列宁是最幸福的。这个“时间总管”的职责过去从未受到如此的尊重，因为这里没有任何临时变动的机会，特蕾莎和托马斯所生活的时间与卡列宁的时间规律性很接近。

一天午饭后（这会儿，他俩共同拥有一个钟头的自由时间），他们与卡列宁一道在屋后的山坡上散步。

“我不喜欢它跑步的样子。”特蕾莎说。

卡列宁跑起路来左脚有点跛。托马斯弯下身子，摸了摸它的腿。他发现它的左大腿上鼓起了一个小圆包。

第二天，托马斯让它上了卡车，坐在自己身边，他在邻村停下了车，把它送到了兽医那里。一个星期后，他去看它，回来时告诉特蕾莎，卡列宁长了一个肿瘤。

三天后，托马斯在兽医的协助下亲自为它动了手术。当他把卡列宁带回家时，卡列宁还未从麻醉中醒来。它躺在地毯上，睁着双眼，呻吟着。大腿上的毛已被剃光，上面有一道缝了六针的伤口。

过了一会，它挣扎着想站起来，但没有成功。

特蕾莎害怕了：要是它永远都走不了路怎么办？

“别担心，”托马斯说，“它现在还处于麻醉状态。”

特蕾莎想托它一把，可它张嘴咔嚓一声。这是它头一回要咬她！

“它不知道你是谁，”托马斯说，“它没认出你。”

他们让卡列宁躺在床边，很快它就入睡了。他俩也睡着了。

大约凌晨三点钟，卡列宁突然把他们弄醒，它摇着尾巴，用脚踩特蕾莎和托马斯。然后，它又一个劲儿地往他俩身上蹭，动作野蛮，且不甘休。

这也是头一回它把他们弄醒！以前它总要等他们当中一人醒后才敢跳到床上。

可是这次，当卡列宁半夜突然恢复知觉时，无法控制住自己。天知道它刚才去了什么遥远的地方！碰到了什么幽灵！现在，发现自己在家里，认出了跟它最亲的人，它便忍不住向他们表达无比的欢乐之情，为自己重返家园和获得新生而欢欣。

2

《创世记》的开篇写道，上帝造人是为了让人统治鸟、鱼、牲畜。当然,《创世记》是人写的，而不是一匹马写的。因此，并不能完全断定上帝是真的希望人类统治其他生物。更有可能是人类发明了上帝，以便使其篡夺来的对牛马的支配权合乎神圣法则。对，就是杀死一只鹿或一头母牛的权利，全人类只在这一点上达成共识，即使是在最血腥的战争年代亦不例外。

这一权利在我们看来是不言而喻的，因为我们自认为是最高级的动物。但是，只要出现一个第三者加入该游戏，情况就大不一样了。比如，来了个外星人，他是奉上帝的旨意来的:“我命你去统治所有其他星球上的生物”，这时,《创世记》里说得再清楚不过的事立即就会遭到质疑。被火星人套在马车上的人类，可能会被银河系的居民挂在铁扦上烤着吃，这时他也许才会想起过去常在碟子里用刀切着吃的小牛排，会向母牛道歉(太迟了)。

特蕾莎和她的牛群向前走着，她赶着它们往前走，时不时地得对着一头呵斥几声，因为这些小母牛很调皮，常离群去田野里乱跑。卡列宁走在她身边，它这样日复一日地跟她放牛已经两个年头了。平时，它对母牛十分严厉，叫着追赶它们，训它们（上帝任命它管理牛群，它为此感到骄傲），很开心。可是今天，它步履艰难，用三只脚跳着走，另一条腿上的伤口还在流血。每隔两分钟，特蕾莎就俯下身去抚摩它的背。自手术后，两周已过去了，可是肿瘤显然未被控制住，卡列宁的病情在恶化。

走到半路，特蕾莎和卡列宁遇到一位女邻居，她脚穿橡胶靴，正往牛栏走去。邻居停下步子，问道："您的狗怎么啦？腿好像瘸了！"特蕾莎回答："它腿上长了个瘤子。它没救了。"她感到自己的嗓子哽住了，再也说不出话来。邻居一见特蕾莎落泪，几乎要生气了："我的上帝，您总不至于为一条狗落泪吧？"她说这话并非出自恶意，其实她很善良，她这么说是为了安慰特蕾莎。对于这一点，特蕾莎很清楚，因为她来该村已经住了不少时日了，她知道，这儿的农民爱他们的兔子如同她爱卡列宁一样。他们舍不得杀死一只兔子，宁愿同它们一起挨饿。可是，邻居的话还是让她觉得不舒服，她并没有反驳，只回答说"我知道"，便急忙转过身，继续赶路了。她感到自己对卡列宁的爱是唯一的。她凄凉地微微一笑，想到必须隐藏这份感情，且带着更强烈的妒意，仿佛不得不隐瞒某个不忠的行为。因为爱上一条狗是件不光彩的事。要是女邻居知道她欺骗了托马斯，准会以同谋似的神情，乐呵呵地在她背上拍上一掌！

于是，特蕾莎赶着牛群继续向前走着，看见它们彼此蹭着背，特蕾莎心想这些牲畜真是可爱极了。这群牛性情温和，从不耍坏，有时表现得快乐而幼稚，简直就像那些假装是十四岁少女的五十开外的胖女人。它们嬉戏的时候，尤其令人感动不已。特蕾莎深情地注视着它们，心想（两年来，这一念头始终不可抵挡地萦绕着她）：人类就像寄生于人体的涤虫那样，靠母牛寄生：他们像蚂蟥紧叮着母牛的乳房。人类是母牛的寄生虫，这也许是非人类从他们的动物学角度给人类下的定义。

从这个定义，我们可以看出其简单的讽刺意味，并以宽容的态度一笑了之。可特蕾莎对此很认真，她走上了一条滑坡：这些想法十分危险，使她远离人类。《创世记》里已经写得清清楚楚：上帝派了人类去统治动物。但我们可以解释说，上帝只是借给人类这一权利。人类不是地球的拥有者而只是管理者，总有一天会意识到自己只是在管理地球。笛卡儿的观点更过分，他认为人类是"大自然的主人和所有者"。同时他也绝对否认动物有灵魂，这两者之中，无疑存在着深刻的逻辑性。按照他的观点，人类是所有者和主人，动物只是机器人，是台有生命的机器，即*machina animata*。动物痛苦时喊叫，那不是悲吟，不过是一台运转不正常的机器发出的咯吱声。当马车的车轮嘎吱作响时，这并不意味着马车有什么痛苦，而是没有上油的缘故。必须以这种方式来解释动物的呻吟，不应为一只在实验室里被活活解剖的狗哀叹。

牛在草地吃草，特蕾莎坐在一个树墩上，卡列宁头靠在她膝上躺在她身边。特蕾莎想起十二年前在报上读到的一则只有两行字的短讯：说的是在俄罗斯的一座城市里，所有的狗都被杀光了。这则小消息似乎无关紧要，也不显眼，却使特蕾莎第一次感到那个邻近的大国很恐怖。

这便是后来所发生的一切事件的预兆；俄国人入侵后的头两年，人们还不能说什么恐惧。由于全国上下几乎都反对占领制度，俄国人非得从捷克人中找些新面孔，把他们扶上台掌权。可是，人们对俄国的爱都已成死灰，到哪里去找这些人呢？俄国人便看中了那些不惜性命图谋报复的人。他们得试探、训练并激发这些人的进攻性。首先得训练他们瞄准临时靶子。这个靶子就是动物。

报上于是开始发表一系列文章，以读者来信的形式组织攻势。例如，要求杀尽灭绝城里的鸽子。鸽子确实被杀尽灭绝了。不过，他们的目标主要是狗。当时，人们尚未从国土被占领这一灾难所造成的精神创伤中解脱出来，但是报纸、广播、电视谈论的都是狗，说它们弄脏了人行道、公园，对儿童健康造成危害，是光会吃、毫无用途的东西。这一切制造了一种真正的偏执，特蕾莎担心狂热的民众会袭击卡列宁。过了一年，积聚起的所有仇恨（首先拿动物做试验），都转向了真正的目标：人类。开除、逮捕、审判开始了。牲畜总算可以喘口气了。

特蕾莎抚摩着静静地躺在她膝头的卡列宁的头。她已基本认定这个道理：根本不值得跟自己的同类好。但她又不得不对其他村民以礼相待，否则便无法在这里呆下去，甚至对托马斯，她也是迫不得已，不得不表现得像个多情的妻子，因为她需要托马斯。幸好，我们同他人的关系在何种程度上取决于我们的感情，即我们的爱还是不爱，是善待还是仇视，而且，它们在何种程度预先受个人实力对比的制约，这是永远都无法下确切定义的。

人类真正的善心，只对那些不具备任何力量的人才能自由而纯粹地体现出来。人类真正的道德测试（是最为彻底的测试，但它处于极深的层次，往往不为我们注意），是看他与那些受其支配的东西如动物之间的关系如何。人类根本的失败，就是这方面造成的，其为“根本”，是因为其他的一切失误均由此而产生。

一头小牛走到特蕾莎身边，停下步，用棕色的大眼睛久久注视着她。特蕾莎认出了它，管它叫玛格丽特。她真想给每头牛取个名字，可这是不可能的，因为牛太多了。三十来年前倒是这样，村里的每头奶牛都有名字。（如果名字是灵魂的符号，我可以说每头牛都有一个灵魂，尽管笛卡儿不乐意。）可是后来村庄变成了一座大的合作工厂，奶牛终日生活在只有两米见方的小圈里。它们不再有名字，只是一些*machinae animatae*。世界终于给了笛卡儿这个理。

我的眼前始终浮现着特蕾莎坐在树墩上的情景，她抚摸着卡列宁的头，想着人类的失败。与此同时，另一画面在我脑海里出现：尼采正从都灵的一家旅店出来。他看见门口有一匹马，车夫正用鞭子在抽打。尼采走到马跟前，不顾眼前的车夫，一把抱住马的脖子，大声哭泣起来。

这是一八八九年的事，尼采早已离去，他也一样，远离了人类。换言之，他的精神病就是在那一刻发作的。而我认为，这件事赋予他的行为以深刻的意义。尼采是去为笛卡儿向马道歉的。就在他为马而悲痛的瞬间，他的精神受到了刺激（他因而与人类彻底决裂）。

我喜欢的就是这个尼采，我也同样喜欢特蕾莎，那个抚摸着躺在她膝头、得了不治之症的狗的头的姑娘。我看见他俩并肩走着：他们离开了人类的道路，而人类，“大自然的主人和所有者”，在这条路上继续向前走。

3

卡列宁产下两个羊角面包和一只蜜蜂，它吃惊地看着这么两个奇怪的孩子。羊角面包乖乖的，一动不动，可惊恐的蜜蜂则摇晃着身子，不一会儿它就振翅而飞，消失得无踪无影。

这是特蕾莎刚刚做的一个梦。醒来后，她讲给托马斯听，两人都从中感到一丝安慰，因为在这个梦里，卡列宁的病转变成了妊娠，而且分娩这场戏有着一个既好笑又令人心动的结局：竟然是两个羊角面包和一只蜜蜂。

她顿时又生出一线荒诞的希望。她马上起床，穿上衣服。在乡下也一样，她每天早上第一件事就是采购：去杂货店买牛奶、面包、羊角面包。可是这天，她叫卡列宁陪她一块去时，卡列宁勉强抬起头。它这还是头一回拒绝特蕾莎，因为往常它总是执拗地非要求出席这一仪式不可。

于是她没有带上卡列宁独自走了。“卡列宁呢？”女售货员问道，她已经为它准备好了一个羊角面包。这一次，是特蕾莎亲自将这个面包带回小屋。她一踏进门槛，就把面包拿出给卡列宁看。她希望它自己走过来取。可是卡列宁仍旧躺着，一动不动。

托马斯看出特蕾莎很难过，便用嘴衔着面包，四肢趴在地上，对着卡列宁，然后慢慢向前爬。

卡列宁看着他，眼里流露出一丝欢喜，但没有起身。托马斯将脸贴近它的嘴。卡列宁待在原地，咬了一口托马斯嘴里的面包。接着，托马斯松开口将整个面包都让给卡列宁。

一直趴在地上的托马斯，这时朝后退了几步，蜷缩起身子，学狗叫了起来。他假装要争夺面包的样子，卡列宁汪汪叫着，向主人作出回应。这正是他们期待的！卡列宁居然想玩！它还有活下去的欲望。

这叫声，就是卡列宁的微笑，他们想让这微笑尽可能持续下去。于是，托马斯又趴在地上，向狗爬去，抓住露在它嘴边的那截面包。他俩的脸挨得更近，托马斯感到了狗的呼吸，卡列宁嘴边长长的毛挠得托马斯的脸痒痒的。狗又叫了一声，猛地摇着嘴巴。他俩的嘴里各留下半个羊角面包。卡列宁又犯了老毛病，它丢下自己的那半个面包，试图抢托马斯嘴里的那半个。同往常一样，它忘了托马斯不是一条狗，他还有一双手。托马斯非但没有松开含在自己嘴里的那半截，反而还用手捡起掉在地上的那一半。

特蕾莎喊道："托马斯，别拿卡列宁的面包！"

托马斯将两块面包放在卡列宁的面前，它迅速地吞下一块，嘴里马上又叼起另一块，还炫耀了半天，自豪地向两位主人显示自己赢得了这场比赛。

托马斯和特蕾莎看着它，不住地说卡列宁笑了，还说只要它笑，就还有活着的理由，即使得了不治之症。

第二天，卡列宁的状况好像有了好转。托马斯和特蕾莎吃了午饭，这会儿他俩有一个钟头的自由时间，是带狗出去散步的时候。卡列宁知道这一点，往常，还没到钟点，它就等不及地在他俩身边蹦来蹦去，可是这次，当特蕾莎拿起皮带和项圈时，它久久地看着他俩，一动不动。他们站在它面前，竭力显示出快乐的样子(因为它，也为了它)，想给它感染一些愉快的情绪。过了一会儿，仿佛它对主人起了怜悯之心，于是用三只脚瘸着走过去，让他们给它戴上了项圈。

“特蕾莎，”托马斯说，“我知道你不喜欢照相机。不过今天，你还是带上它吧！”

特蕾莎听从了。她打开壁橱，去找那架被扔在一个角落里早被遗忘的照相机。托马斯接着说:“将来某一天，我们会为拥有这些照片而感到欣慰的。卡列宁，曾经是我们生活的一部分。”

“为什么说曾经？”特蕾莎说，像是被蛇咬了一口。照相机就在她面前，在壁橱的最里边，可她没有伸手去拿。“我不带了。我不愿相信卡列宁会不在。你竟然现在就说它是曾经！”

“别怨我！”托马斯说。

“我没怨你，”特蕾莎轻声回答，“其实我也一样，不知有多少次我无意中发觉自己把它当过去的事在回忆。为此我不知责备了自己多少次！正是由于这个原因，我不想带照相机。”

他们走着，一路上一句话也不说。不说话，这是不把卡列宁当作过去来怀念的唯一方式。他们目不转睛地看着它，始终寸步不离。他们在盼着卡列宁微笑的那一刻。然而它没有笑，只是往前走着，而且是用三只脚。

“它是为了我们才出来走的，”特蕾莎说，“其实它并不想出门。它出来完全只是为了让我们开心。”

特蕾莎说得很伤心，可他们也许没有意识到，他们依然那么幸福。他们幸福，并不是全然没有忧伤，而是因为忧伤的缘故。他俩牵着手，眼前浮现出同一幅画面：体现着他们十年生活的卡列宁正瘸着腿走在路上。

他们又走了一段路。令他们大为失望的是，卡列宁突然停下步子，转过身。得回家了。

大概就是这天，要不就是第二天，特蕾莎无意中闯进托马斯的房间，发现托马斯正在看一封信。托马斯听见开门声，赶紧把信插入一堆纸中。特蕾莎已经看到了这一幕。她走出房间时，见托马斯又将信塞进了口袋。可是他忘了信封。当屋里只有特蕾莎一人时，她便仔细地看起信封来。地址的笔迹很陌生，字写得很端正，像出自女人的手。

过了一会儿，他们见面时，特蕾莎若无其事地问托马斯有没有信。

“没有，”托马斯答道。特蕾莎顿时感到一阵绝望，甚至是残酷的绝望，因为她很久没有这种感觉了。不，她不相信托马斯会在这里偷偷地与别的女人幽会。这几乎是不可能的。他的空闲时间是怎么过的，她一清二楚。不过，也许在布拉格，有一个让他念念不忘、让他痴迷的女人，即使这个女人不能再在他的头发里留下下体的味道。特蕾莎不相信托马斯会为了这个女人而离开自己，可她感到，最近这两年在乡下度过的幸福时光同过去一样，因为谎言而变得毫无价值。

一个由来已久的念头又回到她的脑海里：她的归宿，不是托马斯，而是卡列宁。卡列宁要是不在了，谁来给他们的生活之钟上发条呢？

特蕾莎想象着未来，一个没有卡列宁的未来，她感到自己无依无靠。

卡列宁躺在一个角落里，呻吟着。特蕾莎走到园子里。她仔细察看了两棵苹果树中间一块草地，心想将来就把卡列宁埋在这块草地里。她用鞋后跟踩着泥土，在草地上踩出了长方的一块。这里将是卡列宁之墓的位置。

“你在干吗？”托马斯问道，他无意中撞见了她，如在几个钟头前特蕾莎无意中撞见他在看信。

她没应声。托马斯见她的双手在颤抖，已经很久没有发生这样的事了。他抓住她的手，特蕾莎挣脱了。

"这是卡列宁的墓地?"

她仍旧不回答。

她的沉默激怒了托马斯。托马斯终于发作了:"你自己责怪我把它当作过去去想它,可你呢,你在干什么?你都想把它埋进土里了!"

她转过身,背冲着托马斯,进了家。

托马斯走进她的房间,砰的一声关上门。

特蕾莎打开门,说:"你不要尽想着自己,至少这会儿该想想卡列宁。它睡着了,可你把它吵醒了。它马上又要疼得叫唤起来了。"

特蕾莎知道自己缺理(狗并没有睡着),而且,她也知道自己的行为就像一个俗不可耐的女人,非要伤害别人,而且善于找岔子。

托马斯踮着脚尖走进卡列宁正躺着的屋子,可是特蕾莎不愿让托马斯单独和它在一起,便也走了进去。他们站在两旁,俯身看着卡列宁。动作的一致并不意味着双方的和解。恰恰相反,他们各自一方。特蕾莎和她的狗为一方,托马斯也是和他的狗为一方。

我真怕他们就这样互不理睬,各自一方,僵持到最后。

4

为什么牧歌这个词对特蕾莎如此重要?

我们都是在《旧约》神话中养育成长的,可以说牧歌就是印在我们心中的一幅景象,犹如伊甸园的回忆:伊甸园的生活不同于那将我们引向未知的直线赛跑,也不是一次历险。它是在已知的事物中间循环移动。它的单调并非厌烦,而是幸福。

只要人生活在乡下,置身于大自然,身边拥簇着家畜,在四季交替的怀抱之中,那么,他就始终与幸福相伴,哪怕那仅仅是伊甸园般的田园景象的一束回光。所以那天,当特蕾莎在温泉小城遇见合作社主席时,她的眼前就浮现出一幅乡村景象(她并没有去过那里,从未在那里生活过),并为之神迷。这就如同向身后望去,向伊甸园的方向回望。

在伊甸园,当亚当对着泉水俯下身时,他还不知道水中看到的,就是他自己。他当然也不理解为什么特蕾莎小时候总是站在镜子前,千方百计想透过肉体看到自己的灵魂。亚当就像卡列宁。为了寻开心,特蕾莎常把卡列宁领到镜子前,可是卡列宁不认得自己的影子,漫不经心地看着它,其无动于衷,令人难以置信。

卡列宁与亚当的对比使我想到，在伊甸园中人还未成其为人。更确切地说，那时人还没有被抛入人之轨道。而我们，我们早已被抛入其中，我们在直线运行的时间之虚无中飞行，可是我们身上还有一根细线将我们与遥远的、雾蒙蒙的伊甸园相连，那里，亚当正俯身探向泉水，与那喀索斯不同，亚当根本不知道他看见映在水中的那个依稀的黄色小点，就是他自己。对伊甸园的怀念，就是人不想成其为人的渴望。

特蕾莎小时候看见母亲沾满经血的卫生巾就感到恶心，怪她不知羞耻，不把它们放在隐蔽的地方。卡列宁是只母狗，也有经期，每六个月来一次，每次持续十五天。为了不让它弄脏屋子，特蕾莎在它的腿中间垫上一大团棉花，还给它套了条自己的旧短裤，巧妙地用一根长带子系在它身上。这整整十五天里，看到它这身奇怪打扮，特蕾莎总感到好笑。

女人的月经令特蕾莎厌恶，而一只母狗行经却在她心中激起一股快乐的温情，如何解释这一切？我认为答案很简单：狗从未被逐出过伊甸园。卡列宁对肉体与灵魂的两重性一无所知，不知何为厌恶。所以，和卡列宁在一起时，特蕾莎感到非常快乐，安宁。（因此，把动物看成有生命的机器，把奶牛当成产奶的自动机器，是极其危险的：人就这样斩断了其与伊甸园相连的那根细线，因此再也没有什么能阻止他在时间之虚无中翻飞，也不能给他以任何鼓舞。）

在这混乱的思绪中，一个亵渎神明的想法在特蕾莎的脑海里萌生，怎么也摆脱不了：将她与卡列宁连接在一起的爱胜于她与托马斯之间存在的爱。这份爱更美好，而不是更伟大。特蕾莎谁都不怪，不怪自己，也不怪托马斯。她不想断言她和托马斯还会更相爱。她倒是觉得人类夫妻的这种创造，本来就是让男女之爱从根本上就不及人与狗之间可能产生的爱（至少是多种爱中最好的），这真是人类史上的怪现象，造物主当初或许并没有打算这样安排。

这是一种无私的爱，因为特蕾莎对卡列宁无所求。她甚至不要求爱。她从不提令夫妇头疼的诸如此类的问题：他爱我吗？他曾经更爱过别人吗？他爱我是否比我爱他更深？这是些探讨爱情、度量其深度、对其进行种种猜测和研究的问题，也许正是它们将爱情扼杀了。如果我们没有能力爱，也许正是因为我们总渴望得到别人的爱，也就是说我们总希望从别人那儿得到什么（爱），而不是无条件地投入其怀中并且只要他这个人的存在。

还有一点：特蕾莎接受了卡列宁当初的样子，她从未设法以自己的形象来改变它，她预先就已认可狗也有一个世界，所以不想把它占为己有，她也不想嫉妒卡列宁的秘密癖好。她养它不是为了改变它（而男人总想改变女人，女人亦想改变男人），而只是想教它一门基本的语言，使它得以与人类彼此理解，从而共同生活。

另外，特蕾莎对狗的爱是自愿的爱，没有人强迫她。（特蕾莎又一次想到了母亲，感到十分后悔：如果母亲是村子里她不熟悉的一个女人，她那乐呵呵粗野的劲儿或许会引起她的好感吧！啊！要是她母亲是个陌生人就好了！从孩童时起，特蕾莎就一直为母亲占了她的五官，夺走了她的"我"而耻辱。最糟糕的事情是，"要爱你的父母！"这千年古训迫使她不得不接受被霸占的事实，把这种侵占行为称之为爱！特蕾莎和母亲断绝了关系，这可不是母亲的错，她跟母亲断绝关系，并非因为母亲是她的模样，而是由于是她的母亲。）

尤其是，任何一个人都无法将牧歌献给另一个人。只有动物能做到，因为它没有被逐出伊甸园。人与狗之间的爱是牧歌一样的。这是一种没有冲突，没有撕心裂肺的场面，没有变故的爱。卡列宁围绕在特蕾莎和托马斯的身边，过着建立在重复之上的循环生活，并期望他们也这样。

卡列宁如果不是一条狗，而是一个人的话，它肯定早就对特蕾莎这么说了："听我说，我不乐意一年到头嘴里叼着一个羊角面包。你就不能给我弄点新鲜的东西吃吗？"这句话蕴含着对人类的谴责。人类之时间不是循环转动的，而是直线前进。这就是为什么人类不可能幸福的缘故，因为幸福是对重复的渴望。

是的，幸福是对重复的渴望，特蕾莎想。

每天下班后，合作社主席都要带他的梅菲斯突散步，每次遇到特蕾莎，他都忘不了要说:“特蕾莎太太，我要是早认识他就好了！那就可以一起去追姑娘了！哪个女人能抵挡得住两头猪的进攻呀！”听见这话，梅菲斯突哼了一声，它受过这方面的训练。特蕾莎笑着，其实一分钟前她已知道主席要对她说什么。重复丝毫无损于玩笑的诱惑力。恰恰相反，在牧歌的境界里，甚至连幽默也服从于温馨的重复之法则。

5

与人相比，狗几乎没有什么特权，但它倒是有一项值得重视：它不受法律的制约，可以享受安乐死。动物有权无痛苦地死亡。卡列宁现在只能用三只脚走路，呆在一个角落里的时间也越来越长。它呻吟着。特蕾莎和托马斯意见一致：他们没有权利让卡列宁无谓地受罪。可是，在这个原则上达成的一致意见并没有使他们摆脱烦恼，因为实在说不准：怎么知道它的痛苦什么时候是无谓的？怎么确定什么时候开始没有必要再活下去？

托马斯要是没当过医生就好了，那么他就可以躲在一个第三者的后面，去找个兽医，请他给卡列宁打上一针。

亲自担任死神的角色，是何等残酷！在相当长的一段时间内，托马斯都坚决说他决不会亲手给卡列宁打针，说他会叫兽医来的。可是他最终明白了：他可以让卡列宁享受任何人都得不到的一种特权，即在所爱之人的注目下让死神悄悄降临。

卡列宁呻吟了整整一夜。早上，托马斯对它进行了诊断，然后对特蕾莎说："不必再等了。"

他俩马上就要上工了。特蕾莎去屋里找卡列宁。在这之前，它一直漠然地躺着（甚至几分钟前托马斯给它作检查时，它都没有注意到什么），可这时，当它听见开门的声音，马上抬起头，看着特蕾莎。

特蕾莎无法承受这目光，她感到恐惧。它从未以这种眼神看过托马斯，只对特蕾莎这样，但眼光从未像今天这么急切。那不是绝望或忧伤的眼光。眼中流露出让人不能承受的、令人心悸的信任感。这是一种渴望问个明白的眼神。卡列宁用了整整一生等待特蕾莎的回答，此刻，它（比以往还更为急切）要特蕾莎明白，它一直都在等着她把真相告诉它（因为对它来说，所有来自特蕾莎的都是真理，比如特蕾莎叫它“坐下”或“躺倒”，这些都是真理，卡列宁与之结为一体，并赋予其生活以某种意义）。

这一令人心悸的信任眼光是短暂的，很快，卡列宁就把头靠在脚上，特蕾莎知道再也不会有人像这样看她了。

他们从不给卡列宁甜食吃，不过几天前，特蕾莎买了几板巧克力。她剥开锡纸，把巧克力掰成碎块，放在卡列宁嘴边。她还放了一碗水，这样，它独自在家的时候就什么都不缺了。可是，它刚刚投向特蕾莎的那种目光，似乎把自己累着了。尽管嘴边都是巧克力块，它仍未抬头。

特蕾莎跪倒在它身旁，将它抱起。卡列宁动作缓慢地嗅了嗅她，吃力地舔了她一两下。她闭着眼睁接受卡列宁的这份爱抚，仿佛要把这永远印在记忆里。她转过头，想让卡列宁再舔她的另一边脸颊。

接着，特蕾莎必须出去放牛了，午饭后才回到家。托马斯还没回来，卡列宁始终躺着，身边是一块块巧克力。听见特蕾莎走过来，它头也没抬一下。那条病腿肿肿的，肿瘤扩散到了另一个部位。腿毛上有淡淡的一滴红（不像是血）。

跟早晨一样，特蕾莎又跪倒在卡列宁身边。她用一只胳膊挽着它，闭上眼睛。不一会儿，她听见了咚咚的敲门声。“大夫，大夫！是梅菲斯突和合作社主席来了！”特蕾莎不能跟任何人说话。她眼睛闭着，一动不动。她又听见了一声喊叫：“大夫，猪来看您了。”然后是一阵沉默。

过了半个钟头，托马斯回来了。他一声不吭，径直朝厨房走去，准备针剂。他回到房间时，特蕾莎正站着，卡列宁动了动，想站起来。看见托马斯，它有气无力地摇了摇尾巴。

“瞧！它还在微笑呢。”特蕾莎说。

她是用哀求的语气说这句话的，似乎想以此请求托马斯再缓一缓，不过她没再坚持。

慢慢地，她将一块床单铺在床上。这是条白床单，上面缀有小紫花图案。她早已准备好了一切，想到了一切，仿佛早在几天前，就想到了卡列宁的后事。（啊！多可怕！我们竟然提前想到我们所爱之人的后事！）

卡列宁也没有力气跳上床。托马斯和特蕾莎抱起它，将它抬了起来。特蕾莎让它侧躺在床边，托马斯检查它的腿。他找到了血管凸起、暴露在外的那一部位，用剪刀剪净了上面的毛。

特蕾莎跪在床脚下，双手抱着卡列宁的头紧贴在脸上。

托马斯叫她使劲按住卡列宁的两条后腿，腿的下方有一根静脉，很细，要把针扎进去很难。她托着卡列宁的那条腿，脸仍然贴着它的头。她不断地轻声对它说话，而卡列宁也只是想着她。它并不害怕。它又舔了两下特蕾莎的脸。特蕾莎低声对它说："别怕，别怕，到了那边，你就不用受苦了，你会梦见松鼠、野兔，还有母牛，还有梅菲斯突，别怕……"

托马斯将针扎进静脉，推动针管。卡列宁的脚微微颤抖了一下，呼吸变得急促起来，接着，突然停止了。特蕾莎跪在床前，脸紧贴着它的头。

托马斯和特蕾莎又得去干活了，卡列宁躺在床上，躺在那条缀着紫花的白床单上。

晚上，他俩回到家。托马斯走进园子。他在两棵苹果树中间，找到了特蕾莎几天前用鞋跟踩出的呈长方形的四条线。他动手挖了起来，他严格遵守标出的尺寸。他希望一切能如特蕾莎所愿。

特蕾莎留在屋里陪卡列宁。她怕它还活着就把它埋了。她将耳朵贴近它的鼻子，仿佛听见了微弱的呼吸声。往后走了一步，发现卡列宁的胸脯微微起伏。

（其实，她听见的是自己的吸气声，它传送出一种运动，是她自己的身体所感觉不到的，所以她以为是狗的胸脯在动！）

她从手提包里取出一面小镜子，贴近狗的鼻子。镜子湿乎乎的，她以为是卡列宁呼吸形成的水汽。

“托马斯，它还活着呢！”特蕾莎喊了起来，这时，托马斯正从园子回来，鞋上满是泥土。

托马斯俯下身，然后摇了摇头。

卡列宁躺在床单上，托马斯和特蕾莎各拿起床单的一端。特蕾莎在卡列宁后脚这一端，托马斯则在头那一端。他们抬起卡列宁，送到了园子里。

特蕾莎的手感到床单湿乎乎的。她想，卡列宁来时给我们带来了一片水，走时又留下一片水。这湿乎乎的一片，是卡列宁的诀别方式，特蕾莎为手下的这份感觉而感到幸福。

托马斯和特蕾莎将卡列宁抬到两棵苹果树中间，把它放进墓穴。特蕾莎弯下身子整了整床单，将卡列宁全身裹好。不然，泥土就会直接洒落在它赤裸的身上，想到这，她实在受不了。

然后，她进屋取出项圈、皮带和一把自早上起就放在地上、丝毫未碰的巧克力。她把这些都扔进了坟墓。

墓穴旁，是一堆新翻的泥土。托马斯拿起锹。

特蕾莎回想起了她做的那个梦：卡列宁产下两个羊角面包和一只蜜蜂。她突然觉得这句话像碑文。于是她想象苹果树中间有个纪念碑，上面写着：“卡列宁安息于此。它曾产下两个羊角面包和一只蜜蜂。”

园子里，暮色渐浓。这既不是白昼也不是夜晚，天空挂着一轮淡淡的月亮，仿佛是死人屋里一盏忘了熄灭的灯。

托马斯和特蕾莎的鞋子都沾满了泥土，他们将锹和铲送回工具棚，里面整齐地放着耙、镐和锄头。

6

托马斯回到屋里，坐在桌旁，他总爱坐在那儿看书。在这个时候，特蕾莎总会过来找他，朝他弯下身子，在身后用脸贴在他的脸上。可这天，特蕾莎贴近他时，发现托马斯并不是在看书。他面前放着一封信，尽管只有四五行用打字机打的字，可托马斯却眼睛一眨不眨地在死盯着看。

“怎么回事？”特蕾莎不安地问。

托马斯没有回头，他拿起信，递给特蕾莎。信上说托马斯必须于当天赶到邻城的飞机场。

托马斯终于朝特蕾莎转过头来，这时，特蕾莎发现他双眼充满了她刚刚感觉到的那种恐惧。

“我陪你去。”她说。

托马斯摇摇头说:“这次只传讯我一个人。”

特蕾莎重复说:“不，我要陪你去。”于是他俩上了托马斯的卡车。

不一会儿，他们到达了机场。雾很大，前方隐约现出飞机的轮廓。他们从一架飞机走到另一架飞机，可是所有飞机的机舱门都关着，进不去。最后他们终于找到了一架前舱门开着的飞机，舷梯已经架好。他们走上舷梯，一位乘务员出现在机舱的门口，示意他俩往里走。这是一架小型飞机，只有三十来个座位，舱内一个乘客也没有。他们在座位之间的过道上向前走去，始终相互依偎着，也不管周围发生了什么。他们找到两个位子并肩坐下，特蕾莎把头靠在托马斯的肩上。最初的恐惧感消失了，变成了忧虑。

恐惧是一种撞击，是彻底失去理智的一瞬间。恐惧没有一丝美的痕迹。看见的，只是所期待的未知事件的一束强光。忧虑则相反，它意味着我们是有所知的。托马斯和特蕾莎知道等待他们的是什么。恐惧之强光被蒙上了，于是我们发现世界沐浴在淡蓝色的、温柔的光线中，使从前最丑陋的事物变得再也美丽不过。

特蕾莎读完信的一刹那，并没有对托马斯产生什么爱，因为恐惧感抑制了所有其他的感情和感觉，她只是觉得自己一刻也不应该离开他。此刻，她依偎着托马斯（飞机在云层中穿行），恐惧消失了，她感到了自己的爱，而且她知道这是一种无限的爱，无比的爱。

飞机终于降落了。乘务员打开机舱门，他们站起身，朝舱门走去。他们始终相互搂着，站在舷梯高高的台阶上。只见下面有三个戴着风帽、持枪的男人。犹豫已没有用，因为没有办法再逃。他们慢慢走下舷梯，脚刚落到地上，其中一个男人举枪瞄准。没有听见枪声，可是特蕾莎发现刚刚还在身边、搂着她的托马斯，松开了手，往地上倒去。

她想把他抱住，可怎么也支撑不住他。他跌倒在降落场的水泥跑道上。特蕾莎弯下腰，试图扑向托马斯，用自己的身体护着他，可就在这时，发生了一件奇怪的事：眼前，托马斯的身体开始缩小，在迅速缩小。这真是难以置信，特蕾莎惊呆了，一动不动地站在那儿。托马斯的身体变得越来越小，一点儿都不像他了，最后只剩下一个很小的东西，它开始移动，然后跑了起来，在机场上奔逃。

开枪的男人揭去面具，对特蕾莎亲切地笑了笑。接着，他转过身，奋不顾身地去追捕那个小东西，只见它呈之字形飞奔着，像是在躲避某人，拼命寻找一个藏身处。追捕持续了几分钟，后来，那男人猛地扑倒在地，追捕宣告结束。

他站起来，朝特蕾莎走来。他捧着那东西给特蕾莎看。小东西吓得颤抖着。这是一只野兔，那男人将它递给特蕾莎。于是，恐惧和忧虑都消失了，她快乐地抱着这个小动物，一个属于她、她可以搂在怀里的小动物。她幸福地流下了泪。她哭了，不停地哭着，泪水挡住了她的视线，她将小兔子带回家中，心想：总算快达到目的了，她已到达自己想去的地方，她不必再逃跑了。

她踏上了去布拉格的路，并在街上轻而易举就找到了自己的家。她小时候和父母曾在那儿生活过。她的父母现已不住那儿了。

两个老人接待了她，她从未见过他们，但她知道这是她的曾祖父和曾祖母。他们的脸老得像褶皱的树皮，特蕾莎很高兴与他们共同生活。不过眼下，她想独自和小动物呆在一起。她毫不费劲就找到了幼时的小屋，她五岁起就住在那里，当时她的父母认为她应该有一个属于自己的房间。

房间里有一只沙发、一张小桌和一把椅子。桌上放着一盏灯，从那时起，它就一直亮着等她。灯上停着一只展翅的蝴蝶，两只大眼睛是彩色的。特蕾莎知道她达到了目的。她躺倒在沙发上，把兔子贴在脸上。

7

他坐在桌旁，他总爱在那儿看书。他的面前有一只拆开的信封和一封信。他对特蕾莎说:“我时常收到来信，可我不想跟你谈信的内容。是我儿子写来的。我费尽心机，为的就是避免他与我生活之间的任何接触。可你瞧命运是怎么在捉弄我。几年前他被大学开除了，现在在一个村里当拖拉机手。我们确实已经没有任何接触了，可是我们的生活却像两条平行线，朝着同一方向并列前进。”

“那你为什么不愿同我谈这些信呢？”特蕾莎深深地松了口气，问道。

“我不知道，这让我觉得不舒服。”

“他常给你写信？”

“有时。”

“跟你谈什么呢？”

“谈他自己。”

“有趣吗？”

“是的，你知道，他母亲是一名狂热的共产主义者。他老早就与她断绝了关系，和一些类似于我们这样处境的人交往。他们试图展开某种政治活动，其中有几个人如今被关进了监狱。不过他同这些人也闹翻了，与他们保持着一定距离。他称他们是‘永恒的革命者’。”

“他跟当局妥协了？”

“不，丝毫没有妥协。他是个教徒，他认为宗教是万能钥匙。在他看来，我们每人都应当无视当局、遵循教规过普通生活。应该无视当局。他认为，只要信仰上帝，就可以在任何情况下以自己的行为，创建他所说的‘尘世间的上帝之国’。他告诉我说，教会是我们国家唯一摆脱国家控制的自愿者协会。我总在问自己，他到底是为了抵制当局而信教呢，还是真的信教。”

“那么，就问他好了！”

托马斯接着说：“我始终钦佩有宗教信仰的人。我以前觉得他们都具有我所缺乏的奇特、超凡的感受禀赋。有点像是通灵者。可是从我儿子的例子来看，我现在发现，成为一名教徒其实是很简单的。当一个人处于困境中，一些天主教徒便去关心他，他一下子就发现了信仰。也许他是出于感激而决定入教的。人类的决定往往草率得可怕。”

“你从未给他回信吗？”

“他没有给我地址。”

接着，他又说：“当然，邮戳上有村庄的名字。只要给当地合作社寄封信就行了。”

特蕾莎为自己对托马斯的种种猜疑而感到羞愧，想弥补一下过失，冲动之下，突然对他儿子关心起来：“那么，你为什么不给他写信呢？为什么不邀请他来？”

托马斯说：“儿子长得很像我。他说话时，上嘴唇总是一翘，跟我一模一样。看见自己的嘴在谈论上帝之国，这让我觉得有些太奇怪。”

特蕾莎哈哈大笑起来。

托马斯也笑了。

特蕾莎说：“托马斯，别孩子气了！你和你第一个妻子的事早已经成为历史了。这事与你儿子有何相干？他与她母亲有什么共同之处吗？就算你年轻时没选择好，难道这也可以成为你伤害别人的理由？”

“说真心话，见面让我尴尬。这也是我不想见他的主要原因。我不知道自己怎么会这么固执。某天，你作出一项决定，你甚至不知道是怎么回事，而且这项决定有其惯性力。随着一年年过去，要改变它有些困难了。”

特蕾莎说：“请他来吧！”

下午，从牛棚回来时，特蕾莎听见马路上有人说话。她走了过去，见托马斯的卡车停在那儿。托马斯正弯腰拆卸一只轮胎，一群人围着他看，等着他把车修好。

特蕾莎站在那儿，无法将目光挪开：托马斯确实老了。他头发灰白，干起活来动作笨拙，当然不是由医生转行当卡车司机显示出的笨手笨脚，而是一个步入老年的男人所表现的迟钝。

她想起不久前与合作社主席的一次谈话。主席告诉她托马斯开的卡车的车况很糟糕。他说这话像是开玩笑，并没有埋怨的意思，可他毕竟有些担心。他还笑着说："托马斯对人体比对发动机要懂行多了。"他还向她透露，他曾向当地政府多次交涉，想让托马斯在当地行医。他后来听说，警方是决不会准许的。

为了不让卡车周围的人看见，特蕾莎躲到一个树干后，但她的眼睛始终盯着托马斯。她深感内疚，都是因为她，托马斯才离开苏黎世回到布拉格，又为了她而离开布拉格，甚至在这里，她还继续烦他，甚至当着奄奄一息的卡列宁的面，虽然没明说，但还猜疑、折磨他。

她总是在内心深处责备托马斯爱她不够深。她认为自己的爱是无可指责的，而托马斯的简直就像是一种恩赐。

现在，她明白自己是多么没有道理：如果她真的很爱托马斯，那她就应该和他一起留在国外！那儿，托马斯是幸福的，新的生活展现在他面前。而她却离开了他，独自出走了！当然，她当时自以为这样做是出于好意，是不想成为他的负担！可是这种好意难道不是遁词吗？其实她知道托马斯会回来，会来找她的！是她在唤他，拖累他，一步步把他往底层拖，就像仙女把农夫引入泥炭沼，让他们淹死在那儿。她利用托马斯胃痉挛的那一瞬间，骗取他发誓与她去乡下定居！她真够狡猾的！每次她叫托马斯追随自己，目的都是为了考验他，为了证实他是否确实爱她，以至于把托马斯拖到这个地步：头发花白，精疲力竭，指头僵直，再也握不住外科医生的解剖刀了。

他们走到了尽头，从这里还能去哪儿呢？决不会让他们去国外。他们也永远回不了布拉格，谁也不会在那儿给他们一份工作，至于去另一个村子，何必呢！

上帝啊，难道真的非得来这里，才能让她确信托马斯是爱她的吗？

托马斯终于将卡车的车轮重新安装好了。小伙子们从卡车的侧栏翻进车厢，发动机隆隆响起。

特蕾莎回到家，放了一池洗澡水。她泡在热水里，想着自己耗费一生的精力，滥用女人的软弱来对付托马斯。人们都倾向于把强者看成是有罪的，把弱者看成是无辜的牺牲品。可是现在，特蕾莎意识到：对于她和托马斯来说，事实则相反！甚至连她做的梦，都好像摸准了这个强大的男人唯一的弱点，向他展现特蕾莎的痛苦，使他不得不退步！特蕾莎的软弱是咄咄逼人的，总是迫使他就范，直至他不再强大，变成她怀里的一只野兔。特蕾莎总想着这个梦。

特蕾莎走出浴缸，去找了件礼服连衣裙。她要穿上最漂亮的衣服讨托马斯的欢心，让他高兴。

她刚扣上最后一粒纽扣，托马斯就叫嚷着闯进屋里，身后跟着合作社主席和一个面色苍白的青年农民。

“快！拿烧酒来，要度数高一点的酒！”

特蕾莎跑去拿来了一瓶李子酒，她倒了一杯酒，小伙子一饮而尽。

这时候，大家把事情的经过告诉她：小伙子干活时把一只肩膀弄脱臼了，疼得直叫。大家一筹莫展，就把托马斯叫来了。托马斯咔嚓一声，一下就把小伙子胳膊的关节复位了。

小伙子喝下了第二杯酒，对托马斯说：“你妻子今天漂亮极了！”

“傻瓜，”主席说，“特蕾莎太太一直很漂亮。”

“这我知道，她一直很漂亮，”小伙子说，“可是今天，她穿了条漂亮的连衣裙。我们从没见过您穿这条裙子，您要去做客吗？”

“没有，我是穿给托马斯看的。”

“你真有福气，大夫，”主席说，“我老婆可不会穿上最漂亮的衣服讨我的欢喜。”

“所以你总是带你的猪出门，而不带妻子。”小伙子说，然后笑了半天。

“梅菲斯突好吗？”托马斯问道，“我至少……（想了想）一个钟头没见着它了。”

"它讨厌我呢。"主席说。

小伙子又对特蕾莎说:"看您穿着这么漂亮的裙子，真想跟您跳舞。"接着又转向托马斯:"大夫，你准许她跟我跳舞吗?"

"我们大家一块儿去跳舞吧。"特蕾莎说。

小伙子问托马斯:"你去吗?"

"去哪儿呀?"托马斯问。

小伙子指了指附近的一个小镇，那儿有一家带酒吧和舞池的旅店。

"你要跟我们一起去。"小伙子以不容商量的语气对主席说，他端起第三杯李子酒，说:"要是梅菲斯突感到伤心的话，我们就带它一起去，这样，我们就有两头猪了！见来了两头猪，哪个女人都会乐得前仰后合的!"说完，他一阵大笑，走开了。

"如果梅菲斯突不妨碍你们的话，我和你们一块去。"主席说，于是，大家上了托马斯的卡车。

托马斯握着方向盘，特蕾莎坐在他旁边，主席和小伙子拿着半瓶烧酒坐在后排。汽车已经驶出了村子，这时主席想起忘了带梅菲斯突。他大声叫托马斯把车开回去。

"没必要，有一头猪够了。"小伙子说，主席便不再嚷了。

太阳西斜了。道路在山间盘旋。

他们到了城里，在一家旅店门前停下，特蕾莎和托马斯从未来过这里，一条楼梯通向地下室，那儿有酒吧、舞池和几张桌子。

一位六十岁左右的先生在弹奏一架竖式钢琴，一个年龄相仿的女士拉着小提琴。他们演奏的是四十年前的老曲子。舞池里有四五对舞伴在跳舞。

小伙子环顾了一下舞厅，说：“这儿居然连一个舞伴都没有！”于是立即邀请特蕾莎跳舞。

主席与托马斯在一张空桌旁坐下，他们要了一瓶葡萄酒。

“我不能喝酒，我要开车呢！”托马斯推托说。

“还开车？”主席说，“我们要在这儿过夜呢。我马上去订两个房间。”

特蕾莎和小伙子从舞池出来后，主席又请特蕾莎跳舞，最后才轮到托马斯。

跳舞时，特蕾莎对托马斯说：“托马斯，我是造成你一生不幸的人。你是因为我才来这儿的。是我让你到了这么低的地步。”

“瞎说，”托马斯反驳道，“首先，这么低，是什么意思？”

“如果我们在苏黎世，你可以为病人做手术。”

“你可以摄影。”

“我们俩不能比，”特蕾莎说，“对你来说，你的工作比世界上的一切都重要，而我呢，随便干什么都可以，我不太在乎。所以我什么也没有失去，而你却失去了一切。”

“特蕾莎，”托马斯说，“你难道没发现我在这里很幸福？”

“可你的使命是做手术呀！”

“使命？特蕾莎，那是无关紧要的事。我没有使命。任何人都没有使命。当你发现自己是自由的，没有任何使命时，便是一种极大的解脱。”

听他说话的语气，无法怀疑他的真诚。特蕾莎又看到了下午的那一幕：托马斯在修卡车，她发现他老了。她如愿以偿了，因为她一直希望托马斯变老。她又想到了童年的小屋里那只被她紧贴在脸上的野兔。

变成一只野兔，这是什么意思？这意味着忘记他是强者，这意味着从此谁都不比谁强。

他们来来回回，合着钢琴声和小提琴声迈着舞步，特蕾莎的头靠在托马斯的肩上，两人就像坐着飞机在云雾里穿行。此刻她又感受到了坐在飞机上的那种奇特的幸福，那种奇特的忧虑。这忧虑意味着：我们已在最后的一站。这幸福意味着：我们在一起。忧虑是形式，幸福是内容。幸福充盈着忧虑的空间。

他们回到桌旁。特蕾莎又和主席跳了两曲，和那个小伙子跳了一曲。小伙子已经醉了，醉得连自己带特蕾莎一起倒在了舞池中。

接着，他们四人上楼，进了自己的房间。

托马斯打开房间的门，揿亮了吊灯。特蕾莎看见两张床对放着，一张床边有一个带灯的床头柜。一只巨大的蝴蝶被光线一惊，飞离灯罩，在房间里盘旋。下面，传来钢琴和小提琴微弱的声音。

大写的牧歌与小写的牧歌

—— 重读米兰·昆德拉

弗朗索瓦·里卡尔

一

《不能承受的生命之轻》最后几页题为《卡列宁的微笑》的文字，曾使我，且至今仍令我感到炫目而又困惑。炫目之感来自于其文字的美，来自于其特有的语义与形式的完满。而正是从这种美和这种完满之中产生了令我深陷其中的困惑与不尽的疑问。笔者写作本文的目的，在于试图探清这份炫目与疑问——通过总体把握和相互观照来加以领悟。因此，本文将围绕牧歌和美这两个主题展开思考。

但首先是，我为何会受到如此的冲击？究其原因，恐怕在于这几页文字与过去我在昆德拉作品中看到的中心倾向形成了极为鲜明的对照。通过阅读昆德拉以前的那些小说，我曾得出结论，将其中心倾向定义为对任何抒情形式的讽刺、质疑，对天真的彻底批判，总之，这是以毁灭、嘲讽，以“彼世”的目光投向一切价值标准，尤其是投向政治与诗为基础的某种哲学意义上的撒旦主义形式。[1]就此而言，我从未读过比这走得更远的文学作品，也从未读过将幻灭之艺术推得如此之远，将我们的生命与思想藉以为本的基本谎言揭露得如此深刻的作品。简而言之，没有一部作品与牧歌之精神如此格格不入。而相反，其常用手段之一，便是通过作品中主人公，如《玩笑》中的路德维克与雅洛斯拉夫，《谁都笑不出来》中的叙述者，《搭车游戏》中的女主人公，《好笑的爱》中的哈威尔大夫与爱德华，《告别圆舞曲》中的雅库布，《笑忘录》中的塔米娜和扬，《雅克和他的主人》中的仆人等人物的生存与思考，来彻底揭露这个世界的无足轻重和绝对可笑。

然而，在这样一个世界中，怎能出现牧歌？《不能承受的生命之轻》的最后一部分怎么可能由一条垂死之狗的微笑而变得如此温馨和明媚？其不当之处更在于小说中的这首牧歌紧接在《伟大的进军》这一部分之后，而在这一部分，探讨的是粪便与媚俗的问题，小说家的讽刺也许比他在这部小说中的任何其他部分都表达得更彻底。

总而言之，这几页文字有着某种令人愤慨的东西。然而，文中却包含着某种真理，某种不言自明的真理，与昆德拉作品中最具撒旦性的部分所揭示的真理一样，无法回避。因此，这几页文字给我揭示了另一个昆德拉，或至少迫使我不得不修正我先前对他作品的看法（因而也改变了这一作品在我心间所激起的回声的看法，在我心中，我一直认为其作品正是以最为确切的方式对我的意识作了表达）。这种修正的最终完成，只能通过质疑，彻底去掉我先前对这部作品及其欲言所持的也许过于单一的简单化认识。也就是说，只能通过考察下面的这一悖论：毁灭的作者也是牧歌的作者。

二

重读昆德拉的作品，确实使我们发现，虽然《卡列宁的微笑》无疑是其作品中看到的最精心设计或最精心维护的牧歌形象，但远不是唯一的。在他以前的长短篇小说中，出现过不少类似的形象，因此在我看来，说这是其作品的重大主题之一毫不为过。我们甚至可以说：这是作品主人公生存的最为强大的动力之一，亦即小说想象力的动力之一。

但是，跟昆德拉表达的所有主题一样，这一主题本质上是含混不清的、多义的，不可能简约为某种稳定的、确定的内容。就如《不能承受的生命之轻》中萨比娜的怪诞的画一样，其意义以小

---

① 请读者原谅笔者提及以前写过的一篇有关昆德拉的文章，题为《撒旦的视角》(*Le point de vue de Satan*)，最早发表于《自由》(*Liberté*，蒙特利尔，一九七九年)，后用作《生活在别处》(*La vie est ailleurs*，伽里玛出版社，一九八二年、一九八五年版）的跋。

说话语的质疑本质为标志，只能通过采用某种语义对位法来加以表达，且不断超越自身，导向其反面，使其最终变得不确定，因此也就变得更为丰富、迷人。

或许，对牧歌这一主题的含混性的表达，莫过于《笑忘录》中结尾部分。在海边，在一个荒岛上——典型的牧歌环境——扬和爱德维奇在一个所有人都裸体的海滩上漫步。她从中看到了一幅天堂的景象，一幅终于解放了的人类景象，而他则想到了走向毒气室的犹太人。他们谈到了达夫尼斯和赫洛亚：

> 扬又一次带着叹息重复说道："达夫尼斯，达夫尼斯……"
>
> "你喊达夫尼斯？"［爱德维奇问］
>
> "是的，"他说，"我喊达夫尼斯。"
>
> "很好，"爱德维奇说，"应该回归到他那儿。回到人还没有被基督教戕害的那个时代。你想说的是这个意思吗？"
>
> "是的，"扬回答，但他想说的是完全不同的意思。①

扬与爱德维奇之间的这种互不理解，我们不妨再加以进一步的分析。两人都渴望牧歌，也就是渴望昆德拉在别的作品中所写的"第一个冲突出现之前世界的状态；或者是冲突之外世界的状态；或者冲突只是误会，即假的冲突"②。对建立在和谐基础之上的幸福的这份渴望，我们可以将之称为他们的"牧歌意识"。

然而，尽管两人都感到如此的渴望，但这种渴望对两人而言意义却不是同一的，爱德维奇与扬的共同渴望所投射的形象也不是一样的。据此可以说，他俩之间，各人都在自己的心中拥有、并充满一种各自特有的“牧歌意识”，其中表现的，是既控制了其生命，也控制了其想象力的某种个人的“神话”。

正是在这个意义上，我在上文中谈到这一“动力”式的牧歌，因此在我看来，恰正是通过昆德拉心中的牧歌，或浸淫其心田的牧歌，亦即通过昆德拉特有的“牧歌意识”，才可能对昆德拉每个人物的生存动力或生存之“律”作出界定。让我们重读《玩笑》。只有当小说将人物置于“牧歌的境地”时，亦即通过人物浸淫其间的牧歌，我们对小说人物的认识才可以说是意义深长而全面的。埃莱娜置身于歌颂革命的人群的欢乐之中。雅洛斯拉夫站在田野的一丛犬蔷薇旁，一队骑士护卫一位遮着面纱的国王在身边经过。考茨卡处在一个以宽恕为怀的丘陵之乡。就他们中的每一个人而言，幸福就在于其牧歌的实现，而不幸则在于其牧歌的毁灭。

但我们还是回到海滩上一丝不挂的扬与爱德维奇身上。他俩在各自的心目中都充满牧歌的某幅图景，以各自的方式想象着达

---

①《笑忘录》(*Le livre du rire et de l'oubli*)第七部第十四章［弗朗索瓦·克雷尔(François Kérel)译，新版，由作者本人修订，伽里玛出版社，一九八五年，页三二一］。

②《小说的艺术》(*L'art du roman*)，伽里玛出版社，一九八七年，页一六一。

夫尼斯的天地，在那里，没有冲突发生。但是，他们之间的互不理解比表面上看到的更为深刻。因为在他们各自的“牧歌意识”之间，存在的远远不只是一种简单的差异。存在的应该说是一种矛盾。爱德维奇置身于裸泳者之间，感觉到自己与达夫尼斯十分接近；而扬则清楚自己距离太远，且不可挽回，永远都不可能接近达夫尼斯，除非逃离这片海滩，或这片海滩空无一人。扬的牧歌并不仅仅有异于爱德维奇的牧歌，而是截然不同的，完全是爱德维奇的牧歌的反面。

于是，在同一运动中——对和谐与安宁的渴望——展开了与之呼应的牧歌的两种图景，即两种意义，而在昆德拉的作品中，两者都得到了充分的展示。为了更好地抓住两者之间的对立与纠缠，我建议借助评论家诺思洛普·弗莱对该词所作的定义——此定义由弗莱借自于威廉·布莱克[①]——将两者中的一个称为*天真*（或“爱德维奇式”）的牧歌，将另一个称为*经验*（或“扬式”）的牧歌。

限于篇幅，我们不可能对昆德拉的作品中这两种牧歌具有代表性的各种图景所形成的两种范式作一全面的梳理。我们还是仅就其中最为明显的图景作一回顾。

三

属于天真之范式的，有两个反复出现的图景，乍一看，它们似乎是相互矛盾的，然而，昆德拉小说的众多发现中，重要的一点便是清楚地揭示了两者之间深刻的相似性，它们往往根植于同一渴望之中，且通往同一个天地。第一个图景便是裸泳海滩，爱德维奇从中看到了达夫尼斯岛的重现；不仅在各种节日和集体欢庆的场面（在《生活在别处》中的女摄影家的别墅，《笑忘录》中的卡莱尔与玛尔凯塔家，芭芭拉家等），而且在电吉他所弹奏的“无记忆的音乐”“音乐的原始状态”的提示中，都可看到这一图景的不同变形，因为在这音乐声中，确实所有冲突都化解了。

> 凭这些简单的音符组合，世界便可以博爱，因为是存在本身在这些音符的组合中兴高采烈地呼喊我在这儿。没有比与存在的简单融合更喧闹、更一致的融合了。
>
> [……]身体随着音符的节奏在跳动，为意识到自己存在而陶醉。[②]

天真之牧歌的第二幅图景非革命理想莫属，革命理想旨在通过将世界改变成一个没有异端没有分裂的统一天地，而达到冲突

---

① 参见《批评解剖》（*Anatomie de la critique*），居伊·杜朗（Guy Durand）译，伽里玛出版社，一九六九年，页一八五至一八八。

②《笑忘录》第六部第十八章（页二五七至二五八）。

的结束。以牧歌之意愿对共产主义所作的这一阐释在昆德拉的作品中经常出现；在多次提及一九四八年的布拉格的文字中，这一点表达得尤为明显，因为在当时，革命被看作是对所有人的一种邀请，邀请众人最终进入“夜莺歌唱的田园，这个和谐的王国，在那一王国里，世界不是作为局外人反对人类，人类之间也不互相对立，而是相反，世界与所有人都糅合到唯一、同一的物质里”[①]。

一边是爱德维奇的海滩式摇摆舞曲，一边是共产主义圆舞曲，在这两者之间，对立仅仅是表面的。一天，特蕾莎看了一个裸泳者海滩和俄国人的坦克进入捷克斯洛伐克的几幅照片之后，情不自禁地开口说道：“其实是一回事。”[②]所谓天真之牧歌的这两幅图景确实具有同样的基本特征。且说其中的两条，它们紧密相连：一是对个体的取缔，二是对界限的抛弃。

爱德维奇的海滩，或狂欢，或摇摆舞会与共产主义天堂的共同之处，首先在于在这里，独处不仅仅是不可能的，而且是禁止的。这是一个将个体融和、融化到群体中的世界；“凡不愿做其中一个音符的人则成为一个无用、毫无意义的黑点”。简而言之，这种牧歌“就其本质而言是所有人的世界”[③]。

这也是一个没有界限的世界，在这里，任何界限都被否决，被超越。爱德维奇为自己能从“我们的文明牢笼的另一边”[④]来到这里而高兴，古斯塔夫·胡萨克对集会的孩子们说：“孩子们！你们是未来！[……]我的孩子们，永远不要向后看！”[5]这是因为此牧歌处于任何界限之外，不管是个体性之界限，还是文化、道德或存在本身之界限。它以完满与偶然、软弱、怀疑、苦涩，即与任何冲突动因作斗争。欢乐之完满，自由之完满，存在之完满。就像“牧歌之态度”在强调：“[真正的]生活在别处，”这一牧歌宣称要通过恢复美化的生活，赎救邪恶且不完美、不定和虚无的日常生活，让意义得以丰富，欲望得以实现。

这第一类牧歌——其特征允许我们将之界定为“大写的牧歌”——不能不让我们想到乔治·巴塔耶在有关色情的研究中所描写的连续性世界，他正是把这一连续性的世界与对禁忌的超越和违抗联系在了一起。然而，无论是爱德维奇，还是在狂欢之中的玛凯塔，他们的幸福与在布拉格街上跳舞的积极分子的幸福是一样的：一种超越、突破了某种界限的感觉，一种因此而达到新的存在状态的感觉，这种新的存在状态比他们脱离的那一种要更为真实，更为纯粹，更为美好。

---

①《笑忘录》第一部第五章（页一七）。

②《不能承受的生命之轻》第二部第二十四章（弗朗索瓦·克雷尔译，新版，由作者修订，伽里玛出版社，一九八七年，页九二，大开本，页一〇七）。

③《笑忘录》第一部第五章（页一七）。

④《笑忘录》第七部第十四章（页三二二）。

⑤《笑忘录》第六部第十三章（页二四八）。

四

我们可以说，昆德拉的整个作品都被作如此理解的这种大写的牧歌所诱惑，它在这部作品中确实构成了一个中心的神话，因此也就构成一个理解人类生存及我们所生活的世界的方式，或至少是理解人与世界的视界的方式。但是，这个神话非但不吸引人，反而在排斥，其诱惑是在起着反作用，不是作为向往，而是作为威胁。也许，正是由此，通过对牧歌的无情批判，通过对这一牧歌所预示的奇迹的逐一摧毁，昆德拉的“撒旦主义”才得到更好的展现。这样的批判是彻底的。它并不仅仅针对大写的牧歌的这一或那一图景，或针对牧歌所声称体现的这一或那一意识形态或政治。正是在其社会的和个体的层面上，对牧歌的向往和信念受到了质疑，这也就是重“彼世”轻“此生”，重“统一”轻“杂合”。

这一批评借用了多种形式。它时而是明言的，时而又是含蓄的；它时而表现为犬儒主义，时而又表现为冷嘲热讽，然而，它彻底揭露了大写的牧歌中的谎言与恐怖。不妨想一想《笑忘录》第六部摇摆舞手拉斐尔领塔米娜去的那个居住着达夫尼斯和赫洛亚的小岛。也想一想《不能承受的生命之轻》中媚俗对粪便的普遍胜利，而归根结底，媚俗不过是大写的牧歌的表现和美本身。

但是，昆德拉对大写的牧歌的批评还有另一条途径，也许是最富有意义的途径，这正是我们在此想要探寻的。那就是通过作品构成另一个图景系统，构成另一个范式，但这一次，是建立在我们可称之为悖论式的“反牧歌之牧歌”的东西之上，这也就是我们在上文所称的经验之牧歌。

扬这个人物在我们看来已经是拥有这一“牧歌意识”的人物之一。但他并非是唯一的一个。其他人物还展现了属于这一范式的更为丰富的图景。我们不妨再回顾几例。

首先是《玩笑》中的两例。第一例首推路德维克参加的那个小民乐队的最后演出场面，这个场面中具有在传统意义上与牧歌形式相联系的多种要素：音乐、花园、友谊、和平。但在小说中，倒是另一个插曲表达了这一主题，那就是与露茜的相见，当时路德维克被关押在军营，感觉自己“已被抛到［自己的］生命之路之外”[①]。也许在任何一部作品中，这一类牧歌的“反牧歌特征”都没有表现得像在这几页文字中那样有力，在这里，幸福产生于被抛弃，真可谓是一种悖论。

> 我坚信一旦远离历史的飞轮，生命便不是生命，而是半死，是烦恼，流亡，是西伯利亚。而此时此刻（到西伯利亚

---

① 《玩笑》(*La plaisanterie*)第三部第六章［马塞尔·艾莫南(Marcel Aymonin)译，克洛德·库尔托(Claude Courtot)与昆德拉修订，定本，伽里玛出版社，一九八五年，页六五］。

六个月后），我突然看到了一种存在的可能性，崭新且出人意料：在我的面前，展现出被飞翔的历史之翼所遮盖，且已被遗忘的日常生活之绿洲，在这里，一个普通、可怜、但却无愧于爱的女子在等待着我。那就是露茜。

对历史的巨翼，露茜能知道些什么呢？至多是一声巨响掠过她的耳朵；她对历史一无所知；她生活在历史之下；她对之并不渴望；她没有任何崇高的和一时的烦恼，她生活的烦恼只是琐碎的，是永久的。而我，一下子，我便获得了解脱。[①]

在《生活在别处》的第六部分中，也有着这种“美好的片刻”，那个四十来岁的男人为女友雅罗米尔举着“善意之灯”[②]，经历了“自己的非命运的牧歌”。后在《笑忘录》中，又有阿尔卑斯山区的一个山村小旅馆，塔米娜和她丈夫离开故乡后在那里栖身。

［……］他们明白自己是孤单的，与从前生活过的那个世界隔绝了。这时候，塔米娜感到一种解放和解脱。他们在山里，完全与世隔绝。周围寂静无边。塔米娜把这一寂静当作意想不到的恩赐来接受，［……］为她丈夫和她自己而备的寂静，为爱而设的寂静。[③]

该场面直接展现了我们想要指出的最后一幅图景，在这幅图景中，最为强有力地兆示了该范式的特征，我们已经说过，本文一直留意的，也正是这幅图景。这就是《不能承受的生命之轻》的最后几页文字。

所有这些图景展现的都是一个安宁的世界的景象，冲突完全消失，洋溢着应该称之为幸福的气氛。这些图景与第一类的图景有何区别呢？它们又在哪些地方与大写的牧歌是相对立的呢？

五

这些图景的最惊人的特征便是孤独，或至少是它们所置身其中的一种窄小的私密氛围。扬想象达夫尼斯是孤独一人跟赫洛亚在岛上。同样，当路德维克再回到小乐队时，小乐队所面对的是冷漠的听众，在节庆之中，很快形成了一个"被遗弃的小岛"，就像是"悬在冰冷的水深处的一个玻璃舱"[④]。那个四十岁的男人也同样独自生活，待在他的公寓里，"只关心自己，关心自己私人的

① 《玩笑》第三部第八章（页九一）。

② 《生活在别处》第六部第十二章，第六部第十七章（弗朗索瓦·克雷尔译，新版，作者修订，伽里玛出版社，一九八八年，页三五八，三六三）。

③ 《笑忘录》第四部第十二章（页一四一至一四二）。

④ 《玩笑》第七部第十九章（页三九二至三九三）。

娱乐，还有他的那些书”[1]。至于特蕾莎和托马斯，他俩“与老朋友和熟人断绝了一切往来”，“他们与过去的生活一刀两断，就像用剪刀把一根饰带一刀剪成两截”；在这远离布拉格的村子里，他们“在一起，而且只有他俩”。[2]

可见，这些牧歌都产生于断绝，这是些个人的牧歌。不过，与众人断绝往来，凭此并不能产生牧歌。路德维克离开露茜和矿山后，也一直是孤单一人；可他却生活在地狱中，因为他迫切想要复仇，而这正是一种承认历史，因此而受到历史所囚禁的一种方式。直到小说结束，当路德维克终于明白复仇只是一种虚荣心，自甘无限“沉沦”，甘心无限孤独时，才获得了解脱。这时，才可能出现牧歌；路德维克才能吹奏起单簧管，重享被遗忘的民乐。总而言之，这一亲身经历赋予的并非是一种征服，一种终身都有可能继续的征服，恰恰相反，赋予他的，是处在其最深刻的失败之处，堕落到最低层，被排斥到最底层的一种启示。

真正的孤独不仅要远离群体，尤其要彻底地分离，由此而断绝一切交流；通过彻底的分离，群体和牧歌之欲望被彻底剥夺其资格。就其根本而言，凡孤独者，即私人的牧歌之英雄，都是一个逃逸者。

因为这一牧歌不可能上升到或进入到另一种生活。它在根本上就是另一种生活的反面，其本质就是自愿背离另一种生活。因此，那个四十来岁的男人“背对着历史，背对着自己的所有戏剧人生，背对着自己的命运”[3]。换言之，在这里，牧歌的条件不是超越，而是后退；不是对禁忌的侵犯，而是更为彻底的侵犯：对侵犯之侵犯。正因为如此，托马斯和特蕾莎在村子里时，并非处于边界的“另一端”，在那里，生活变成了命运，一切都有着意义且完满，历史在前进。而他们俩的安宁恰恰相反，是一种逃逸，是隐身于边界的这一端，隐身于“非命运”、非完满、重复且意义不完全的世界。这就是露茜的世界。

当另一种大写的牧歌在本质上是积极的情况下，那么，这一种牧歌在本质上就是消极的。它恰恰是以非牧歌而定义自身的，也就是说，随着大写的牧歌的升腾，降临在这个世界上的便是遗忘和毁灭。

随着托马斯和特蕾莎的退隐，这个世界就像是一座被遗弃的房屋，只有一条狗在里面奄奄一息。

六

如果说媚俗是天真的表现，那么美便属于经验之牧歌。确实，

---

①《生活在别处》第六部第十章（页三五五）。

②《不能承受的生命之轻》第七部第一章（页三五六，大开本，页四一〇）。

③《生活在别处》第六部第十章（页三五五）。

在昆德拉这部作品中与这一牧歌相联系的因素与我们先前藉以描述“扬式”牧歌的因素始终是相吻合的。这些因素将美也变成了一个“消极的”范畴，也就是说它与摆脱的运动相联系，而人正是通过这一运动，脱离大写的牧歌，在被孤独置于的某种遗弃状态中发现被遮蔽的东西。

或者说重新发现被遮蔽的东西。因为美并非人们所向往的，而是人们所回望的东西，人们为之而“重新堕落”的东西——一旦与大写的牧歌决裂。大写的牧歌在兆示超越的同时，把我们领入到界限之外，领向一个比人们先前置身的地方更为美好的世界。在这里，昆德拉的美——与“当代”美形成最为强烈的对立——并非产生于侵犯，而是产生于我们称之为侵犯之侵犯的东西。它是被侵犯所遗忘的东西，在其背后，在其领土之外，命定要消失。总而言之一句话，它就是被大写的牧歌所侵犯的东西本身，也就是被大写的牧歌所遗忘、鄙视、抛弃的东西本身。

在《玩笑》结尾处，波希米亚传统音乐就是这样出现的，正是在波希米亚音乐被众人所遗弃，而路德维克甘心自我沉沦的时刻，他重又爱上了波希米亚音乐。

> 这个世界[……]，在其贫困中，我(意外地)与其重逢，在其贫困中，尤其是在其孤独中；它被奢华与广告所抛弃，被政治宣传、社会乌托邦，被一群群文化官员所抛弃[……]

这种孤独在净化这个世界；它饱含着对我的责备，在净化这个世界，就像在对着一个活不了多久的人。它使这个世界闪烁着无法抗拒的最后之美；是这份孤独还给了我这个世界。

“对以前逃避的这个世界［……］的爱”[①]也使路德维克重又怀念起露茜，让露茜重现；而露茜以其贫困，以其平凡，以她曾将路德维克引入其间的那个灰黑色的天堂[②]，最终对路德维克而言，是一个美的“引导者”。

《告别圆舞曲》中的人物雅库布也同样如此，在他于泉城逗留的最后时刻，准备离开故乡，也就是说在已经决裂，处于“其生命之外，处于其命运的被遮蔽的表面的某处”[③]时，才突然受到了美的启示。但在这个时刻，美，还有塔米拉对他而言已经失去了。同样，当弗兰茨问“什么是美”时，萨比娜无言以答；但她回想起大学时代在青年工地劳动的岁月，有一天，她偶然进了一座教堂，里面正在望弥撒，她被“迷住”了。

在这座教堂里，她无意中遇到的，不是上帝，却是美。

---

①《玩笑》第七部第十九章（页三八七至三八八）。

②《玩笑》第三部第七章，第三部第八章（页八三、九一）。

③《告别圆舞曲》第五部第六章（弗朗索瓦·克雷尔译，新版，作者修订，伽里玛出版社，一九八七年，页二四五）。

与此同时，她很清楚，教堂和连祷文本身并不美，而是与她所忍受的终日歌声喧嚣的青年工地一比，就显出美来。这场弥撒如此突兀又隐秘地出现在她眼前，美得如同一个被背弃的世界。

“从此，她［萨比娜］明白了，美就是被背弃的世界。”①这是因为牧歌——在此的图景是从工地的“高音喇叭里不停喷射而出的欢闹的军乐之毒汁”——要实现升华的目的，只能通过贬谪存在的东西，以有益于应该存在的东西。换言之，大写的牧歌意味着昆德拉所说的生命的“遗弃”②，即遗忘、消除生命中复杂的、不一致的或脆弱的东西，以有益于一个简单化的、一致的、没有分裂也不脆弱的大写的生命。正因为如此，媚俗才对之表达得如此之恰当，媚俗以其“对生命的绝对认同”，不得不以一切代价无视粪便，也就是无视生命中矛盾和脆弱的一切；媚俗只能竖起“遮盖死亡的一道屏风”③才能胜利。而把大写的生命缩减、替换为小写的生命，正是雅罗米尔的抒情、爱德维奇的伊甸园理想或摇摆舞会与革命的极权主义的相汇之处。因为美化世界的愿望要得以实现，不能不抛弃、摧毁世界中与之相牴牾或与之排斥的东西：就此而言，不妨套用昆德拉的说法，刽子手与诗人共治。

然而，正是在刽子手的追杀处，即在那个残余的世界中才有着牧歌和美。如暮色般衰微的、经受着威胁的美，“像大西岛一样被淹没”[4]在寂静与遗忘之中，激起的不仅是热情，更多的是某种惊喜的怜悯。怜悯，即是对弱小的和必定要死亡的东西的慈悲和仁善，就像《玩笑》中的露茜，《笑忘录》中的卡莱尔的母亲与她的鬈毛狗，《告别圆舞曲》中的斗拳狗波博，《不能承受的生命之轻》中特蕾莎捡回家的小嘴乌鸦，尤其是奄奄一息的小狗卡列宁。

但是，这种对“被遗弃的世界的怜悯”[5]，也是透过或进入遮蔽生命的幻景、意义和言说，直面生命，直面生命的赤裸和显然时的炫目。正是在“那后边的某个地方”[6]，在大写的牧歌的极点，在我们早就知道一定会双双死去的托马斯和特蕾莎的呵护下，在其困苦和脆弱之中，最终闪现出也已被死亡所裹挟的卡列宁温柔而平静的微笑。

---

①《不能承受的生命之轻》第三部第七章（页一四一至一四二，大开本，页一六一至一六二）。

②《小说的艺术》页三五。

③《不能承受的生命之轻》第六部第五章，第六部第十章（页三一一，三一八，大开本，页三五六，三六七）。

④《笑忘录》第四部第十七章（页一五二）。

⑤《玩笑》第七部第十九章（页三九〇）。

⑥ 此语摘自扬·斯卡采尔（Jan Skácel）的一首诗，为《小说的艺术》第五部分的标题。